Simone van der Vlugt

Sandrine – Eine Liebe in den Zeiten der Revolution

cbt

Foto: © Lemniscaat

Simone van der Vlugt, geboren 1966, hat schon mit dreizehn Jahren angefangen zu schreiben. Nach ihrem Studium der Niederlandistik und Romanistik arbeitete sie zunächst als Lehrerin. Sie selbst sagt über sich, dass besonders die Geschichte sie zum Schreiben inspiriert.

DIE AUTORIN

Von Simone van der Vlugt sind bei C. Bertelsmann und OMNIBUS erschienen:

Emma – Die Zeit des schwarzen Schnees

Nina und das Amulett aus den Flammen (21042)
Amelie – Das Mädchen und der Pirat (30029)

Simone van der Vlugt

Sandrine – Eine Liebe in den Zeiten der Revolution

Aus dem Niederländischen
von Siegfried Mrotzek

cbt

cbt

Band 30062

cbt – C. Bertelsmann Taschenbuch
Der Taschenbuchverlag für Jugendliche
Verlagsgruppe Random House
München Berlin Frankfurt Wien Zürich

www.cbt.de

Die Übersetzung wurde gefördert
von der Stiftung für Produktion
und Übersetzung niederländischer
Literatur, Amsterdam.

Umwelthinweis:
Dieses Buch wurde auf chlorfrei gebleichtem
Papier gedruckt.

Erstmals als cbt Taschenbuch Dezember 2002
Gesetzt nach den Regeln der Rechtschreibreform

Die deutsche Erstausgabe erschien unter dem Titel
»Paris, 1789 – Das zweite Leben der Baronesse Sandrine«

Die Originalausgabe erschien unter dem Titel
»De guillotine« bei Lemniscaat b. v., Rotterdam
Übersetzung: Siegfried Mrotzek
Lektorat: Eva Schweikart
Umschlagbild: AKG, Berlin
Umschlagkonzeption: init.büro für gestaltung, Bielefeld
Ht • Herstellung: ih
Satz: Uhl+Massopust, Aalen
Druck: Clausen & Bosse, Leck
ISBN 3-570-**30062**-5
Printed in Germany

10 9 8 7 6 5 4 3 2 1

Für Wim,
der mich in jeder Hinsicht
unterstützt

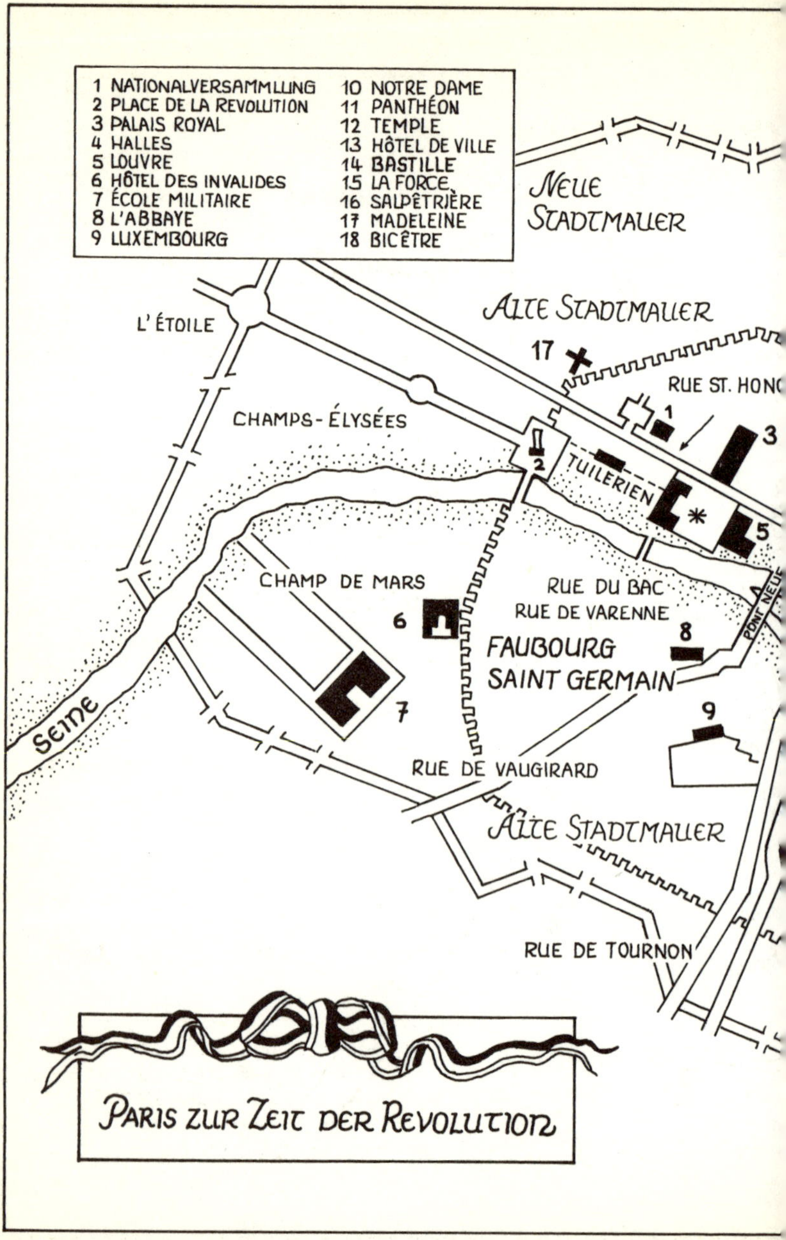
1 NATIONALVERSAMMLUNG
2 PLACE DE LA REVOLUTION
3 PALAIS ROYAL
4 HALLES
5 LOUVRE
6 HÔTEL DES INVALIDES
7 ÉCOLE MILITAIRE
8 L'ABBAYE
9 LUXEMBOURG
10 NOTRE DAME
11 PANTHÉON
12 TEMPLE
13 HÔTEL DE VILLE
14 BASTILLE
15 LA FORCE
16 SALPÊTRIÈRE
17 MADELEINE
18 BICÊTRE
Neue Stadtmauer
Alte Stadtmauer
L'ÉTOILE
RUE ST. HON
CHAMPS-ÉLYSÉES
TUILERIEN
CHAMP DE MARS
RUE DU BAC
RUE DE VARENNE
FAUBOURG SAINT GERMAIN
Seine
RUE DE VAUGIRARD
Alte Stadtmauer
RUE DE TOURNON
Paris zur Zeit der Revolution

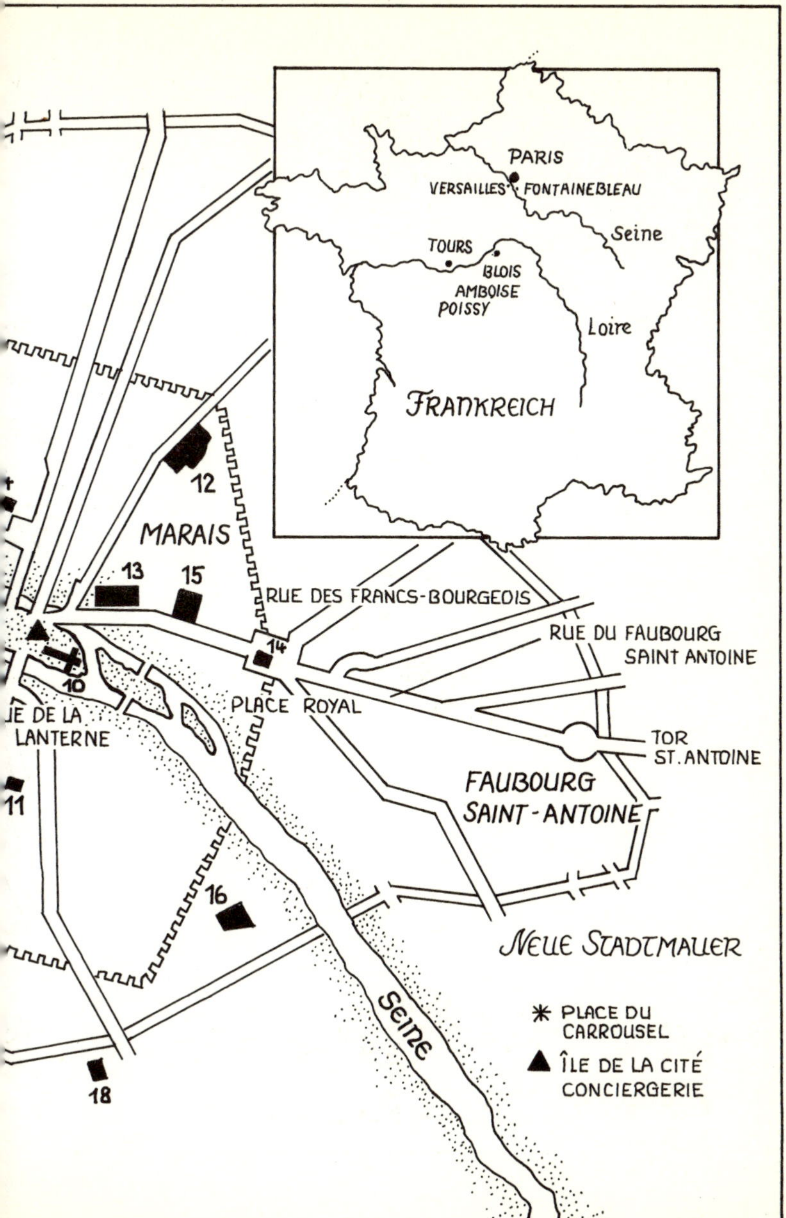
PARIS
VERSAILLES
FONTAINEBLEAU
Seine
TOURS
BLOIS
AMBOISE
POISSY
Loire
FRANKREICH
12
MARAIS
13
15
RUE DES FRANCS-BOURGEOIS
14
RUE DU FAUBOURG SAINT ANTOINE
10
PLACE ROYAL
...E DE LA LANTERNE
TOR ST. ANTOINE
FAUBOURG SAINT-ANTOINE
11
16
NEUE STADTMAUER
Seine
18
✳ PLACE DU CARROUSEL
▲ ÎLE DE LA CITÉ CONCIERGERIE

TEIL 1

1789

1 Der Lärm war ganz in der Nähe. Sandrine de Billancourt steckte den Kopf aus dem Kutschenfenster und blickte auf die aufgeregte Menge weiter vorne in der Rue Faubourg St. Antoine. Neben ihr sprang Julie, ihre Kammerzofe, beunruhigt auf.

»O nein! Ein Aufruhr!«, sagte sie.

Sandrine schaute neugierig hinaus. Selbst durch die dicken Mauern der Klosterschule, von der Julie sie gerade abgeholt hatte, waren die Gerüchte über die vielen Unruhen in Paris gedrungen. Die Schule stand im Marais, früher ein besserer Stadtteil, heute ein quirliges Viertel einfacher Leute.

»Nicht hinauslehnen, Mademoiselle. Wir dürfen keine Aufmerksamkeit erregen«, sagte Julie mahnend.

Sandrine zog den Kopf zurück. »Sie werden uns doch nichts tun?«

»Da bin ich mir nicht sicher. Man hört dieser Tage seltsame Geschichten.«

»Dann soll Bernard rasch umkehren«, sagte Sandrine.

Vorsichtig steckte Julie den Kopf hinaus. »Bernard! Umkehren!«, rief sie.

Sandrine hörte den Kutscher antworten, konnte aber nicht verstehen, was er sagte. Die Kutsche setzte zur Kehre an.

Sandrine hörte, wie Bernard die Pferde anschrie. Die Tiere machten nervös ein paar Schritte rückwärts. Die Peitsche pfiff durch die Luft und die Kutsche schaukelte hin und her.

»Was macht er denn da?«, fragte Julie gereizt.

»Wir werden nicht mit einem Schwenk wenden können«, vermutete Sandrine.

Nachdem sie ein wenig zurück und wieder vorwärts gefahren waren, konnten sie endlich weiter.

»Gott sei Dank«, murmelte Julie.

Aber nach wenigen Metern blieb die Kutsche wieder stehen. Als Bernard die Tür öffnete, wollte Sandrine gerade fragen, was denn los sei.

»Sie stehen auch am anderen Ende der Straße, Mademoiselle«, sagte Bernard. »Wir sind eingeschlossen.«

Sandrine holte tief Luft.

»Wir hätten auf keinen Fall durchs Marais fahren dürfen«, sagte Julie zerknirscht.

»Da die Klosterschule nun einmal dort ist, geht es doch gar nicht anders«, entgegnete Sandrine.

»Ich meine, wir hätten einen Umweg machen müssen«, sagte Julie.

»Mit Ihrer Erlaubnis, Mademoiselle, wir müssen schnell etwas unternehmen«, meldete sich Bernard zu Wort.

»Können wir nicht einfach weiterfahren? Die Leute werden doch wohl zur Seite treten«, meinte Sandrine.

»Da bin ich mir nicht sicher, Mademoiselle. Normalerweise ja, aber das hier sieht nach Aufruhr aus!«

Sandrine entdeckte eine enge Seitenstraße. »Kommen wir da durch?«, fragte sie.

Bernard folgte ihrem Blick. Seine Miene drückte Zweifel aus.

»Versuch es«, sagte Sandrine. »Wir haben keine andere Wahl.«

Bernard schloss die Tür und kletterte auf den Kutschbock. Er schrie, die Pferde schnaubten und setzten sich in Bewegung. Die Kutsche fuhr auf die Seitenstraße zu. Als sie in die enge Gasse einbog, war Sandrine klar, dass sie eingeklemmt werden würden. Sie zog die Gardine ganz auf und sah die Mauern immer dichter herankommen.

»Das wird nichts«, sagte Julie.

Im gleichen Moment blieb die Kutsche stehen.

»Es geht nicht, Mademoiselle Sandrine!«, hörten sie Bernards Stimme. »Weiter vorne wird es noch enger!«

»Dann fahr zurück!«, rief Sandrine ihm zu.

Bernard versuchte es, aber die unruhigen Pferde begriffen nicht, dass sie rückwärts gehen sollten.

Das Geschrei der Menge war schon ganz nahe.

»Das dauert zu lange«, sagte Julie nervös. »Wir müssen hier schnell weg, bevor sie uns eingeschlossen haben.«

Julies Unruhe übertrug sich auf Sandrine. »Glaubst du wirklich, dass sie unsere Kutsche angreifen?«, fragte sie mit wachsender Sorge.

»Ich weiß es nicht, Mademoiselle.«

Sandrine und Julie sahen einander an.

»Gut, dann steigen wir aus«, entschied Sandrine.

»Mademoiselle!«

»Julie, du sagst doch selbst, dass wir hier schnell wegmüssen!«

»Ja, aber wie stellen Sie sich das vor? Sie können doch nicht einfach die Straße entlanggehen!«

»Vielleicht wenn wir weniger auffallen«, entgegnete Sandrine.

Sie betrachtete das schlichte graue Kleid ihrer Zofe und dann ihr elegantes Brokatkleid.

»Hilf mir, Julie.« Sandrine richtete sich halb auf und wand sich, vor Anstrengung schwer atmend, aus ihrem weit ausgestellten Überrock. Sie streifte die Schuhe ab und löste die hochgesteckten Haare. Sie musterte ihren Unterrock. Immer noch viel zu vornehm. Aber was sein musste, musste sein. Sie riss den Spitzensaum ab.

»Mademoiselle Sandrine?« Bernard versuchte, sich zwischen die Mauer und den Wagenschlag zu zwängen, was ihm aber wegen seines dicken Bauches nicht gelang.

Sandrine öffnete selbst die Tür und stieg aus. Verblüfft starrte der Kutscher auf ihre zerfledderte Kleidung.

»Wir steigen aus«, sagte Sandrine.

»Mademoiselle, das kann nicht gut gehen! Sie fallen viel zu sehr auf!«

»In der Kutsche etwa nicht? Gib mir deinen Mantel, Julie«, sagte Sandrine.

Schweigend gehorchte Julie. Sandrine legte sich den dunklen Mantel um die Schultern und wandte sich an Bernard, der immer noch verzweifelt versuchte, sich zwischen Mauer und Kutsche zu zwängen.

»Versuche, nach Hause zu kommen, Bernard. Und benachrichtige meinen Vater.«

Sie drehte sich um und ging durch die dunkle Gasse auf die Rue Faubourg St. Antoine zu. Julie folgte ihr. Sie gerieten in eine Menschenmenge. Von den Mauern der hohen Häuser hallte das Echo vieler Rufe wider.

»Wir haben Hunger!«, erschallte es rau aus unzähligen Kehlen. »Gebt uns Brot!«

Sandrine schaute ängstlich um sich. Dicht vor sich sah sie verzerrte Gesichter. Fäuste wurden geschüttelt. Lautes Geschrei dröhnte ihr in den Ohren. Gestank von Knoblauch und Zwiebeln stieg ihr in die Nase. Julie umklammerte fest ihre Hand. Ab und zu stolperten sie, sodass sie schon bald ziemlich verschmutzt waren. Mit Schlamm an den Fingern strich sich Sandrine eine Haarsträhne aus dem Gesicht. Sie drehte sich um, als sie laute Schreie hinter sich hörte. Die Aufmerksamkeit der Menge galt nun der Kutsche in der Seitenstraße. Auf dem Dach tummelten sich schon bald Straßenjungen.

Im Gedränge wurde sie gegen einen Mann gestoßen. Er schubste sie weg und sie fiel wieder hin. Es dauerte einen Moment, bis sie bemerkte, dass Julie nicht mehr ihre Hand umklammerte.

Gehetzt flog ihr Blick über die Gesichter ringsum. Sie stellte sich auf die Zehenspitzen, wurde aber beinahe umgestoßen. Ein Meer von Kappen und Mützen und fettigem Haar wogte um sie herum. Sie schaute in die eine, dann in die andere Richtung.

Keine Spur von Julie.

Panik überfiel sie. Sie öffnete den Mund, um Julies Namen zu rufen, überlegte es sich dann aber. Während sie sich weiterhin umsah, ließ sie sich von der Menge zur Rue du Faubourg St. Antoine mitführen.

Sandrine wagte es kaum, in all die Gesichter dicht vor ihr zu sehen. Jedes Mal wenn jemand den Mund aufmachte, um etwas zu rufen, schlug ihr Knoblauchdunst entgegen. Sie musterte eine Frau, die mit erhobenen Fäusten neben ihr ging. Ihr Gesicht unter der fahlweißen Mütze war blass. Das große Umschlagtuch um ihre Schultern stank.

Die Frau musterte Sandrine aufmerksam. Ihr Gesicht drückte Erstaunen aus. Unsicher erwiderte Sandrine den Blick und zwängte sich dann zwischen zwei kräftig aussehenden Männerrücken hindurch.

»He!«, rief die Frau.

Mit den Ellbogen drängelte sich Sandrine weiter vorwärts. Über die Schulter warf sie einen Blick zurück. Aber es sah nicht danach aus, dass die Frau ihr folgte. So gut es ging, heftete sie den Blick auf den Rücken vor sich und wühlte sich mit einer Hand durchs Haar.

Aus den Augenwinkeln schaute sie lauernd um sich. Sie traf auf erstaunte Blicke, sah hochgezogene Augenbrauen.

Eilig drängte sie weiter vorwärts, achtete nicht auf Knüffe und Flüche. Ein paar Schritte vor ihr verlor eine Frau ihre Mütze. Sandrine kämpfte sich zu der Stelle durch. Blitzschnell hob sie die Mütze auf, bevor sie zertrampelt werden konnte.

Sie stülpte sich das schmuddlige, stinkende Ding so weit wie möglich über den Kopf. Julies Mantel schlug sie fest um sich. Jungen mit großen Steinen in den Händen drängten sich an ihr vorbei. Frauen mit grimmigen Gesichtern umklammerten Äxte und lange Knüppel. Sandrine schaute sich weiter nach Julie um.

»Los, Mädchen, geh weiter!«

Sie bekam einen Stoß in den Rücken. Fast wäre sie hingefallen. Sie konnte gerade noch nach einem Hemdzipfel vor ihr greifen. Der Stoff riss, aber der große blonde Mann, der das Hemd anhatte, merkte es nicht. »Da! Die Bäckerei!«, schrie er.

Sofort stürmte die ganze Meute johlend auf die Bäckerei zu. Sandrine wurde nach rechts abgedrängt und taumelte hinterher.

»Los! Den Laden leer räumen!«, schrie der große Blonde. Er bückte sich kurz und gleich darauf flog ein Stein durch die Schaufensterscheibe. Das war das Zeichen: Steine flogen nun durch die Luft. Hilflos stand Sandrine inmitten der aufgebrachten Menge. Sie wurde hin und her geschubst und versuchte vergeblich, aus dem Gedränge zu entkommen. Die Leute um sie herum schauten sie verärgert an. Eine Frau musterte sie lange und gründlich. Sandrine bückte sich und klaubte einen Stein aus dem aufgerissenen Pflaster. Auf gut Glück warf sie ihn Richtung Bäckerei.

Der große Mann kletterte hinein, viele andere folgten ihm. Die Tür der Bäckerei wurde von innen aufgestoßen. Mehlsäcke wurden herausgeschleppt. Kreischend stürzten sich die Leute darauf. Sie rissen die Säcke auf, grabschten hinein, stopften Hände voll Mehl in Mützen und Kitteltaschen. Mehl wehte durch die Luft, die Straße sah aus wie weiß gepudert. Sandrine war die Einzige, die sich nicht an einen der Mehlsäcke herankämpfte. Erschrocken sah sie, wie zwei Frauen sich gegenseitig die Augen auskratzen wollten, nur um als Erste an einen Mehlsack heranzukommen. Ein Mann wurde von einem anderen zu Boden geschlagen, andere traten auf ihn, um besser in den Sack greifen zu können. Das erstickte Stöhnen des Mannes am Boden verstummte allmählich.

Sandrine bemerkte eine Frau, deren Gesicht und deren Kleidung ganz weiß von Mehl waren. Die Säcke waren fast leer. Frauen und Kinder knieten auf der Straße und fegten Mehl zusammen, so gut es eben ging.

Sandrine folgte ihrem Beispiel. Sie tat das Mehl in ihren

Rock und fuhr sich mit verschmutzten Händen über Mantel und Gesicht.

Weiter vorne in der Straße wurde ein Waffengeschäft geplündert. Schreiend liefen die Menschen durch die Rue Faubourg St. Antoine, mit Mehl bestäubt und mit Waffen in den Händen. Ein Stück weiter wurden sie von Gardesoldaten des Königs erwartet. Die Aufrührer begrüßten sie mit Geschrei und einem Steinhagel. Sandrine schaute sich gehetzt um. Die erbeuteten Gewehre knallten, ein Offizier fiel getroffen vom Pferd.

Plötzlich machte sich Erschrecken in der Menge breit. Sowohl die Offiziere wie auch die Soldaten, die erst vor der Wut des Volkes zurückgewichen waren, hatten die Säbel gezogen. Hoch zu Ross ritten die Offiziere in die Menge, gefolgt von den Soldaten zu Fuß. Entsetzensschreie gellten. Alle versuchten zu fliehen. Drängelnd und sich gegenseitig schubsend, stürzten die Leute übereinander. Sandrine fiel hin. Sie rappelte sich auf, stolperte aber sofort wieder über den Körper einer Frau. Schaudernd richtete sie sich auf. An ihrem Rock klebte Blut.

Und dann sah sie Julie.

Mit gebeugtem Rücken und gesenktem Kopf überquerte sie gerade die Straße. Sandrine erkannte sie an ihrem schnellen, energischen Gang.

»Julie!«, rief sie. »Julie!«

Julie hörte sie nicht. Sandrine hob den Rock ein wenig an und begann zu laufen. Sie stieß Leute an, verlor Julie aus den Augen.

»Julie!«, schrie sie.

Mit den Ellbogen boxte oder schubste sie jemanden zur Seite, der ihr im Weg war. Da! Da stand Julie! Sie hatte ihren Schrei gehört, denn sie war stehen geblieben und schaute sich suchend um. Sandrine rannte zu ihrer Zofe und packte sie am Arm. »Julie!«, sagte sie außer Atem.

»Mademoiselle!« Julies Gesicht verriet grenzenlose Erleichterung. Aber sie beobachtete auch die Gardesoldaten, die immer noch die Säbel gezogen hatten.

»Kommen Sie schnell mit«, sagte Julie.

Sie begannen zu laufen. Nur fort von hier.

»Hier entlang«, keuchte Julie. Sie zog Sandrine in eine Seitenstraße. Als sie wieder ruhig atmen konnte, musterte sie Sandrine.

»Sind Sie in Ordnung? Nicht verletzt?« Ihr Blick blieb auf einem großen braunroten Fleck auf Sandrines Rock haften. »Was ist das? Blut!«

»Nicht von mir«, sagte Sandrine und lachte unbeholfen.

»Ein Glück. Wie sind wir hier nur lebend rausgekommen?« Julie lehnte sich an die Mauer und schloss die Augen.

Sandrine antwortete nicht. Sie beobachtete, was sich in der Rue Faubourg St. Antoine abspielte. Ein paar Männer bauten aus Hausrat, der in aller Eile auf die Straße geschleppt wurde, eine Barrikade. Überall wurden nun Barrikaden errichtet. Schreiend bewarfen die Aufrührer die Gardesoldaten mit Flaschen und Pflastersteinen. Überall um sie herum ertönten die Sturmglocken. Die Barrikaden wurden in Brand gesetzt und die Luft war erfüllt von Qualm, Geschrei und Wehklagen.

Als Sandrine und Julie wieder zu Atem gekommen waren, flohen sie durch die enge Gasse.

»Weißt du ungefähr, wo wir sind?«, fragte Sandrine.

»Ja, ich kenne diese Gegend«, antwortete Julie. »Aber bis nach Hause werden wir mindestens noch eine Stunde brauchen. Ihre Eltern werden natürlich sehr beunruhigt sein. Mademoiselle, was machen Sie?«

Sie hielt Sandrine, die beinahe gestrauchelt wäre, am Arm fest.

»Da liegt jemand!«, stieß Sandrine erschrocken hervor.

»Ein kleiner Junge«, sagte Julie.

Sie kniete sich neben den Jungen, nahm ihn in die Arme und schaute nach, was ihm fehlte.

»Er kommt mir bekannt vor«, murmelte sie.

Auch Sandrine kniete sich in den Schmutz. Ein Ärmel des Jungen war rot von Blut und ein Bein seltsam abgewinkelt. Als Sandrine es berührte, schrie der Junge auf.

»Ruhig, ganz ruhig«, sagte Julie leise. »Wir helfen dir. Kannst du uns sagen, wo du wohnst?«

Als Antwort kam nur ein Stöhnen. Sandrine beugte sich zum Gesicht des Jungen herunter.

»Bourgeois«, verstand sie und wiederholte das Wort.

Fragend schaute sie Julie an.

»Die Rue des Francs-Bourgeois. Da in der Nähe habe ich früher gewohnt«, sagte Julie und fragte dann den Jungen: »Wie heißt du denn?«

»Pierre«, flüsterte er.

»Pierre, und weiter?«

»Lambertin...«

»Pierre? Pierre Lambertin?«, wiederholte Julie etwas überrascht.

»Kennst du ihn?«, fragte Sandrine.

»Ich kenne seinen Vater und seine Mutter«, antwortete Julie. »Wir bringen dich nach Hause, Pierre. Hab keine Angst.«

Sie fassten den Jungen unter den Achseln und schleppten ihn keuchend die Gasse entlang.

»Wo ist diese Rue Francs-Bourgeois?«, fragte Sandrine. In der engen Gasse klang ihre Stimme so hohl, dass sie erschrak.

»Hier ganz in der Nähe«, antwortete Julie.

Die Dämmerung hatte gerade erst eingesetzt, aber in der Gasse war es schon dunkel. Am Ende sahen sie das flackernde Licht einer Laterne. Der Lichtschein war wie eine Bake, der sie sich mühsam Schritt für Schritt näherten. Doch kurz bevor sie die Laterne erreichten, verstellte eine massive Gestalt das Licht.

Sandrine blieb abrupt stehen und hielt mit einem schrillen Kehllaut den Atem an. Julie schaute erschrocken auf.

Der Mann versperrte ihnen den Weg. Sein Gesicht war im Schatten nicht zu erkennen.

Julie stellte sich so, dass sie Sandrine halb verdeckte.

»Oh Monsieur, was bin ich froh, dass wir Sie treffen!«, sagte Julie mit betont fester Stimme. »Wir haben hier ein verletztes Kind. Sein Arm blutet, und ich glaube, es hat ein gebrochenes Bein.«

Mit schnellem Blick musterte der Mann den Jungen.

»Ich weiß, wo er wohnt«, sagte Julie, die der besorgte Blick des Mannes beruhigte. »In der Rue des Francs-Bourgeois.«

Der Mann nickte. »Das weiß ich.«

Ohne ein Wort zu sagen, nahm er ihnen den Jungen ab. Wie selbstverständlich folgte Julie dem Mann.

Sandrine sah das Gewirr enger, dunkler Gassen vor sich. Widerstrebend folgte sie Julie.

Ein paar Gassen weiter blieb der Mann vor einer Schuhmacherei stehen und nickte Julie zu. »Klopf an die Tür«, sagte er.

Julie gehorchte und schlug mit der Faust an die Holztür. Drinnen waren hastige Schritte zu hören. Die Tür wurde einen Spaltbreit geöffnet und das blasse Gesicht einer Frau war zu sehen.

»Wer ist da?«

»Gaston«, antwortete der Mann kurz. »Mach auf, Margot! Ich bring dir Pierre. Er ist verletzt.«

Mit einem entsetzten Schrei öffnete die Frau die Tür.

»Pierre!« Sie stürmte auf ihren kleinen Sohn zu und nahm ihn Gaston ab. Dann fiel ihr Blick auf Julie und Sandrine. Über ihr Gesicht huschte ein Ausdruck des Erstaunens.

»Bonjour, Margot«, sagte Julie.

»Julie!«

»Ja, wir haben Pierre gefunden. Das ist Mademoiselle de Billancourt«, stellte sie Sandrine vor.

Mit ihrem Sohn im Arm versuchte Margot, sich zu verbeugen.

Sandrine war die Situation ein wenig peinlich. Sie lächelte Margot beruhigend an.

Hinter Margot erschien ein Mann mit schwarzem Stoppelbart. Auch er schaute Julie überrascht an.

»Maurice, Julie hat Pierre gefunden«, sagte Margot. »Und … äh … Mademoiselle de Brancourt.«

»De Billancourt«, sagte Julie.

»Oh …«

»Ich bin froh, dass wir Ihren Sohn nach Hause bringen konnten«, sagte Sandrine schnell. »Ich hoffe, er ist nicht ernstlich verletzt.«

»Danke für Ihre Hilfe.« Maurice verbeugte sich kurz vor Sandrine. Die Worte klangen zwar höflich, aber für Sandrine hörte es sich so an, als könne er sich kaum vorstellen, dass sie etwas zur Rettung Pierres beigetragen hatte.

Maurice nahm Margot den Jungen ab und trug ihn ins Haus. Die anderen folgten ihm. Sie kamen in einen Raum, der als Schuhmacherwerkstatt und Laden diente. Hintereinander gingen sie durch einen schmalen, dunklen Flur in die Wohnstube. Pierre wurde auf eine Holzbank mit Kissen am Kamin gelegt.

Sandrine schaute sich um. Sie sah nur das Allernotwendigste, einen Tisch mit verschossenem Tischtuch, eine Bank, ein paar Stühle, einen Schrank mit Tellern. Auf dem Kaminsims standen ein paar Leuchter aus Zinn mit Kerzen, die flackerndes Licht verbreiteten.

»Bitte, setzen Sie sich doch, Madame«, sagte Maurice unbeholfen. Er deutete auf einen Stuhl in einer Ecke.

Sandrine setzte sich auf den Rand des Stuhls. Sie korrigierte nicht die ehrerbietige, aber falsche Anrede mit Madame.

»Pierre?« Margot beugte sich über ihren Sohn. »Pierre! Sag doch was! Hast du Schmerzen?«

Sandrine sah Pierres leichenblasses Gesicht. Sein Arm blutete immer noch und er hatte das Bewusstsein verloren.

Gaston sah sich aufmerksam Pierres Armverletzung an.

»Das sieht nach einem Säbelhieb aus«, sagte er. »Die

Wunde muss sofort verbunden werden. Und das Bein sieht auch nicht gut aus. Das muss sich ein Doktor angucken.«

Margot eilte hinaus und kam mit sauberem Wasser und Tüchern wieder. Julie half ihr, die Wunde zu säubern und zu verbinden. Steif und aufrecht auf dem Stuhl sitzend, wie es ihre Mutter sie gelehrt hatte, schaute Sandrine zu. Sie begegnete ein paar Mal Margots Blick, die aber immer wieder sofort woandershin schaute.

»Was führt dich in diese Gegend?«, hörte Sandrine Margot leise fragen.

»Ich habe Mademoiselle von der Schule abgeholt, aber wir sind in einen Aufruhr geraten«, erzählte Julie.

»Und man hat ihr … Mademoiselle nichts getan?«, fragte Margot ungläubig.

»Sie hat sofort ihre vornehme Kleidung abgelegt, ihr Haar gelöst und meinen Mantel angezogen. Aber ich glaube, es war unsere Rettung, dass auf einmal Soldaten auftauchten. Da hatten die Leute dann ganz plötzlich anderes zu tun.«

»Und unser Pierre war da mittendrin. Wie kam es denn, dass gerade du ihn gefunden hast?«

»Eigentlich hat Mademoiselle Sandrine ihn gefunden«, antwortete Julie.

»Aber du hast dafür gesorgt, dass er nach Hause gebracht wurde!«

»Margot, wir haben ihn gemeinsam getragen!«

Sandrine saß still und aufrecht auf ihrem Stuhl. Sie tat so, als höre sie das in gedämpftem Ton geführte Gespräch nicht. Ab und zu sah Julie entschuldigend zu ihr herüber.

Müde lehnte sich Sandrine zurück. Sie kam sich hier in dem kleinen Zimmer vollkommen überflüssig vor.

Sie sah zu Gaston hinüber, der mit hochgezogenen Augenbrauen Pierre betrachtete.

»Ich werde versuchen, einen Doktor zu finden«, sagte er.

Maurice klopfte ihm dankbar auf die Schulter.

Gaston tippte sich an die Mütze und verschwand sofort. In

der Tür stieß er mit einem hoch gewachsenen, dunkelhaarigen jungen Mann zusammen.

»Was ist passiert?« Der junge Mann zwängte sich an Gaston vorbei. Sein Blick huschte über all die Leute im Zimmer und blieb an Pierre hängen.

»Pierre! Was ist mit ihm?«

»Er ist bei dem Aufruhr verletzt worden«, entgegnete Margot. »Reg dich nicht auf, er blutet ja schon weniger.«

Pierre war mittlerweile wieder zu sich gekommen. Der junge Mann beugte sich über ihn. »Pierre?«

»Sie hatten Säbel«, flüsterte der kleine Junge. »Auf einmal tat mir der Arm so weh. Ich fiel hin. Und ein Pferd trat mir aufs Bein.«

»Ruhig! Ganz ruhig. Alles wird wieder gut.« Der junge Mann fuhr Pierre mit den Fingern durchs Haar. Er richtete sich auf und schaute fragend auf Julie und Sandrine.

»Bonjour, Philippe«, sagte Julie. »Wie geht es dir?«

»Julie? Was machst du denn hier?«, fragte Philippe.

Das hörte sich nicht gerade freundlich an, fand Sandrine.

»Philippe!«, sagte Margot zurechtweisend.

»Wir haben Pierre gefunden. Gaston kam uns zu Hilfe.« Julie deutete auf Sandrine. »Das ist Mademoiselle Sandrine de Billancourt. Wir saßen in einem Aufruhr fest.«

Alle schauten jetzt Sandrine an. Verunsichert erwiderte sie die Blicke.

»Wir sind ja so froh, dass Pierre wieder zu Hause und in Sicherheit ist«, unterbrach Margot die angespannte Stille.

»Ob er in Sicherheit ist, müssen wir noch abwarten«, meinte Philippe. Und etwas freundlicher fragte er Julie: »Wie geht es denn deiner Mutter?«

»Gut. Ich verdiene genug und kann für sie sorgen«, antwortete Julie.

»Aber viel Zeit, um sie zu besuchen, hast du nicht, oder?«, wollte Philippe wissen. Er sprach mit Julie, schaute aber Sandrine an.

Sandrine wich seinem Blick aus.

»Ich hoffe so sehr, dass Gaston einen Doktor findet«, seufzte Margot.

»Ist Gaston einen Arzt suchen gegangen?«, fragte Philippe. »Das kann er vergessen. Jeder braucht einen Doktor.«

Margot sah ihn verzweifelt an.

»Ich mach mich auch auf die Suche«, sagte Maurice. »Und ich werde einen bringen, und wenn ich ihn herschleppen muss.«

Sandrine sah seine breiten Schultern und glaubte ihm aufs Wort. Margot auch. Sie lächelte ihrem Mann zaghaft zu. Dann schaute sie wieder zu Sandrine hinüber.

»Maurice, würdest du wohl erst Julie und ...«, sie zögerte.

»Sandrine«, ergänzte Sandrine schnell.

»... und Mademoiselle Sandrine nach Hause bringen«, beendete Margot ihren Satz.

»Das dauert doch alles viel zu lange! Lass Papa nur gehen und einen Doktor suchen«, mischte sich Philippe ein. »Ich bring die Damen nach Hause.«

Er nickte Sandrine so respektlos zu, dass wieder eine längere Stille entstand.

Maurice räusperte sich, Margot schaute ihren Sohn streng an.

»Danke«, sagte Sandrine ruhig.

Philippe nickte kurz. Ohne ein Wort zu sagen, verließ er das Zimmer.

Nachdem Pierres Eltern sich noch einmal ausdrücklich bedankt hatten, gingen Sandrine und Julie durch den engen Flur in die Werkstatt, wo Philippe auf sie wartete. Er öffnete die Haustür und dann standen sie auch schon auf der Straße. Nach der warmen Wohnstube war es kalt draußen. Die völlige Dunkelheit machte Sandrine nervös. Philippe ging mit langen Schritten vor ihnen her, sodass sie alle Mühe hatten, ihm zu folgen.

Aus den engen, schmutzigen Gassen kamen sie in breitere

Straßen und auf weite Plätze. Sie gingen ein ganzes Stück an der Seine entlang, bis sie eine Brücke erreichten, auf der sie den Fluss überquerten. Und dann waren sie endlich im Faubourg St. Germain.

Erleichtert schaute Sandrine Julie an, konnte aber in der Dunkelheit ihr Gesicht nicht gut erkennen. Sie hörte nur ihre Stimme, die Philippe den Weg erklärte.

Als sie durch die vornehme Rue du Bac gingen, blieb Sandrine abrupt stehen. Philippe schaute hinauf zu dem herrschaftlichen Haus mit den schwungvoll gebogenen schmiedeeisernen Gittern vor den Fenstern.

»Hier?«, fragte er.

»Nein, hier wohnt Doktor Rigal«, antwortete Sandrine.

Julies Gesichtsausdruck verriet, dass sie ahnte, was Sandrine vorhatte.

»Glauben Sie, dass er …?«

»Ja, natürlich. Wenn ich ihn hinschicke«, antwortete Sandrine.

Julie schlug den Klopfer an die Tür. Sie warteten eine Weile, aber alles blieb still.

»Vielleicht ist er bei einem Patienten«, sagte Sandrine.

»Aber nicht im Marais«, meinte Philippe.

Julie ließ noch einmal den Klopfer an die Tür fallen.

»Glaubt ihr wirklich, ein Pillendreher aus dieser Gegend geht in unser Viertel?«, fragte Philippe spöttisch.

Weder Sandrine noch Julie antworteten. Sie standen da und warteten. Sandrine nahm selbst den Klopfer und schlug ihn kräftig an die Tür.

Sie wollten gerade gehen, als sie Gepolter hörten.

»Er ist zu Hause«, sagte Sandrine triumphierend. Und sofort wurde ihr die Absurdität dieser Tatsache klar. Im Marais gab es unzählige Verletzte und im Faubourg St. Germain lagen die Ärzte in ihren warmen Betten.

Doktor Rigal selbst öffnete die Tür. Er hatte eine Schlafmütze auf und ohne Brille sah er längst nicht so gelehrt aus.

Verschlafen spähte er durch die einen Spaltbreit geöffnete Tür.

»Bonsoir, Monsieur«, sagte Sandrine. »Es tut mir Leid, dass wir Sie zu dieser Stunde noch stören, aber wir brauchen Ihre Hilfe.«

Der Arzt musterte sie mit glasigem Blick.

»Ich bin Sandrine de Billancourt«, half Sandrine seinem Gedächtnis nach.

»Mademoiselle de Billancourt?« Der Arzt war hellwach.

Verblüfft starrte er Sandrine an. »Was machen Sie so spät noch auf der Straße? Ist etwas mit Ihrem Vater oder Ihrer Mutter?«

»Nein, es geht um einen kleinen Jungen. Er ist während des Aufruhrs heute Nachmittag verletzt worden, im Marais. Er hat sehr viel Blut verloren, und ich glaube, er hat ein gebrochenes Bein.«

»Ein kleiner Junge? Wer denn?«

»Pierre Lambertin. Er wohnt in der Rue des Francs-Bourgeois.«

»Francs-Bourgois? Aber das ist im…«

»Im Marais, genau.«

Doktor Rigal starrte Sandrine an. Er begriff offenbar nicht, was diese adlige junge Dame mit einem kleinen Jungen im Marais zu tun hatte.

»Das ist Philippe Lambertin. Er wird Ihnen den Weg zeigen, Herr Doktor. Dürfen wir für einen Moment hereinkommen, während Sie sich ankleiden?«, fragte Sandrine entschlossen.

»Oh … ja, ich weiß nicht …«

Sandrine sah den Arzt fest an. »Das macht Ihnen doch nichts aus, Herr Doktor?«

»Eh, nein… natürlich nicht. Kommen Sie nur herein. Ich muss meine Tasche holen. Ich bin gleich wieder da.« Mit deutlich erkennbarem Widerwillen ging der Arzt die Treppe hinauf. Sandrine und Julie lächelten sich an.

»Er glaubt, mein Vater habe mich geschickt«, flüsterte Sandrine. Philippe sah sie an, als könne er nicht glauben, was hier geschah. Aber er sagte nichts.

Schon bald kam Doktor Rigal, fertig angezogen und mit seiner schwarzen Tasche in der Hand, die Treppe herunter.

»Dann also los«, sagte er kurz zu Philippe, und zu Sandrine gewandt: »Wir werden zuerst Sie nach Hause bringen.«

Schweigend gingen sie durch die Rue du Bac, bogen um die Ecke, kamen in die Rue de Varenne, wo sie schließlich vor einer hohen blinden Mauer mit doppeltem Holztor stehen blieben. Ein ganzes Stück hinter der Mauer waren die hohen Fenster und ausgebauten Dachgauben des Herrenhauses zu erkennen.

»Hier ist es«, sagte Sandrine. »Sie können die Rechnung meinem Vater schicken, Herr Doktor.«

Der Arzt nickte kurz.

Sandrine schaute zu Philippe. Für einen kurzen Moment sah er sie starr an. Dann drehte er sich um und ging mit langen Schritten dem Doktor voraus.

Sandrine betätigte so lange die Klingel neben der Tür, bis der Pförtner Jules aus dem Häuschen auf dem Innenhof erschien, um ihnen zu öffnen.

2 »Gottlob, dass dir nichts fehlt.« Blass und mit besorgtem Blick stand Baron Sébastien de Billancourt, im Hausmantel und die Zopfperücke noch auf dem Kopf, im Salon. Neben ihm stand vollständig angekleidet Sandrines Mutter. Sie hatte die weiße Perücke abgenommen, und mit ihrem gelösten braunen Haar und dem verweinten Gesicht sah sie unverhofft wieder wie eine Mutter aus und nicht wie die aristokratische Dame, deren Anblick Sandrine gewöhnt war.

Sandrine kauerte auf dem Sofa. Ihre drei Jahre ältere Schwester Michelle saß neben ihr und hatte ihr den Arm um die Schultern gelegt.

»Ich bin wirklich froh, dass du wieder zu Hause bist«, sagte sie leise. »Als Bernard erzählte, dass ihr in einen Aufruhr geraten seid, waren wir sehr erschrocken. Ich habe den ganzen Abend nach dir Ausschau gehalten, aber du kamst einfach nicht.«

»Ein Wunder, dass ihr so glimpflich davongekommen seid«, meinte der Baron kopfschüttelnd.

»Bist du sicher, dass dir nichts fehlt? Sollen wir nicht den Arzt holen?« Madelon de Billancourt musterte besorgt das blasse Gesicht ihrer Tochter.

»Ich habe mich nur sehr erschrocken, Maman«, sagte Sandrine. »Die Leute … es war schrecklich.«

»Das kann ich mir vorstellen. Wenn ich daran denke, was sie dir hätten antun können …« Die Baronin schauderte.

»Sie waren so mager«, sagte Sandrine leise. »So entsetzlich abgemagert! Neben mir ging eine Frau, bei der sah ich die Knochen durch die Haut.«

»Du gehst mir nicht mehr auf die Straße«, sagte der Baron

entschieden. »Es wird immer schlimmer. Man ist nicht einmal mehr in der eigenen Kutsche sicher. Der Marquis de Castries und sein Sohn Armand-Charles sind neulich mit Steinen beworfen worden, als sie zum Bois de Boulogne fuhren. Das ist doch unglaublich!«

»Wie sie um eine Hand voll Mehl gekämpft haben«, sagte Sandrine. »Sie haben sich gegenseitig einfach niedergetrampelt!«

»Was musst du für Angst ausgestanden haben!« Michelle sah ihre jüngere Schwester mit großen Augen an.

Sandrine strich sich langsam eine lose Haarsträhne aus dem Gesicht. Sie sah noch immer die beiden Frauen vor sich, wie sie sich über einem Sack Mehl zu Leibe gingen.

»Geh nun ins Bett«, sagte ihre Mutter. »Jetzt ist ja alles vorbei. Du bist wieder zu Hause.«

Sandrine stand auf und ging träge nach oben. Jeder Schritt kostete sie unglaubliche Mühe. Julie folgte ihr ins Schlafzimmer. Mit flinken Handbewegungen entkleidete sie Sandrine und zog ihr ein Nachthemd über den Kopf. Sie hob die verschmutzten, zerrissenen Kleidungsstücke vom Fußboden auf, wünschte Sandrine eine gute Nacht und ging in ihre Kammer zwischen Sandrines und Michelles Zimmer.

Auf bloßen Füßen ging Sandrine auf dem weichen Teppich umher; sie berührte die ihr vertrauten Gegenstände. Dann kroch sie unter die Bettdecke und schloss mit einem tiefen Seufzer die Augen. Sie dachte an die Worte ihrer Mutter. Ja, sie war wieder zu Hause. Alles war wieder gut.

Aber sie schlief kaum. Die Ereignisse des Tages ließen sie nicht zur Ruhe kommen. Erst gegen Morgen fiel sie für ein paar Stunden in Schlaf. Als sie aufwachte, sah sie als Erstes das freundliche Sonnenlicht in ihrem Zimmer, aber sogleich hatte sie auch wieder das nach Brot schreiende, verzerrte Frauengesicht vor Augen.

Sandrine sprang aus dem Bett. Sie riss das Fenster auf und

lehnte sich hinaus, um den süßen Duft der überall im parkartigen Garten erblühenden Bäume einzuatmen. Hinter sich hörte sie Julie ins Zimmer kommen.

»Guten Morgen«, sagte sie. »Haben Sie ein wenig schlafen können?«

»Kaum«, antwortete Sandrine.

Julie nickte verständnisvoll. »Ich auch nicht so richtig.«

»Zum Glück fahren wir, morgen in die Touraine«, sagte Sandrine. Beim Gedanken an das Leben in ihrer Sommerresidenz, dem Schloss Poissy in der Nähe von Tours, verspürte Sandrine ein Kribbeln im Bauch. Schon bald konnte sie wieder am Ufer der Loire entlangreiten, durch stille Dörfer und ausgedehnte Weinberge. Und nach den gestrigen Erlebnissen wollte sie so schnell wie möglich fort aus Paris. Ihre Gedanken schweiften ab zur Familie Lambertin.

»Kennst du die Leute gut, Julie?«, fragte sie.

Julie verstand sofort, was sie meinte.

»Die Lambertins? Ja, ich komme aus dem Viertel, dem Marais. Ich war oft bei Maurice in der Werkstatt.«

»Hast du dort auch Angehörige?«

»Meine Mutter wohnt in der Rue St. Paul.«

»Du hast noch nie von deiner Mutter erzählt.«

»Ach, was gibt es da zu erzählen? Sie ist alt und schlecht zu Fuß«, antwortete Julie.

»Und dein Vater?«, fragte Sandrine.

Julie streifte Sandrine einen Spitzenunterrock über und raffte ein paar Hüftfalten.

»Mein Vater ist schon einige Jahre tot. Seit ich arbeiten kann, habe ich für meine Mutter gesorgt.«

»Oh.« Sandrine betrachtete sich im großen Standspiegel, während Julie ihr die Knöpfe im Rücken zumachte. Als sie fertig war, drehte Sandrine sich um und fragte: »Findest du es denn nicht schlimm, dass deine Mutter da ganz alleine lebt?«

Julie lächelte sie an. »An meinem freien Tag gehe ich immer zu ihr.«

»Aber im Sommer! Da sind wir doch monatelang fort!«

»Ja«, sagte Julie. »Da müssen die Nachbarn sich um sie kümmern. Kommen Sie, Mademoiselle, wir gehen nach unten.«

Als Sandrine nach unten kam, roch sie die frisch gebackenen Brioches. Und wieder sah sie die beiden Frauen vor sich, die einander wegen eines Sackes Mehl die Augen hatten auskratzen wollen.

Ihre Eltern und Michelle saßen schon am Tisch. Alle drei blickten auf, als Sandrine hereinkam. Ein Dienstmädchen schenkte ihr schnell eine Tasse Kaffee ein und stellte ein gekochtes Ei vor sie hin.

»Hast du gut geschlafen, mein Kind?«, fragte die Baronin. »Ich dachte, du würdest noch ein Weilchen liegen bleiben?«

»Ich konnte nicht mehr schlafen.« Sandrine streckte die Hand nach einem herrlich duftenden Brioche aus.

»Du siehst noch recht müde aus. Du hast Ringe unter den Augen«, sagte die Baronin besorgt.

»Auf Poissy kann sie sich ausruhen«, meinte Sandrines Vater. »Eine andere Umgebung wird ihr gut tun. Und wahrscheinlich sind all die Unruhen nach dem Sommer vorbei.«

Sandrine betrachtete nachdenklich das Stück Brioche auf ihrem Teller.

»Weißt du, dass Julies Mutter nun den ganzen Sommer über alleine sein wird, Papa?«

»Hat Julie denn noch eine Mutter?«, fragte Michelle.

Sandrine nickte. »Sie ist alt und gebrechlich. Julie kümmert sich um sie.«

»Oh! Und wenn wir weg sind?« Michelle zog leicht die Augenbrauen hoch.

»Da hat Julie bestimmt schon eine Lösung«, beruhigte sie die Baronin. »Darüber braucht ihr euch überhaupt keine Gedanken zu machen.«

Der Baron trank nachdenklich seinen Kaffee. Über den Rand der Tasse sah er Sandrine an.

»Warum hast du Bernard eigentlich nicht umkehren lassen? Was ihr getan habt, aus der Kutsche zu steigen, das war lebensgefährlich!«, sagte er unvermittelt.

»Wir konnten nicht umkehren. Hinter uns waren auch Unruhen. Da versuchten wir, durch eine Seitenstraße zu entkommen, aber die Kutsche konnte nicht weiter. Bernard kam nicht einmal an den Wagenschlag heran!«

»Das hat er gesagt, ja«, meinte ihr Vater grimmig.

Sandrine sah plötzlich deutlich vor sich, wie er empfangen worden war, als er ohne sie nach Hause kam. Eine böse Ahnung stieg in ihr auf. Sie schaute ihrem Vater ins Gesicht. Er sah mürrisch drein und wich ihrem Blick aus.

»Papa?«

»Ich habe ihn entlassen«, sagte der Baron.

»Was? Warum denn?«

»Weil es seine Aufgabe gewesen wäre, dich sicher nach Hause zu bringen! Was habe ich an einem Kutscher, der nur sich selbst in Sicherheit bringt?«

»Dafür kann Bernard doch nichts! Wir konnten nicht vorwärts und nicht rückwärts! Und er kam nicht an den Wagenschlag heran, also habe ich gesagt, er solle versuchen, nach Hause zu kommen, und euch benachrichtigen!«

»Er hätte dich nie und nimmer allein lassen dürfen. Notfalls hätte er über die Kutsche klettern müssen, aber er hätte dich nicht allein lassen dürfen.«

Niedergeschlagen schaute Sandrine auf ihren Teller. Der Duft der Brioche verursachte ihr plötzlich Übelkeit. Bernard war, solange sie denken konnte, in ihren Diensten gewesen. Als sie noch klein war, hatte er sie auf einem der Pferde im Innenhof Runden drehen lassen. Und als sie größer wurde, hatte er sie mit der Kutsche überallhin gebracht. Was sollte er nun anfangen? Sie wusste, dass er eine große Familie zu ernähren hatte.

»Wie konntest du das nur tun«, sagte Sandrine leise.

Sie sah ihre Mutter an, die nachdenklich blickte.

»Ja«, stimmte die Baronin ihrer Tochter zu, »das war nicht sehr vernünftig, Sébastien. Nun haben wir morgen keinen Kutscher.«

Am nächsten Morgen stand ihre Reisekutsche, die Karosse, abfahrtsbereit auf dem Innenhof des vornehmen Herrenhauses in der Rue de Varenne. Vier Pferde waren angespannt, die unruhig schnaubten und mit den Hufen scharrten. André, der neue Kutscher, befestigte das Gepäck auf dem Dach.

Sandrine schaute zu. Das war Bernards Arbeit. Eigentlich sollte er hier pfeifend die Koffer verstauen.

Eduard, der Knecht, stand schon hinten auf dem Trittbrett der Karosse. Dort konnte er auf das Gepäck achten und mit seiner Peitsche Diebe und Bettler vertreiben. Er war ein aufgeweckter junger Mann, aber heute machte er ein mürrisches Gesicht. Er grüßte die Familie ehrerbietig, aber Sandrine fiel auf, dass er die Lippen zu einem schmalen Strich zusammengekniffen hatte.

Sie stieg schnell ein. Michelle und Julie setzten sich neben sie.

»Was macht Eduard für ein mürrisches Gesicht«, sagte Sandrine gedämpft.

»Wirklich?«, fragte Michelle.

Julie schwieg.

Sie warteten auf den Baron und die Baronin. Endlich ließen sie sich von André in die Kutsche helfen. Dann kletterte der Kutscher auf den Bock und ließ die Peitsche knallen. Die großen Räder der Karosse ratterten über den Innenhof, durchs Tor und die Rue de Varenne entlang in Richtung Stadttor.

Es war ein schöner Reisetag. Die Karosse rollte durch den Wald von Fontainebleau. Als sie aus dem Wald kamen, sahen sie, dass die Sonne das reifende Getreide und die Wiesen voller Geißklee und Butterblumen in goldenes Licht tauchte.

Der Baron schaute durch das kleine Fenster hinaus und

seufzte genüsslich. Sandrine lächelte. So froh sie jedes Frühjahr waren, in die Touraine zu fahren, so erleichtert waren sie, wenn sie am Ende des Sommers nach Paris zurückkehren konnten. Keiner von ihnen fand es verlockend, über Winter in einem feuchten, schlecht zu beheizenden Schloss zu wohnen.

Eigentlich ist es so ideal, dachte Sandrine. Im Winter in Paris ins Theater und im Sommer herrlich draußen sein, weit weg von der Hitze und dem Gedränge der Stadt.

Stundenlang waren sie unterwegs. Allmählich veränderte sich die Landschaft. Es wurde hügeliger und zwischen den Bäumen tauchten immer wieder Türme von Klöstern und Schlössern auf.

Als die Sonne unterging, näherten sie sich Orléans. Sandrine und Michelle hatten sich ermüdet aneinander gelehnt.

Die Kutsche rumpelte und schaukelte über die holprigen Pflastersteine und hielt schließlich auf einem Marktplatz vor einer gepflegt aussehenden Herberge, in der sie stets auf dem Weg nach Poissy übernachteten. Aus gebührender Entfernung beobachteten die Einwohner von Orléans das Abladen des Gepäcks.

Sandrine riskierte einen schnellen Blick auf mehrere Frauen, die nur ein paar Schritte von ihr entfernt standen. Ausdruckslos erwiderten die Frauen den Blick.

Sandrine schaute sich nach Julie um, doch die verschwand bereits in der Herberge. Schnell folgte ihr Sandrine.

»Hast du gesehen, wie die Leute guckten?«, fragte Sandrine.

»Ja«, antwortete Julie.

»Was ist mit ihnen?«, fragte Michelle.

»Sie waren so mager«, antwortete Sandrine. »Und sie standen da und haben uns angestarrt.«

»Das ist doch immer so«, meinte Michelle arglos. »Da stehen doch immer welche und glotzen.«

Sandrine ging ans Fenster der Gaststube und schaute hinaus. Der Kutscher war noch mit dem Gepäck beschäftigt.

Eduard starrte nur vor sich hin. Er schien gar nicht zu bemerken, dass ein kleiner Junge es auf ein Lederköfferchen abgesehen hatte.

»He, du!«, schrie André.

Der Junge erschrak so sehr, dass er den Koffer fallen ließ. Das Schloss sprang auf und die Schönheitsmittel der Baronin kullerten über die Pflastersteine. Die Zuschauer jubelten laut. Eine Frau bückte sich und raffte blitzschnell ein paar Lockenwickler an sich. Lachend zeigte sie sie ihrer Nachbarin, bis André sie ihr aus den Händen wand. Eine andere Frau versteckte eine Parfümflasche in den Falten ihres Rockes und ein junges Mädchen wedelte sich mit dem bebilderten Fächer der Baronin Kühlung zu.

Als ginge ihn das alles nichts an, lehnte Eduard an der Karosse und schaute zu. André schnauzte ihn an. Als Eduard sich umdrehte, sah Sandrine, dass aus dem schmalen Strich seiner Lippen ein breites Grinsen geworden war.

In der Nacht wurde Sandrine von einem immer wiederkehrenden Traum gequält. Vor der Herberge hatte sich eine große Menschenmenge angesammelt. Sie schrien nicht, sie drohten nicht mit den Fäusten, sie waren ganz still. Schweigend standen sie da und schauten zu den Fenstern hinauf. In der Dunkelheit konnte Sandrine ihre Gesichter nicht erkennen, aber sie spürte, dass von der Menge eine Bedrohung ausging.

Gegen Morgen fuhr Sandrine erschrocken aus dem Schlaf. Mit jagendem Herzschlag schaute sie um sich. Alles war ruhig. Michelle schlief noch. Das erste Morgenlicht kroch schüchtern durch den Spalt zwischen den Fensterläden ins Zimmer.

Sandrine stand auf. Mit Mühe öffnete sie das klemmende Bleiglasfenster, stieß die Läden auf und beugte sich hinaus. Alles war ruhig. Vor der Tür stand keine schweigende Menschenmenge. Sandrine atmete tief die frische Morgenluft ein. Erleichtert schloss sie das Fenster wieder.

Ihr Vater wollte so schnell wie möglich weiterreisen. Während die Familie de Billancourt in der Gaststätte frühstückte, schleppten André und Eduard das Gepäck wieder zur Karosse. Als alles auf dem Dach festgezurrt war, nahm die Familie wieder in der Karosse Platz, und Eduard stieg auf das Trittbrett an der Rückwand.

Sie ließen Orléans hinter sich und folgten einem Feldweg am Ufer der Loire, die sich schimmernd durch die Weinberge wand.

Die Loire!

Sandrine saß aufrecht und hatte die Nase ans Fenster gedrückt. Sie erfreute sich an den märchenhaften Schlössern, die nun am Ufer auftauchten. Schon bald würde sie zu Hause sein. Sie zuckte zusammen, als die Karosse hielt.

»Wir vertreten uns kurz die Beine«, sagte ihr Vater.

Sandrine hatte den Schlag schon geöffnet, als Eduard steif von seinem Trittbrett kam, um ihr beim Aussteigen zu helfen. Er war auch Michelle und der Baronin behilflich und begann, sich dann zu strecken.

Sandrine beobachtete ihn. Er würde wohl jeden Muskel spüren, hatte er doch stundenlang hinten auf dem Trittbrett stehen und sich festhalten müssen.

Sie ging ans Ufer, wo ihr Vater und Michelle auf den Fluss schauten.

»Wo sind wir?«, fragte Michelle.

»Hinter Blois«, antwortete ihr Vater. »Siehst du, da ist das Schloss von Amboise.« Er deutete auf das andere Ufer, wo hoch oben auf einem Felsen graue Schlossmauern zu erkennen waren.

»Was für ein düsteres Gebäude«, sagte Michelle. »Poissy ist viel schöner.«

»Papa, warum sitzt Eduard eigentlich nicht bei uns in der Kutsche?«, fragte Sandrine.

Ihr Vater und Michelle starrten sie verblüfft an.

»Bei uns?«, meinte der Baron.

»Ja, Julie sitzt doch auch bei uns.«

»Julie ist eine Zofe, das ist ein großer Unterschied. Eduard ist nur ein gewöhnlicher Hausknecht.«

»Aber wenn es regnet, wird er klatschnass!«

»Es regnet doch nicht! Wir haben wunderschönes Wetter.«

»Aber doch nicht immer. Er könnte doch auch bei André auf dem Bock sitzen.« Sandrine gab nicht auf.

»Nein, das kann er nicht. Es ist Eduards Aufgabe, darauf zu achten, dass wir kein Gepäck verlieren. Das geht nicht, wenn er mit dem Rücken zum Gepäck sitzt. Und jetzt hör auf damit«, sagte ihr Vater gereizt.

»Fehlt nur noch, dass er dich hört«, meinte Michelle pikiert. Sie wandte sich an ihre Mutter. »Maman, ich habe Hunger. Gibt es etwas zu essen?«

»Ja, ich habe auch Appetit.« Ihre Mutter gab Eduard ein Zeichen, den Proviantkorb mit kaltem Huhn und einer Flasche Rotwein hervorzuholen. Dann nahm sie wieder in der Karosse Platz und ließ sich ein Stück Huhn und ein Glas Wein bringen. Sandrine und Michelle saßen auf einer niedrigen Mauer. Sie genossen die frische Luft und den Blick auf die träge dahinströmende Loire. Ihr Vater setzte sich zu ihnen.

»Fahren wir weiter?«, fragte die Baronin nach einer Weile aus der Karosse.

»Nein, noch nicht«, sagte Michelle.

Ihr Vater stand auf. »Kommt, meine Damen! Wir müssen! Heute Abend können wir beim gemütlichen Kaminfeuer im Salon ein gutes Abendessen genießen.«

Sie stiegen wieder ein. Bei Amboise überquerten sie auf der alten Steinbrücke den Fluss. Der größte Teil des Feldwegs führte durch den Wald, in den durch das Laub der jungen Bäume Sonnenlicht fiel. Doch plötzlich hörte der Wald auf, und vor ihnen erstreckten sich sanft abfallende Weinberge, die zu durchqueren sie einige Zeit kostete. Dann sahen sie den Saum eines neuen Waldes und ganz in der Nähe die hohen Türme eines Schlosses.

»Wir sind da!« Sandrine und Michelle lehnten sich aus dem Fenster der Karosse, aber ihre Mutter ermahnte sie, gerade zu sitzen.

Der Park und das Schloss hinter dem Eisenzaun sahen verlassen aus. Als sie unter den Kastanienbäumen auf die Zufahrt kamen, hoppelte ein erschreckter Hase vor der Karosse über den Weg. Sie rumpelten über die Pflastersteine durch den Torbogen auf den Innenhof des Schlosses.

Als der alte Verwalter Michel das Rattern der Räder hörte, kam er heraus und begrüßte sie. Auch seine Frau Corine kam herbeigelaufen.

»Monsieur le Baron, Madame! Welch eine Freude, Sie begrüßen zu dürfen! Und Mademoiselle Michelle, Mademoiselle Sandrine!« Michel verbeugte sich.

Der Baron und die Baronin nickten freundlich und formell.

»Gehen wir hinein, ich bin müde«, sagte die Baronin.

»Ich bereite schon das Diner vor. Möchten Sie erst Kaffee?«, fragte Corine.

»Ja, Corine, sehr gerne«, sagte die Baronin und nickte ihr zu.

Sandrine und Michelle waren dem Verwalter bereits ins Schloss gefolgt. Sandrine lief die Treppe hinauf zu ihrem Zimmer. Sie zog den Vorhang des Himmelbetts auf und setzte sich auf die Bettkante. Eduard brachte ihre Koffer herauf. Ihm auf dem Fuße folgte Julie, die sofort mit dem Auspacken begann. Dann ging sie in Michelles Zimmer.

Sandrine öffnete das Fenster und lehnte sich hinaus. Zufrieden ließ sie den Blick über die vertraute Umgebung gleiten, den Park mit den Bäumen, die welligen Felder, dahinter die Weinberge, und in der Ferne sah sie den spitzen Turm der Dorfkirche. Sanfter Wind wehte Blütenduft heran. Aus dem Schlossgraben klang das laute Quaken von Fröschen. Sandrine atmete tief ein und lächelte.

Am nächsten Morgen wurde Sandrine vom Gurren der Tauben wach. Sie rieb sich die Augen und richtete sich halb auf. Irgendwo unten im Schloss hörte sie die Dienstmädchen, die am Morgen aus dem Dorf gekommen waren, Türen auf- und zumachen. Ein Hund bellte, auf dem Innenhof waren Schritte zu hören.

Sandrine zog den Vorhang ihres Bettes zur Seite und schwang die Beine über den Rand. Sie war zu ungeduldig, um auf Julie zu warten. Sie nahm ein bequemes Kleid, zog sich schnell an und ging die breite Wendeltreppe hinunter. Ein schneller Blick in den Speisesaal sagte ihr, dass ihre Eltern und Michelle noch nicht auf waren.

Sandrine ging in den Salon und schaute auf die Stutzuhr auf dem Kaminsims. Sieben Uhr. Kein Wunder, dass ihre Eltern noch schliefen! Sie hatte gedacht, es wäre schon später.

Sie ging weiter zur Küche. Durch die schwere, geschlossene Tür waren Wortfetzen und Lachen zu hören. Zwischen den hohen Stimmen der Dienstmädchen erkannte Sandrine Eduards dunklere Stimme. In dem Moment, da sie die Hand nach der Klinke ausstreckte, hörte sie den Namen ihres Vaters, danach Gekicher.

Sandrine öffnete die Tür. Sofort wurde es still in der Küche. Eduard machte ein schuldbewusstes Gesicht. Er und die Dienstmädchen standen auf und verbeugten sich. Eines der Mädchen sagte schüchtern: »Guten Morgen, Mademoiselle. Möchten Sie Kaffee? Oder etwas essen?«

»Nein, noch nicht. Ich werde erst ausreiten. Lasst den Stallknecht mein Pferd satteln.«

Das Mädchen nickte und ging.

Sandrine holte ihren Mantel und ging durch die Küche auf den Innenhof. Die prickelnd frische Morgenluft vertrieb ihre Verärgerung. Natürlich wusste sie, dass hinter ihren Rücken geredet wurde. Das kümmerte sie wenig. Was sie beunruhigte, war Eduards kalter Blick.

Als sie Hufgeklapper hinter sich hörte, drehte sie sich um.

Ein Stalljunge kam mit einem braunen Pferd mit schwarzer Mähne.

»Florie!« Sandrine eilte zu dem Pferd und tätschelte ihm liebevoll die Blesse. Sie setzte den Fuß in den Steigbügel und gab dem Stalljungen, der ihr behilflich sein wollte, mit einer Handbewegung zu verstehen, dass er ihr nicht zu helfen bräuchte.

»Wenn meine Eltern aufgestanden sind, sag ihnen, dass ich einen Morgenritt mache.« Sandrine gab dem Pferd einen Klaps und ritt über den Innenhof und durch den Torbogen zur Auffahrt unter den majestätischen Kastanienbäumen. Sie ritt durch das Parktor und schlug einen sandigen Feldweg ein, der zum Wald führte. Der Sand dämpfte den Hufschlag ihres Pferdes und hin und wieder schoss ein erschrockenes Kaninchen oder Eichhörnchen über den Weg. So früh am Morgen gab es hier im Wald noch Bodennebel. Nach kurzem Ritt hatte Sandrine den Wald hinter sich gelassen und genoss die freie Sicht auf leicht hügelige Felder und Weinberge. Verstreut im Land sah sie Bauernkaten und hinter den Feldern begann das Dorf. Sandrine blieb auf dem Sandweg quer durch die Felder. Die Bauern waren schon bei der Arbeit. Sie schienen sie nicht zu bemerken. Sandrine ritt langsam vorbei und schaute auf die gebeugten Rücken der ungerührt weiterarbeitenden Bauern. Als sie längst vorbei war und kurz über die Schulter blickte, sah sie, dass sie ihr nachstarrten.

Hier also auch schon!, durchzuckte es sie.

Langsam ritt sie auf das Dorf zu. Es hatte nur ein paar Straßen, gesäumt von kleinen Häusern. In der Dorfmitte war ein Platz mit einem Brunnen und einer uralten Kastanie. Dort am Platz waren eine Herberge, eine Gerberei, ein Stall zum Pferdewechseln, eine Bäckerei und eine Schlachterei.

Vor der Bäckerei hatten sich ein paar Leute zu einem Schwätzchen versammelt. Als Sandrine vorbeikam, verstummten sie und verbeugten sich, schlugen aber nicht die Augen nieder. Sandrine fragte sich, worüber sie sich wohl unterhalten hatten. Was wusste sie eigentlich von diesen Leuten? Sie sah sie jeden Sommer, kannte aber keinen wirklich.

Sandrine trabte aus dem Dorf heraus, durch Felder und wieder in den Wald. Die Sonne verschwand hinter einer Wolke. Der Wald nahm sie auf und das Rauschen der Bäume hatte auf einmal etwas Bedrohliches. Sie hatte einen anderen Weg genommen, der viel schmaler war und tiefer in den Wald hineinführte. Immer wieder musste sie sich über Flories Hals beugen, um tief herabhängenden Zweigen auszuweichen.

Irgendwo im Unterholz knackte es.

Sandrines Blick huschte von Baum zu Baum, aber sie sah nichts. Sie hielt Florie an und lauschte.

Ja, da war es wieder. Zweige brachen und sie hörte dumpfe Schritte. Florie schnaubte leise. Erschrocken legte Sandrine dem Pferd die Hand auf den Hals. Die Schritte stockten.

Sandrine drückte Florie die Knie in die Flanken, bewegte ihn so zum Weitergehen. Sie folgten einem Weg, der kaum noch zu erkennen war und auf einmal ganz aufhörte. Sie musste unbemerkt vom Weg abgekommen sein. Gehetzt schaute sie sich um. Ein Vogel stieg krächzend aus einem Gebüsch auf. Sonst war da nur das Rauschen der Bäume im Wind.

Welche Richtung musste sie einschlagen? Sie versuchte es links. Tief über seinen Hals gebeugt, zwang sie Florie durch das dichte Unterholz. Und dann fand sie zum Glück den Weg wieder.

Erleichtert richtete Sandrine sich auf. Im gleichen Moment spürte sie, wie sich ihre Nackenhaare sträubten. Sie schaute sich um.

Wenige Meter von ihr entfernt stand ein Junge. Er war älter und größer als sie, hatte dunkle Haare und kräftige Schultern. Um den Mund hatte er einen verbissenen Zug. Er starrte Sandrine an, die den Blick erwiderte. Dann sah der Junge gleichgültig in eine andere Richtung, als hätte ihr Erscheinen nicht mehr zu bedeuten als das plötzliche Auftauchen eines Hasen oder Hirsches.

Sandrine senkte den Blick. Am Gürtel des Jungen hingen zwei tote Kaninchen. Gewilderte Kaninchen. Das war ein Kapitalverbrechen!

Der Junge kam ihr bekannt vor. Schweigend schaute sie ihm ins feindselige Gesicht. Außer ihnen beiden war kein Mensch zu sehen. Und sie musste etwas sagen. Sie musste zeigen, dass sie keine Angst hatte.

»Bonjour«, sagte sie so selbstsicher wie möglich.

»Bonjour, Mademoiselle«, antwortete er.

Plötzlich wusste Sandrine, wer er war. Nicolas Bailly, der Sohn eines Pachtbauern ihres Vaters. Sie war ihm schon begegnet, wenn sie ihren Vater bei der Inspektion der Pachtbauern begleitet hatte. Aber irgendwie hatte der Junge, der nun aufrecht und stark vor ihr stand, überhaupt keine Ähnlichkeit mehr mit dem untertänigen Pächtersohn aus ihrer Erinnerung. Wenn er nur nicht glaubte, sein Auftreten könnte sie beeindrucken! Er sollte sich nur trauen, sie anzurühren!

Sandrine warf einen Blick auf die Kaninchen.

»Du riskierst allerhand«, sagte sie.

Nicolas lachte abfällig.

»Macht dir das nichts aus? Dafür kannst du gehenkt werden.«

Ruckartig hob Nicolas den Kopf. »Wissen Sie überhaupt, was Hunger ist?«, zischte er. »Ich möchte wissen, ob Sie jemals auch nur eine einzige Mahlzeit ausgelassen haben.«

Erschrocken setzte Sandrine ihr Pferd einen Schritt zurück.

»Keine Angst, ich tu Ihnen nichts«, sagte Nicolas und schaute sie verächtlich an.

»Selbstverständlich wirst du mir nichts tun«, sagte Sandrine fest. »Mein Vater ...«

»Ihr Vater«, fiel Nicolas ihr ins Wort, »hat meine Mutter umgebracht.«

Sandrine blieb der Mund offen stehen. Vor Entrüstung wurde sie rot.

»Letzten Winter ist sie gestorben. Krank vor Hunger, von der Kälte und von den Sorgen. Als sie starb, war sie nur noch ein Knochengerippe mit etwas Haut drum herum.«

»Das tut mir Leid für dich«, sagte Sandrine. »Aber dafür kannst du doch meinem Vater nicht die Schuld geben!«

»Nein? Wem dann?«

Sandrine suchte nach Worten, aber das kümmerte Nicolas nicht. Er drehte sich um und ging. Sandrine spornte Florie an und folgte ihm im Schritttempo. Nicolas schaute sich nicht einmal um.

In Gedanken sah Sandrine die über den Mehlsäcken miteinander ringenden Leute in der Rue du Faubourg St. Antoine. Wie fühlte man sich, wenn die eigene Mutter vor Hunger starb? Während doch die Wälder um einen herum voller Wild waren!

Am Waldrand überholte Sandrine Nicolas. Sie hielt Florie an.

»Ich sag's nicht weiter«, sagte sie.

Nicolas zog die Schultern hoch. Sie sah nur seinen Rücken, aber nach ein paar Schritten drehte er sich um. Er sah sie an, als wollte er etwas sagen, überlegte es sich dann aber. Mit großen Schritten ging er den Feldweg entlang. An seinem Gürtel baumelten die Kaninchen.

3

»Seit wir hier sind, kriege ich nachts kein Auge mehr zu«, murrte Sandrines Vater eines Abends beim Essen. »Diese verdammten Frösche mit ihrem Gequake! Das geht die ganze Nacht!«

»Mich stört es nicht«, sagte die Baronin.

»Aber mich. Ich werde ein paar Männer beauftragen, die Frösche zu fangen«, nahm sich der Baron vor.

»Wusstest du, dass Jeannette Bailly tot ist, Papa?«, fragte Sandrine unvermittelt. Sie faltete die Serviette auseinander und legte sie sich auf den Schoß. Über den mit Damast und Silber gedeckten Tisch schaute sie ihren Vater aufmerksam an.

»Jeannette Bailly? Die Frau von Léon Bailly?« Ihr Vater nahm ein Stück Wildbret von der Schale, die ein Dienstmädchen ihm reichte.

»Ja. Erfroren und verhungert«, sagte Sandrine.

Ihre Eltern hoben verblüfft den Blick von den Tellern.

»Erfroren und verhungert«, wiederholte der Baron skeptisch. »Das scheint mir übertrieben.«

»Sie ist tot«, sagte Sandrine scharf.

»Das stimmt, Papa«, mischte sich Michelle ein. »Ich habe von Michel gehört, dass letzten Winter viele Leute gestorben sind. Auch viele Kinder.«

Der Baron fasste sein Glas am Stiel. Mit nachdenklicher Miene ließ er den Wein kreisen. »Ich weiß es und ich bedaure es. Es war ein ungewöhnlich strenger Winter«, sagte er.

»Sie geben uns die Schuld«, sagte Sandrine. »Alle sind irgendwie feindselig.«

»Das geht vorüber«, meinte der Baron.

»Wir sollten das nicht so wichtig nehmen«, fand auch ihre Mutter.

»Ich höre etwas.« Michelle hielt den Kopf schräg und lauschte angestrengt. Von draußen erklang gedämpftes Schreien. Im gleichen Moment kam Eduard herein. Er verbeugte sich höflich und sagte: »Monsieur le Baron… Wenn ich Sie einmal stören darf…«

»Was ist denn, Eduard?«, fragte der Baron.

»Vor dem Tor haben sich Leute versammelt, Monsieur. Sie fordern Brot.«

»Sie fordern Brot?«, fragte der Baron ungläubig.

»So ist es, Monsieur.«

»Das ist doch lächerlich!«, wehrte der Baron ab.

»Papa, gib es ihnen«, bat Sandrine.

»Du brauchst keine Angst zu haben, mein Kind. Das Tor ist stark und gut verriegelt«, sagte ihr Vater beruhigend.

»Ich habe keine Angst, ich möchte nur, dass sie etwas zu essen bekommen«, lehnte sich Sandrine auf.

»Seit wann stellen unsere Pächter Forderungen?«, entrüstete sich die Baronin. »Wenn wir tun, was sie verlangen, stehen sie jeden Abend hier. Und dann fehlt nur noch, dass sie bei uns am Tisch sitzen wollen.«

Michelle lachte laut auf.

»Papa!«, sagte Sandrine eindringlich.

»Lass ihnen die Reste aus der Küche bringen«, sagte der Baron zu Eduard.

Der Hausknecht nickte, verbeugte sich und verließ den Speiseraum.

Ein paar Wochen später schlug die Trockenheit zu. Es war Mitte Juni und die Sonne brannte auf die kärglichen Gewächse. Es war so heiß, dass sich tiefe Risse in der trockenen Erde bildeten. Und dann entlud sich eines Tages ein heftiges Gewitter über die Bauern auf den Feldern. Sandrine blieb den ganzen Tag im Haus. Seit sie einmal gesehen hatte, wie an der Schlosszufahrt ein Blitz einen Baum fällte, hatte sie Angst vor Gewittern. Nicht einmal innerhalb der dicken

Schlossmauern fühlte sie sich richtig sicher. Als sie sich zum Abendessen an den Tisch setzten, donnerte es noch leise, doch dann zog das Unwetter ab.

»Heute Abend essen wir Froschschenkel«, sagte der Baron heiter.

»Du hast also die schrecklichen Frösche fangen lassen?«, fragte Michelle. »Sie haben mich letzte Nacht nicht schlafen lassen. Und dann war es auch noch so warm.«

»Ja, ich habe sie fangen lassen. Heute Nacht werden wir wieder ruhig schlafen.«

Sandrine nahm Messer und Gabel und machte sich über die Froschschenkel her. Was wohl Nicolas heute Abend aß? Ob er sich wohl getraut hatte, noch einmal zu wildern? Da sie nun hier waren, schien ihm das Risiko vielleicht zu groß. Sie schaute ihren Vater an, der sich die Froschschenkel schmecken ließ.

»Weißt du, was ich nicht verstehe«, sagte Sandrine.

»Hmm?«, machte ihr Vater.

»Warum wir nicht hier bleiben, ich meine, über Winter.«

Sandrines Vater schaute auf und wischte sich mit der Serviette den Mund ab. »Über Winter? Warum sollten wir?«

»Na ja, um alles zu beaufsichtigen«, meinte Sandrine.

»Was denn? Die ganze Arbeit wird doch im Sommer getan. Im August ist die Ernte eingebracht«, sagte ihr Vater.

»Aber die Traubenlese steht dann noch bevor«, gab Sandrine zu bedenken.

»Dafür haben wir Michel. Der kümmert sich schon seit Jahren darum«, erklärte ihr Vater.

»Das weiß ich ja, aber ist es nicht eigentlich die Aufgabe des Gutsherrn? Also deine?«, wollte Sandrine wissen.

Der Baron öffnete den Mund, um etwas zu sagen, aber Sandrine kam ihm zuvor.

»Und ist es nicht auch die Aufgabe des Gutsherrn, für die Pächter zu sorgen?«

Erbost warf ihr Vater die Serviette auf den Tisch und

polterte: »Das geht dich alles überhaupt nichts an, Sandrine!«

»Aber ich meine ja nur ...«

»Sandrine!«, mischte sich ihre Mutter warnend ein.

Sandrine schaute alle der Reihe nach an. »Warum darf ich nicht sagen, was ich denke?«

»Weil es dich nichts angeht, wie du von deinem Vater gehört hast. Jetzt iss.«

»Ich habe keinen Appetit mehr. Wenn ihr mich entschuldigen wollt, Papa, Maman ...«

Ohne auf Antwort zu warten, schob Sandrine ihren Stuhl zurück und verließ den Speisesaal. Im Gang sah sie Eduard schnell verschwinden. Hatte er an der Tür gelauscht? Nachdenklich schaute Sandrine dem Knecht nach.

Sie ging in ihr Zimmer. Von der Sitzbank vor dem Fenster aus schaute sie nach draußen. Als nach einer Weile an die Tür geklopft wurde, erwartete sie Julie, aber es war Michelle, die hereinkam.

»Warum hast du dich so seltsam benommen?«, fragte sie.

»Überhaupt nicht seltsam«, entgegnete Sandrine. »Ich habe nur etwas gefragt.«

»Ja, aber was? Wir bleiben doch nie über Winter hier.«

»Findest du das denn nicht falsch?«, wollte Sandrine wissen. »Papa ist der Gutsherr! Er hat hier Verpflichtungen. Nicht in Paris. Die Pächter sind von ihm abhängig. Im letzten Winter sind etliche Leute gestorben.«

»Was kann Papa denn dafür, dass der Winter so streng war?«, meinte Michelle.

»Das meine ich nicht. Wenn er hier geblieben wäre, hätte er erlauben können, Holz zu schlagen und zu jagen. Ich verstehe ja sowieso nicht, warum das verboten ist.«

»Ich bitte dich! Stell dir vor, alle im Dorf könnten sich einfach nehmen, was sie wollen! Sie würden den ganzen Wald plündern!«, sagte Michelle.

»Nicht, wenn man ihnen sagt, wo sie jagen und wo sie Holz

schlagen dürfen, damit sie über den Winter kommen. Stattdessen stellt Papa ein paar Aufseher an, die jeden niederschießen dürfen, der das Verbot übertritt.«

»Ach Sandrine ...«, sagte Michelle aufseufzend.

»So ist es doch! Warum darf ich das nicht sagen?«

»Du darfst es ja sagen, nur... Kannst du dir Papa und Mama hier den ganzen Winter über vorstellen? Und uns? Was um Himmels willen sollten wir hier denn anfangen? Die größte Attraktion von Poissy ist die Dorfschenke!«

Sandrine starrte ihre Schwester an.

»Ich meinte ja auch keine Vergnügungen.«

»Was dann? Willst du etwa auf den Feldern arbeiten?«

Sandrine schwieg. Sie wusste es eigentlich selbst nicht so genau. Aber sie wurde das Gefühl nicht los, dass sie hier Pflichten hatten, die sie nicht erfüllten.

Am nächsten Tag lenkte Sandrine Florie auf den Feldweg, der zu Léon Baillys Hof führte. In ihren Satteltaschen steckten ein paar Brote und sie hatte auch eine Brioche und ein großes Stück Schinken aus der Küche geholt. Auf den Wiesen lag nach dem gestrigen Gewitter immer noch das klatschnasse Heu, von dem ein süßlicher Geruch ausging.

Auf dem Hof vor dem Haus des Pachtbauern war niemand, nur in der Tür saß ein kleines Mädchen, das Zwiebeln in einen Kochtopf schnitt. Als das Kind Sandrine kommen sah, stand es schnell auf und machte eine Verbeugung.

Sandrine stieg vom Pferd und lächelte dem Mädchen freundlich zu. »Bonjour.«

»Bonjour, Mademoiselle«, sagte das Mädchen unterwürfig.

»Was machst du denn gerade?«, fragte Sandrine.

»Ich koche Suppe, Mademoiselle.«

Sandrine schaute in den Topf. Der Boden war mit einer Lage aus Gras und Blättern bedeckt. Sandrine drehte sich um und holte die Brioche aus der Satteltasche.

»Ich habe dir etwas mitgebracht.«

»Danke, Mademoiselle«, sagte das Mädchen und nahm die Brioche.

Sandrine stand in der offenen Tür und schaute sich schweigend um. In einer Ecke lag ein Berg schmutziger Wäsche und der Fußboden war übersät mit herumliegenden Sachen. Der Herd war seit undenkbaren Zeiten nicht mehr geputzt worden, sodass überall Schlacke herumlag.

Léon Bailly, Nicolas' Vater, saß mit aufgestützten Ellbogen am roh gezimmerten Esstisch. Er hatte graue, liederlich geschnittene Haare und sein Bart war total verfilzt. Er hatte den Kopf gesenkt und umfasste mit einer Hand eine Flasche.

Sandrine zögerte. Nichts deutete darauf hin, dass Nicolas' Vater ihre Anwesenheit bemerkt hatte. Sie wollte lieber nicht näher herangehen und eigentlich wollte sie ihn auch nicht ansprechen.

»Bonjour, Monsieur Bailly«, sagte sie dann aber doch, und zwar resoluter und selbstsicherer, als sie sich fühlte.

Keine Reaktion.

Ratlos machte Sandrine einen Schritt auf ihn zu und sagte: »Ich habe Ihrer Tochter eine Brioche gegeben. Ihnen habe ich auch etwas mitgebracht. Sehen Sie …«

Sie legte schnell die Brote und den Schinken auf den Tisch und wich wieder einen Schritt zurück. Mit einem seltsamen Blick in den tief liegenden Augen starrte Nicolas' Vater auf den Schinken.

Er schob den Stuhl zurück und stand auf. Er war zwar sehr mager, aber beeindruckend groß. Und er hatte riesige Hände. Schweigend sah er Sandrine an.

Sandrine lächelte unsicher. Léon Bailly kam langsam auf sie zu. Sandrine überfiel Angst. Sie wusste nicht, sollte sie bleiben oder fortlaufen.

Sie hätte fortlaufen sollen.

Das begriff sie, als sich der Blick der starren grauen Augen in ihre bohrte. Sie drehte sich um und machte ein paar

Schritte auf die Tür zu. Zwei große Arbeitshände wurden blitzschnell ausgestreckt und umschlossen ihren Hals. Der Griff wurde fester, immer fester.

Sandrine öffnete den Mund, aber sie brachte nicht mehr als gequältes Stöhnen hervor. Ihre Hände zerrten vergeblich an den Pranken um ihren Hals.

Luft! Sie bekam keine Luft mehr!

Das Blut pochte ihr dröhnend in den Schläfen. Luft! Luft!

Sie hatte den Mund weit aufgerissen. Vor ihren Augen tanzten schwarze Punkte. Sie hörte die seltsamen Töne, die aus ihrer Kehle kamen.

Dann hörte sie hinter sich einen Schrei. Jemand stürzte sich auf sie und ihren Angreifer. Sie fiel hin und die Hände ließen ihren Hals los. Sie atmete tief durch, aber es tat entsetzlich weh. Schwer atmend und keuchend, lag sie auf dem schmutzigen Fußboden. Hinter sich hörte sie die Geräusche eines Kampfes. Dann war es still.

»Mademoiselle?« Jemand drehte sie um und half ihr, sich hinzusetzen. Es war Nicolas. Sandrine hatte nur einen Gedanken: Fort von hier!

Als sie sich an einem Stuhl hochzog, kam Nicolas ihr zu Hilfe. Sie taumelte, aber Nicolas stützte sie.

Ein Schluchzen durchbrach die Stille.

Sandrines Blick eilte durch den Raum. Mit dem Kopf an die Wand gelehnt, saß Nicolas' Vater in einer Ecke auf dem Fußboden. Aus seinem Mund rann Blut und er weinte.

Sandrine riss sich los und schnellte zur Tür.

»Mademoiselle Sandrine!«

Sie achtete nicht darauf. Sie torkelte auf ihr Pferd zu und zog sich mit letzter Kraft in den Sattel.

»Mademoiselle!«

Sandrine gönnte Nicolas nur noch einen flüchtigen Blick. Sie wollte fort von hier, und zwar schnell!

Mit ein paar Schritten war Nicolas bei ihr. Er nahm Flories Zügel und sagte eindringlich: »Was werden Sie tun?

Werden Sie ihn anzeigen? Mademoiselle, man wird ihn hängen!«

Sandrine drückte die Knie in Flories Flanken, aber Nicolas ließ die Zügel nicht los. Sandrine verstärkte den Druck in Flories Flanke. Das Pferd wieherte aufgeregt und warf den Kopf in den Nacken. Da musste Nicolas loslassen. Sandrine galoppierte davon. »Er ist der einzige Mensch, den ich noch habe!«, rief Nicolas ihr nach.

Sandrine stürmte weiter. In ihren Ohren rauschte das Blut. In halsbrecherischem Tempo jagte sie Florie über den Feldweg und durch den Wald zurück zum Schloss. Erst als sie die Auffahrt erreichte, zügelte sie ihr Pferd. Sie durfte nicht wild auf den Innenhof galoppiert kommen. Die Dienerschaft brauchte nicht zu merken, wie verstört sie war.

Als sie auf den Innenhof kam, hatte sie sich einigermaßen beruhigt. Kraftlos ließ sie sich vom Pferderücken gleiten, warf die Zügel einem herbeigeeilten Stallknecht zu und ging ins Schloss. Der Stallknecht und ein vorbeikommendes Dienstmädchen schauten ihr verblüfft nach.

Sandrine rannte die große Treppe hinauf in ihr Zimmer und warf dann die Tür hinter sich zu. Mit zitternder Hand drehte sie den Schlüssel im Schloss um.

»Mademoiselle Sandrine?«

Schon war Julie zur Stelle.

»Was ist los? Lucille sagte, Sie weinen. Mademoiselle?«

Sandrine führte eine Hand zur Kehle. Das Atmen und Schlucken war noch schmerzhaft.

»Mademoiselle, öffnen Sie die Tür. Bitte, sonst hole ich Ihren Vater«, hörte sie Julie sagen.

Sandrine dachte kurz nach. Bitte nicht! Das wütende Brüllen ihres Vaters und die gereizte Besorgtheit ihrer Mutter könnte sie jetzt nicht ertragen. Eigentlich war Julie die Einzige, die ruhig blieb, wenn etwas passiert war.

Sandrine ging zu der schweren Holztür und schloss auf. Julie kam sofort herein. Ihre Augen weiteten sich.

»Mademoiselle! Was ist passiert?« Entsetzt sah sie Sandrines Hals an.

»Es tut weh«, flüsterte Sandrine.

»Das sieht ja aus, als habe jemand…« Julie beendete den Satz nicht. Sie drängte Sandrine zum Bett, schob den Vorhang zur Seite und drückte sie auf die Bettkante.

»Was ist denn passiert? Ihr Hals ist ja voller roter Flecken!«

Sandrine nahm einen silbernen Handspiegel vom Schränkchen neben ihrem Bett. Julie hatte Recht. Ganz deutlich waren Fingerabdrücke zu erkennen. Sie erschauderte.

»Wer hat das getan?«, fragte Julie eindringlich.

Sandrine schüttelte den Kopf.

»Wissen Sie es nicht? Ein Unbekannter? Ein Landstreicher vielleicht«, fragte Julie.

Sollte sie es sagen? Aber dann war Julie verpflichtet, es ihrem Vater zu sagen. Und der würde nicht zögern und Nicolas' Vater aufhängen lassen. Die Worte, die Nicolas ihr nachgerufen hatte, dröhnten ihr noch im Kopf.

»Ich möchte jetzt gerne allein sein«, sagte Sandrine heiser.

Julie zögerte.

»Bitte, Julie«, drängte Sandrine. »Ich werde dir später alles erzählen. Aber jetzt nicht.«

Ihre Stimme war freundlich, aber bestimmt.

Widerstrebend nickte Julie. Sie raffte die Röcke und ging zur Tür. Sandrines heisere Stimme hielt sie zurück: »Julie?«

Julie drehte sich um.

»Sag bitte noch nichts meinen Eltern.«

Julie nickte. Sie verließ das Zimmer und schloss hinter sich die Tür.

Sandrine stand auf und ging zum Fenster. Der Wald nahm ihr die Sicht auf den Hof von Nicolas' Vater. Von oben, vom Turm aus, war er jedoch zu sehen.

Sie verließ ihr Zimmer, ging durch die Gänge bis zu der schmalen Wendeltreppe in einem der vier Ecktürme. Langsam stieg sie die ausgetretenen Stufen hinauf. Ziemlich außer

Atem kam sie oben an und lehnte sich über die Zinne. Die Höhe ließ sie schwindlig werden. Als Kind war dies für sie immer ein schauriger, aber auch herrlicher Ort gewesen. Es war streng verboten, hierher zu kommen. Darum waren Michelle und sie stets die Treppe hinaufgeschlichen und hatten dann Rittersfrau gespielt. Oder sie hatten den Pächtern zugewinkt, die mit ihren Familien auf den Feldern arbeiteten.

Sandrine schaute zu Nicolas' Haus hinüber. Was ging dort vor? Was machten Nicolas und sein Vater jetzt?

Lange stand sie da und blickte über das Land. Dann drehte sie sich um und ging nach unten.

4

»Ein Landstreicher?«, wiederholte Sandrines Vater.

Der Baron stand mitten im Salon mit den Renaissancestühlen und Wandteppichen. Die Baronin saß blass, aber aufrecht auf dem Sofa. Durch das Fenster fiel Sonnenlicht auf ihre gepuderte Perücke.

Selbst wenn sie einen Schock zu verarbeiten hat, bleibt Maman eine vornehme Dame, dachte Sandrine.

»Ein Landstreicher«, bestätigte sie ihrem Vater.

Die Baronin seufzte auf. »Ich habe es nie gutgeheißen, dass du alleine ausreitest.«

»Und du hast den Mann also nicht erkannt?«, bohrte der Baron nach.

Sandrine schüttelte den Kopf. »Es ging alles so schnell! Er riss mich von Florie herunter und dann …« Sie schauderte.

»Ich werde die ganze Gegend durchkämmen lassen«, sagte ihr Vater verbissen. »Der Schuft wird dem Galgen nicht entgehen, das verspreche ich dir!«

In der Nacht träumte Sandrine von großen Händen, die auf sie zukamen. Immer wieder durchlebte sie den Würgeversuch. Es dauerte eine gute Woche, bis die blauen Flecken auf ihrem Hals ein wenig verblassten. Sie vertrieb sich die Zeit, indem sie mit Michelle Brettspiele machte oder mit ihrer Mutter stickte. Ihr Vater hätte ihr gar nicht zu verbieten brauchen, alleine auszureiten, sie traute sich nicht einmal mehr aus dem Schloss. Im Dorf herrschte eine eigenartige explosive Stimmung.

Eines Morgens erreichte sie die Nachricht, dass die Pariser die Bastille gestürmt und eingenommen hatten. Die Bastille!

Das berüchtigtste Gefängnis von Frankreich! Das Furcht einflößende kolossale Mauerwerk war nun vom einfachen Volk geschleift worden. Nach dieser Nachricht herrschte im Dorf Feststimmung. Und die Feindseligkeit gegenüber dem Gutsherrn und seiner Familie nahm zu.

Eine Woche später sah Sandrine Nicolas wieder. Sie ritt mit ihrem Vater den Feldweg entlang, der zum Pachtbauernhof führte. Nicolas arbeitete auf dem Feld am Wegrand. Statt sich zu verbeugen, richtete er sich zu voller Größe auf.

»Flegelhafter Kerl«, murmelte der Baron, während sie an ihm vorbeiritten.

Sandrine schaute über die Schulter zurück. Nicolas sah ihnen unbeweglich nach.

»Warum dürfen unsere Pächter eigentlich kein Wild schießen?«, wollte Sandrine wissen.

»Weil es ihnen nicht gehört. Sie würden den Wildbestand ruinieren.«

Und deine Jagdfreuden, dachte Sandrine. Sie fühlte sich auf einmal müde.

»Wollen wir zurückreiten?«, schlug sie vor.

Eines warmen Morgens Ende Juli saß Sandrine im großen Salon. Gelangweilt klimperte sie ein wenig auf dem Cembalo. Ihr Vater las die Zeitung, ihre Mutter hatte sich über den Stickrahmen gebeugt. Durch die geöffneten Türen wehte frische Luft und trug das Zwitschern der Vögel im Garten herein. Die Ruhe wurde von anschwellendem Hufgetrappel gestört.

Die Baronin hob den Kopf. Sie warf ihrem Mann einen viel sagenden Blick zu. Der Baron ließ die Zeitung sinken.

»Das wird André sein«, sagte er.

Sandrine hörte auf zu spielen. »André?«, fragte sie. »Wo war er denn?«

»Dein Vater hat ihn nach Paris geschickt«, antwortete ihre Mutter.

»Nach Paris? Warum?«

Ihre Eltern antworteten nicht.

Sandrine spitzte die Ohren. In der Halle wurde jemand begrüßt. Gleich darauf hörte sie Schritte und dann wurde die Tür zum Salon geöffnet. André kam herein und verbeugte sich.

»Es ist wahr, es ist eine Revolution ausgebrochen, Monsieur le Baron. Der König hat die Bürgerwehr anerkannt. Er kann nun nichts mehr entscheiden, ohne erst diese Bürgerwehr, die sich Nationalgarde nennt, zu befragen«, berichtete André.

Baron de Billancourt zog die Stirn in Falten. »Das ist nicht möglich. Der König hat immer das letzte Wort.«

»Das letzte Wort, ja, aber er kann den Willen des Volkes nicht länger ignorieren. Er muss äußerst vorsichtig sein, denn ganz Paris ist aufgebracht. Foulon und sein Schwiegersohn sind bei einem Aufstand getötet worden, und es gibt Gerüchte, dass das Volk einen Angriff auf den Palast von Versailles plant.«

Foulon?, dachte Sandrine. Wer war das gleich noch mal?

»Sehr viele Adelige am Hof von Versailles sind geflohen, Monsieur. Wenn Sie das auch zu tun gedenken, ist jetzt der richtige Moment.«

Baron de Billancourt schaute nachdenklich vor sich hin. »Was tut der König?«

»Der König hat sich geweigert, das Land zu verlassen. Er hofft, die Situation zu beruhigen, indem er dem Volk seinen Willen lässt und dessen Nationalversammlung anerkennt.«

»König Ludwig wird nie zulassen, dass diese so genannte Nationalversammlung wirklich etwas zu entscheiden hat«, sagte der Baron nachdenklich. »Wenn der König es nicht für geraten hält, das Land zu verlassen, sehe ich dafür auch keine Notwendigkeit.«

»Sébastien ...«, mischte sich die Baronin ein, »... die Edelleute fliehen doch nicht ohne Grund!«

»Fliehen alle?«, wandte sich der Baron an André.

»Nein, Herr, längst nicht alle.«

Der Baron nickte, als wäre damit alles gesagt. Mit einer Handbewegung entließ er André, der sich verbeugte und ging.

»Ich finde die ganze Sache allmählich doch sehr beunruhigend«, meinte die Baronin.

»Es herrscht einige Unruhe, aber das geht vorüber. Der König hat beschlossen, sich die Klagen seines Volkes anzuhören. Indem er hier und da Zugeständnisse macht, werden die Leute zufrieden gestellt«, antwortete ihr Mann. »Glaub mir, wenn wir nach Paris zurückkehren, ist alles wieder ruhig.«

»Ich weiß nicht. Es dauert schon so lange. Und die Stimmung im Dorf gefällt mir auch nicht«, entgegnete die Baronin.

Sandrine stand vom Cembalo auf und ging in ihr Zimmer. Sie setzte sich in die Fensternische und schaute hinaus. Wenn es in Paris unruhig blieb, gingen sie vielleicht nicht zurück. Dann blieben sie über Winter hier. Aber den ganzen Winter im Schloss und keine andere Abwechslung als Spaziergänge im Park … Und draußen die feindseligen Gesichter der Dorfbewohner. Was war eigentlich los? Ihr hatte es hier doch immer so gut gefallen! Und jetzt stand sie morgens mit dem unbestimmten Gefühl auf, dass irgendein Unheil drohte.

Sie dachte an die vergangene Woche, als sie zu viert mit der Karosse nach Tours gefahren waren. Die Dorfbewohner waren wie immer am Wegrand stehen geblieben und hatten ihnen nachgesehen. Aber ihre Blicke waren feindselig gewesen und verbeugt hatten sie sich auch nicht.

Von Postkutschen und Kurieren verbreitet, schwirrten in den nächsten Tagen immer mehr Gerüchte herum. Überall in der Touraine sollten Schlösser gestürmt worden sein. Autoritäre Bürgermeister waren an Laternenpfählen vor ihren Häusern aufgehängt worden. Und angeblich wurden in Tours die

Häuser von Aristokraten gestürmt und die Besitzer ermordet.

»Es sieht so aus, als würde eine ganze Armee von Landstreichern und Strauchdieben durch das Land ziehen und plündern, wo es nur geht«, sagte die Baronin besorgt.

Es war ein warmer Nachmittag. Sie saßen im Garten im Schatten einer Baumgruppe. Sandrine las zum wiederholten Male ihr Lieblingsbuch *Robinson Crusoe.* Die Sonne lugte durchs Blattwerk und warf Licht- und Schattenflecke auf die Seiten. Ein Dienstmädchen schenkte Tee ein.

»Was hat das alles mit uns zu tun?«, fragte Michelle ängstlich. »Wir sind hier doch wohl in Sicherheit?«

Ihre Mutter antwortete nicht.

»Natürlich sind wir hier in Sicherheit«, sagte der Baron beruhigend. »Unser Schloss ist so gebaut, dass keine Angreifer hereinkönnen.«

Sandrine und Michelle wechselten einen Blick. Das Wasser im Schlossgraben war nicht sehr tief. Und sie wussten sehr genau, dass dieses Schloss als Prunkbau errichtet worden war und nicht, um Angriffe abzuwehren.

Die Teestunde verstrich ungestört. Sobald sie sich entschuldigen konnte, schob Sandrine ihren Stuhl zurück und ging die steile Treppe zum Turm hinauf. Auf halbem Wege blieb sie abrupt stehen.

Schritte!

Neugierig und ängstlich zugleich, folgte ihr Blick den Windungen der Treppe, aber sie sah noch niemanden. Wer war dort oben? Sollte sie umkehren? Nein, es war bestimmt jemand vom Personal. Nur … was hatte derjenige im Turm zu suchen?

Die schnellen Schritte kamen näher. Der Schall brach sich an den dicken Mauern. Und dann stand unerwartet Eduard vor ihr. In seiner Eile wäre er fast mit ihr zusammengestoßen. Wie ein ertappter Sünder sah er Sandrine an, fing sich aber sofort wieder.

»Pardon, Mademoiselle«, sagte er und schaute zu ihr hinunter.

»Schon gut.«

Bevor sie die Wendeltreppe hinaufging, schaute sich Sandrine noch einmal um. Ihr Blick traf den des Hausknechts, der die Augen aber nicht niederschlug. Die Art, wie er ihren Blick erwiderte, war schon fast unverschämt. Sandrine musterte ihn befremdet. Der Knecht drehte sich um und dann ging auch Sandrine weiter.

Außer Atem erreichte sie die Brustwehr. Durch die Zinnen ließ sie den Blick über die friedliche Landschaft gleiten. Es war keine Bande wüster Plünderer zu sehen. Kein Geräusch durchbrach die Stille. Und dennoch war ihr unbehaglich zumute. Was hatte Eduard hier zu suchen gehabt? Hier war doch nichts, nur die Aussicht. Hatte ihn die gelockt? Hatte er Ausschau gehalten? Aber wonach?

Sandrine schaute lange über das Land; sie war davon überzeugt, dass in der Ferne eine große Staubwolke erscheinen würde, sobald sie sich umdrehte. Schließlich ging sie seufzend wieder die Treppe hinunter.

Den ganzen Nachmittag über wurde Sandrine das ungute, bedrückende Gefühl nicht los. Wegen einer Kleinigkeit fing sie Streit mit Michelle an und ärgerte sich über die geistesabwesende Haltung ihrer Eltern. Selbst die Dienstmädchen schienen die Stimmung im Schloss zu spüren. Schnell und schweigend verrichteten sie ihre Arbeit.

Und den ganzen Nachmittag hatte Sandrine Eduards schuldbewusstes Gesicht vor Augen. Wo steckte er eigentlich?

Sandrine fiel auf, dass sie Eduard schon eine ganze Weile nicht mehr gesehen hatte, obwohl er doch sonst stets in der Nähe war. Plötzlich misstrauisch geworden, ging sie zur Küche. Von drinnen war kein Ton zu hören. Sandrine öffnete die Tür.

Die Küche war leer.

Das war so ungewöhnlich, dass Sandrine sich verblüfft umschaute. Wo steckte die Köchin? Sie müsste schon längst das Essen vorbereiten!

Eilig lief Sandrine den Gang entlang und blickte sich suchend um. Aber sie sah niemanden. Auch die Dienstmädchen waren plötzlich verschwunden. Bis auf ihre Familie war niemand im Schloss.

Aufgeregt lief sie wieder ins Freie.

»Papa! Maman!«, rief sie. »Alle sind weg!«

»Weg?«, wiederholte ihr Vater. »Wie meinst du das, weg?«

»Die Köchin, die Dienstmädchen ... Sie sollten in der Küche beschäftigt sein, aber da ist überhaupt niemand. Und sonst auch nirgends!«

Der Baron zog die Augenbrauen hoch. Er überquerte den Rasen zum Innenhof.

»Eduard!«, hörte Sandrine ihn rufen. Und noch einmal: »Eduard!«

Trotz des Befehlstons ließ Eduard sich nicht blicken. Nur Julie kam eilig angelaufen.

»Monsieur! Was ist los? Wo sind die anderen alle?«, fragte sie verunsichert.

Sandrine und Michelle liefen, so schnell es ihre langen Röcke erlaubten, zum Innenhof. Etwas würdiger folgte ihnen die Baronin.

»Julie?«, sagte sie fragend.

»Ich weiß nicht, was los ist, Madame. Ehrlich nicht! Ich habe Angst ...«

»Wovor?«, fragte die Baronin drängend.

»Ich weiß es nicht, Madame«, flüsterte Julie. »Aber ich habe so ein komisches Gefühl.«

»Ich höre etwas«, sagte Michelle.

Sie verstummten alle zugleich.

In der entstehenden Stille hörten es alle. In der Ferne erklang Lärm. Ein langsam anschwellender Lärm vieler Menschen, die näher kamen.

Sandrine eilte ins Haus. Sie raffte die Röcke und stürmte die Turmtreppe hinauf. Keuchend kam sie oben an. Sie sah es sofort: Über die Felder zog eine große Menschenmenge auf das Schloss zu. Es waren viel mehr Leute, als in Poissy wohnten.

Sandrine wurde blass. Mit hämmerndem Herzen eilte sie die Wendeltreppe hinunter und lief wieder auf den Innenhof. Da standen ihre Eltern, Michelle und Julie und redeten miteinander. Auch André war dabei.

»Papa! Wir müssen so schnell wie möglich fort von hier! Sie werden das Schloss stürmen!«, rief Sandrine.

Alle drehten sich zu ihr um.

»Was sagst du da?«, fragte die Baronin.

»Stürmen?«, fragte Michelle entgeistert.

»Wer?«, wollte der Vater wissen.

»Das ganze Dorf. Und noch viel mehr andere Leute!«, rief Sandrine.

In dem Moment kam der alte Verwalter angelaufen.

»Monsieur le Baron! Fliehen Sie! Die Leute haben Fackeln, um das Schloss in Brand zu stecken! Und Spieße und Gewehre! Sie und Ihre Familie müssen fliehen! Schnell!«

Michelle schlug die Hand vor den Mund.

Der Baron drehte sich abrupt um.

»André, einspannen! Michel, verriegle alle Türen. Julie, hol unser Gepäck!«

»Dafür ist keine Zeit, Monsieur«, sagte Michel mit bebender Stimme. »Sie sind ganz in der Nähe. Sie sollten sofort abfahren!«

Julie eilte in die Küche und kam mit einem Korb voll Proviant wieder.

Michel rannte in den Stall und half André. Noch nie hatte Sandrine so schnelles Einspannen der Pferde gesehen. Gleich darauf rollte die Reisekutsche auch schon auf den Innenhof.

»Los, einsteigen!«, sagte der Baron. »Michel, geh zum Tor

und halte dich bereit. Sobald wir hindurch sind, schließt du das Tor, und ihr steigt ein, Corine und du.«

»Bei allem Respekt, Monsieur, aber ich lasse das Schloss nicht unbeaufsichtigt zurück.«

»Narr!«, entgegnete der Baron verärgert. »Was willst du gegen so eine Meute ausrichten?«

»Sie werden uns nichts tun, Monsieur. Wir haben so viele Verwandte und Freunde im Dorf. Und vielleicht können wir sie davon abhalten, das Schloss in Brand zu stecken.«

Der Baron sah den alten Verwalter kurz an. Dann nickte er.

Sandrine, Michelle und die Baronin hatten schon in der Karosse Platz genommen. Julie hatte noch rasch etwas Gepäck zusammengerafft und wollte es André reichen. Aber der Kutscher verlor keine Zeit. Als alle in der Karosse saßen, fuhr er los und ließ das Gepäck auf dem Innenhof stehen. In voller Fahrt rollten sie die Auffahrt hinunter. Laut knirschte der Kies unter den Rädern. Jetzt war das Geschrei der Menge deutlich zu hören.

Michel öffnete das Tor. Die ersten Aufrührer bogen auf den Feldweg zum Schloss. Als sie sahen, dass der Gutsherr mit seiner Familie floh, begannen sie zu rennen.

Aber da ratterten die hohen Räder der Karosse schon über die Zugbrücke und durch das Tor, das Michel sofort schloss. Die Kutsche bog rechts ab und rollte in schneller Fahrt über den Feldweg, verfolgt von Flüchen und einem Steinhagel.

5 Die Karosse raste rumpelnd und schaukelnd durchs Land. Um nicht an die Seitenwände geworfen zu werden, hielten sich alle aneinander fest. Sandrine hatte Angst. Bei diesem Tempo war jeden Moment mit einem Unglück zu rechnen. Eines der Räder konnte brechen oder sie konnten bei ihrem rasenden Tempo in einer Kurve umkippen. Als endlich die Loire in Sichtweite war, zügelte André die Pferde. In ruhigerem Tempo fuhren sie stundenlang weiter.

Als die Dunkelheit einsetzte, steckte Baron de Billancourt den Kopf aus dem Fenster und gab André den Auftrag, vor der erstbesten anständigen Herberge zu halten.

In der Nähe von Amboise hielt der Kutscher.

Sie stiegen aus. André sprang vom Bock und ging vor der Familie in die Herberge.

Drinnen schaute Sandrine sich um. In einer Ecke des Schankraumes brannte ein angenehmes Feuer. Kerzen auf den Tischen und Öllampen an den Wänden sorgten für Licht. Sie waren nicht die einzigen Gäste. Hier und da saßen schweigend und blass Gruppen vornehm gekleideter Leute. Aristokraten, genau wie sie. Sie schauten niemanden an und verhielten sich so unauffällig wie möglich.

Während die Frau des Herbergswirtes die Zimmer in Ordnung brachte, saß die Familie de Billancourt in einer Ecke des Schankraumes. André und Julie saßen an einem anderen Tisch und unterhielten sich.

»Und jetzt?«, fragte die Baronin leise. »Zurück nach Paris?«

»Was denn sonst?«, antwortete ihr Mann.

»Wir könnten ins Ausland fliehen.«

»Und wohin im Ausland? Wie besitzlose Verbannte leben?« Der Baron schüttelte den Kopf. »Ich wüsste nicht, warum. Unser Haus in Paris bietet genug Sicherheit. Es ist zum Gotterbarmen, was alles passiert, aber in Paris werden uns die Gardesoldaten des Königs beschützen.«

Die Frau des Herbergswirtes kam die Treppe herunter.

»Ihre Zimmer sind fertig«, sagte sie.

Sie standen sofort auf. Für einen Preisaufschlag konnten sie in separaten Zimmern statt in dem Raum mit den weniger begüterten Gästen schlafen.

Sandrine und Michelle teilten sich ein Bett. Sie kuschelten sich eng aneinander.

»Glaubst du, dass sie die Herbergen auch angreifen werden?«, fragte Michelle flüsternd.

Sandrine ging nicht auf die Frage ein. Aber genau das befürchtete auch sie. Hier in der Herberge wären sie eine leichte Beute.

»Morgen Abend sind wir zu Hause«, antwortete sie ebenfalls flüsternd.

Sobald es am nächsten Morgen hell geworden war, fuhren sie weiter. André ließ die Pferde ein flottes Tempo vorlegen. Am Weg sahen sie schwer beschädigte und geplünderte Karossen.

»Geht es nicht noch schneller?«, fragte die Baronin nervös.

Sandrine guckte ihre Mutter an. Sie sah blass aus und ihr Kleid war zerknittert. Aber wie immer hatte sie sich auch heute Morgen ihre hohe, gepuderte Perücke aufgesetzt und saß nun aufrecht und würdevoll auf ihrem Platz.

Sandrine schaute zum Fenster hinaus. In der Ferne tauchten Klöster und Schlösser auf. Und immer wieder, wenn sie daran vorbeifuhren, zeigte sich, dass die Mauern schwarz verrußt und die Türen zersplittert waren. Auf den Rasenflächen lagen kaputtgetretene Bilder, Bruchstücke von Möbeln und Fetzen von Kleidungsstücken.

»Mon Dieu«, murmelte der Baron.

Sandrine und Michelle schauten ihre Eltern schockiert an.

»Die meisten werden wohl geflohen sein«, beruhigte der Baron seine Töchter.

Sandrine schaute aus dem Fenster und sah, halb versteckt hinter hohen Bäumen, ein verwüstetes Kloster. An den Ästen der Bäume baumelten dunkle Silhouetten.

Sie drückte die Nase ans Fenster und sah den Saum einer braunen Mönchskutte. Erschrocken wandte sie sich ab und sah ihrem Vater direkt in die Augen. Er hielt ihrem Blick stand und schüttelte langsam und nachdrücklich den Kopf. Dann deutete er mit leichtem Kopfnicken auf Michelle, die mit geschlossenen Augen steif neben ihr saß.

Sandrine starrte auf ihre Füße. Sie traute sich kaum noch, aus dem Fenster zu schauen. Ab und zu spähte sie aus den Augenwinkeln hinaus.

Aber die Reise bot nicht nur Erschreckendes. Zwischen den Schlössern arbeiteten die Bauern ruhig auf den Feldern, als hätten sie von all dem, was sich um sie herum abspielte, nichts bemerkt.

Sie fuhren den ganzen Tag ohne Pause, kamen aber nicht recht voran. Vor jeder Stadt und jeder Brücke mussten sie anhalten und wurden von Soldaten der Nationalgarde kontrolliert. Mit viel Geschrei hielten die Soldaten jeden Reisenden an.

»Es ist wieder so weit«, seufzte Baron de Billancourt.

Im Fenster der Karosse erschien das mürrische, schmutzige Gesicht eines Mannes, der ungeniert hineinglotzte.

»Blaublüter!«, brüllte er und spuckte an den Wagenschlag.

Sandrine nahm Michelles Hand. Sie ließen einander erst los, als die Soldaten ihnen zu verstehen gaben, dass sie weiterfahren konnten.

»Wo soll das nur hinführen?«, murmelte die Baronin entsetzt. »Ich frage mich, warum der König nicht eingreift.«

»Wir müssen in aller Ruhe abwarten, bis das Schlimmste

überstanden ist«, sagte der Baron gelassen. »Wenn sie es zu toll treiben, wird der König bestimmt eingreifen.«

»Sie treiben es schon zu toll«, sagte die Baronin.

Gegen Abend erreichten sie todmüde Paris. Auch an den Stadttoren standen Soldaten, die wie Landstreicher aussahen. Freiwillige Helfer der Revolution, gekleidet in schmutzige Uniformen, mit hohen schwarzen Hüten, an denen eine dreifarbige Kokarde klebte. Sie machten grobe Scherze in fast unverständlichem Kauderwelsch und mit ihrem ungehobelten Duzen reizten sie Sandrines Vater bis zur Weißglut. Der Baronin wurde die Perücke vom Kopf gerissen und erneut gepudert, und zwar mit dem Staub der Straße. Ein Scherzbold urinierte darauf und schleuderte sie dann zurück in die Karosse. Die Baronin schwieg hochmütig.

Sandrine warf ihrem Vater ängstliche Blicke zu. Sein Gesicht war dunkelrot.

Die Soldaten schienen nicht daran zu denken, sie einfach durchzulassen. Sie schlenderten um die Kutsche herum und riefen sich alle möglichen Bemerkungen zu. Auf der Stadtinnenseite des Tores blieben Passanten stehen. Und hinter der Karosse bildeten Neuankömmlinge eine lange Reihe von Schaulustigen. Die meisten Leute waren zu Fuß oder saßen auf erbärmlichen Wägelchen. Sandrine sah, wie manche mit einem Kopfnicken auf das Familienwappen am Wagenschlag ihrer Karosse deuteten. Es wurden unverschämte Bemerkungen gemacht, es wurde gebrüllt. Dann riss jemand unverhofft den Wagenschlag auf.

»Raus!«

Bevor sie wusste, wie ihr geschah, wurde Sandrine am Arm aus der Karosse gezerrt. Julie versuchte noch, sie festzuhalten, aber es war zu spät. Sandrine schrie auf. An der anderen Seite wurden ihre Eltern und Michelle aus der Karosse gezerrt. Julie musste sitzen bleiben. Sandrine stürmte auf ihren Vater zu, der sie in die Arme nahm. Ihre Mutter und Michelle stellten sich dicht neben sie.

Verstört musterte Sandrine die feindselig dreinschauenden Männer und Frauen, die sich um sie zusammengerottet hatten. Sie befummelten den feinen Stoff ihres Kleides, deuteten auf die mit Spitzen besetzten Ärmel und die mit glänzenden Schnallen geschmückten Schuhe des Barons. Sandrine sah, dass ihr Vater den Mund öffnete, um seiner Wut Luft zu machen, aber ein breitschultriger Kerl versetzte ihm einen Stoß. Seine Hand hinterließ auf der Jacke des Barons einen Schmutzfleck.

»Verfluchter Blaublüter!«, schrie der Mann ihm ins Gesicht.

André war inzwischen auch vom Bock gezerrt und in die Karosse neben Julie geschubst worden. Lachend und schreiend liefen die Leute zur Kutsche, stiegen ein oder kletterten aufs Dach.

»Vorwärts!«, schrie der breitschultrige Mann.

Begleitet vom ausgelassenen Jubel der hinzugekommenen Leute, raste die Karosse durch das Tor. Die Torwache schaute mit breitem Grinsen zu.

»Und ihr könnt zur Abwechslung mal ein Stückchen laufen! Wir werden euch gerne nach Hause begleiten!«, höhnte der breitschultrige Mann mit einer Verbeugung und schwenkte die Mütze.

Der Baron wollte seinen Töchtern den Arm um die Schultern legen, aber Sandrine und Michelle wurden von vielen groben Händen zum Tor gedrängt. Dicht hinter ihnen folgten der Baron und die Baronin. Im Schatten der Häuser eilten sie voran, gefolgt von immer mehr Leuten, vornehmlich Frauen. Das Klappern ihrer Holzschuhe und ihr schriller Gesang wurden von den Hausgiebeln zurückgeworfen:

Ça ira, ça ira
les aristocrats
on les pendra
à la lanterne!

So gut es ging, schaute Sandrine geradeaus vor sich hin. Und jedes Mal wenn sie eine Laterne sah, stand sie Todesängste aus.

Doch der Gesang der Frauen von den Aristokraten, die an Laternen aufgehängt werden sollten, klang eher fröhlich als bedrohlich. Dennoch wagte sie es nicht, sie anzusehen. Der Anblick so vieler hohlwangiger Frauen, gekleidet in Lumpen und mit fettigen Haarsträhnen unter den Mützen, ließ sie vor Angst erschaudern. Sie überhörte die Beleidigungen, sie protestierte nicht, als jemand ihr ein Stück Spitze vom Ärmel riss, und sie duckte sich nur ganz kurz, als Dreck durch die Luft flog und sie am Kopf traf. Sie schaute sich vorsichtig nach ihrem Vater um, der rot vor Wut war, aber nichts sagte. Ihre Mutter ging mit stolz erhobenem Haupt einher. War ihr nicht klar, dass gerade diese Haltung die Frauen so rasend machte? Sandrine hätte es ihr am liebsten zugerufen.

Der Weg schien endlos und es schlossen sich immer mehr Leute ihrem Gefolge an. Sie lachten und deuteten auf die vornehmen Blaublüter, die durch Schlamm und Dreck vorwärts stolperten.

Und dann, als sie um eine Ecke bogen, wartete da die Kutsche auf sie. Die letzten aufrührerischen Schreihälse kamen gerade taumelnd heraus. Schon von weitem sah Sandrine, dass die Karosse schwer beschädigt war. Das Familienwappen war von den Wagenschlägen abgekratzt, die Fenster waren eingeschlagen und die Vorhänge abgerissen.

André winkte Sandrine und ihrer Familie ungeduldig und sie stürmten auf ihn zu und kletterten in die Karosse. Noch bevor sie abfahren konnten, waren sie umringt von einer johlenden Menschenmenge.

»Nun fahr doch endlich los!«, brüllte der Baron durch das Fenster.

André gab den Pferden die Peitsche und die Kutsche setzte sich in Bewegung. Und die Menge ließ sie tatsächlich durch. Die Leute hatten ihren Spaß gehabt.

In der Karosse wagte Sandrine es kaum, ihren Vater und ihre Mutter anzusehen. Bewegungslos saßen sie mit vor Wut und Erniedrigung verzerrten Gesichtern auf den zerschnittenen Polstern. Julie saß niedergeschlagen daneben. Verschämt murmelte sie Entschuldigungen, aber niemand antwortete.

Sie fuhren am Hôtel des Invalides vorbei, bogen in die Rue de Varenne ein, und dann hielt die Karosse auch schon vor dem Tor. Als es aufging und sie auf den Innenhof fuhren, zeigte sich, dass ihr Herrenhaus noch im selben Zustand war wie bei ihrer Abreise. Sandrine seufzte erleichtert auf.

Der Pförtner Jules kam ihnen entgegen. Erschrocken sah er die zerrissenen, verschmutzten Kleider der Baronin und ihrer Töchter. Als die Baronin ins Haus ging, musste er sie stützen.

Später, als sie sich erfrischt hatten, setzte sich Sandrine in eine der Fensternischen ihres Zimmers. Sie starrte in den inzwischen dunklen Garten. Im Haus herrschte Stille. Ihre Mutter lag mit starken Kopfschmerzen im Bett, Michelle hatte sich zurückgezogen, und ihr Vater saß in seinem Studierzimmer, wo er zweifellos zu viel trank.

Paris.

Sie waren wieder zu Hause. Es kam ihr nur nicht so vor.

TEIL 2

1792–1793

6 Ganz unverhofft musste Sandrine an Nicolas denken. Es war nun schon drei Jahre her, dass sie ihn zum letzten Mal gesehen hatte und dass sie zum letzten Mal in Poissy gewesen war. Der Gedanke an Poissy war untrennbar verbunden mit dem Sturm auf das Schloss. Und mit dem, was hätte passieren können. Und mit Nicolas. War er dabei gewesen, beim Sturm auf das Schloss? Bewaffnet mit einem Beil oder einer Fackel?

Und Eduard? Hatte auch er sich gegen sie gestellt? Jedenfalls hatten sie den Knecht nie wieder gesehen.

Erst später, als sie wieder in Paris waren, hatten sie gehört, dass die arme Landbevölkerung von wilden Gerüchten außer Rand und Band gebracht worden war. Gerüchte über österreichische und preußische Truppen, die mit Unterstützung der geflohenen französischen Aristokraten gegen die aufständischen Bauern vorgehen wollten. Das war falscher Alarm gewesen, aber da waren in ganz Frankreich aus Schlössern und Klöstern schon rauchende Schutthaufen geworden. Denn der mächtige Klerus hatte sich genauso verhasst gemacht wie der Adel. Es hatte auch nicht lange gedauert, bis die Revolutionsregierung den Gottesdienst abgeschafft hatte, sodass alle Klöster und Kirchen leer standen.

Sandrines Vater war noch einmal in Poissy gewesen. Die Mauern des Schlosses standen noch, aber drinnen war alles, was einigen Wert hatte, verschwunden. Die großen Gemälde von vielen Generationen der Familie de Billancourt hatten als verkohlter Haufen auf dem Innenhof gelegen.

Meistens gelang es Sandrine, jeden Gedanken an Poissy zu vermeiden. Doch jetzt, da sie die Menschen vor der Bäckerei Schlange stehen sah, musste sie ganz plötzlich an Nicolas denken. Was er wohl trieb? Hatte er nun, da das Schloss geplündert war, mehr zu essen? Hatte er ein paar kostbare Dinge ergattern und für Brot tauschen können? Vielleicht war er in ihrem Zimmer gewesen, hatte ihren Schmuck mitgenommen.

»Kommen Sie, Mademoiselle«, trieb Julie sie an.

Sandrine erschrak. »Du hast Mademoiselle gesagt«, meinte sie warnend.

»Ach, ich kann es mir einfach nicht abgewöhnen«, sagte Julie aufseufzend. »Es ist ein seltsames Gefühl, Sie mit dem Vornamen anzureden.«

»Auf der Straße musst du es aber«, entgegnete Sandrine. »Du weißt doch, dass es mir nichts ausmacht.«

»Nein, Ihnen nicht. Aber Madame… Ich bringe es nicht fertig, sie einfach mit Bürgerin anzureden. Nein, nein, nein, ich kann es nicht! Und ich tu's auch nicht! Und wenn man mich dafür einsperrt. Die neue Regierung kann sagen, was sie will, Adelstitel abschaffen, jeden mit *du* und *Bürger* anreden… Es ist ja schön und gut, dass sie meinen, alle Menschen seien gleich, aber einfach ins Gefängnis geworfen zu werden, nur weil man höflich sein will… Das geht wirklich zu weit.«

Nachdenklich ging Sandrine weiter. Oft hatte sie das Gefühl, dass Julie mit den sozialen Umbrüchen mehr Probleme hatte als sie selbst. Eigentlich gefiel ihr die Idee der gleichen Rechte für alle. Das hieß auf alle Fälle, dass die Leute in Poissy wieder jagen und im Wald Holz schlagen durften. Aber ihr Vater konnte sich bei dem Gedanken daran fürchterlich aufregen. Und dabei tat er doch immer so, als wäre er ein Befürworter der Revolution, allerdings nur, um Schwierigkeiten mit der neuen Regierung zu vermeiden. Und mit seinem Personal, das einfach eine Klage einreichte, wenn es meinte, vom Baron ungerecht behandelt zu werden. Und für ungerechte Aristokraten hatte die Revolutionsregierung sehr bald die leer stehenden Klöster als Gefängnisse eingerichtet.

Ihre Mutter ließ sich außerhalb des Gartens nicht mehr sehen, seit sie auf der Straße jovial mit Bürgerin angesprochen und gegrüßt worden war. Sie lag oft tagelang mit Kopfschmerzen im Bett. Ihre Perücken puderte sie mit Weizenmehl, da normaler Puder nicht mehr zu bekommen war. Aber es wurde auch für Sandrines Familie schwieriger, an Mehl zu kommen. Sie gaben fast ihr ganzes Geld für Lebensmittel aus und nicht mehr für Luxusartikel, die übrigens auch kaum noch zu bekommen waren. Nur in der Rue St. Honoré wusste Sandrine noch ein vornehmes Geschäft, in dem sich nur die Reichsten sehen ließen. Ihre Mutter und Michelle trauten sich nicht zum Tor hinaus, aber Sandrine hielt es im Garten hinter dem Haus nicht aus. Es war ein wunderschöner Sommer, und sie ging gerne durch die Straßen, sogar bis zur Rue St. Honoré auf der anderen Seite der Seine. Dort hatte sie ein paar Meter Spitze gekauft, um die verschlissenen Ärmel ihrer Kleider auszubessern.

Die reparierte Karosse stand schon zwei Jahre unbenutzt in der Remise. Kein Mensch kam auf den Gedanken, in einer pompösen Kutsche durch die Straßen zu fahren, in denen überall Gardisten mit Spießen herumliefen.

Sandrine fasste sich an die Brust. Die große weiße Kokarde war gut an ihrem Leibchen befestigt. Solange sie die trug, würde kein Gardesoldat sie belästigen.

Sie kamen in die Rue de Varenne. Das teure Viertel St. Germain hatte sich verändert. Die meisten Herrenhäuser standen leer. Von den Türen und Fensterrahmen blätterte die Farbe ab.

»Ich finde es sehr gut, dass Sie das Ding da tragen«, sagte Julie. »Ihre Mutter und Michelle habe ich noch nie damit gesehen.«

Sandrine musste lachen. Ihre Mutter mit dem Abzeichen der Revolution an der Brust! Lieber ließe sie sich ins Gefängnis werfen.

»Ich glaube an die Revolution«, sagte Sandrine. »Ich

glaube, es ist gut, wenn manches anders wird. Ich finde auch, dass jeder das Recht hat, genug zu essen zu bekommen. Wenn ich daran denke, was bei uns nach dem Essen alles zurück in die Küche ging… Und was dann einfach weggeworfen wurde.«

»Das wurde es nicht«, sagte Julie. »Die Mädchen haben es mit nach Hause genommen.«

»Oh!«, sagte Sandrine.

Sie blieb vor dem Tor ihres Elternhauses stehen. Der Pförtner öffnete und Sandrine überquerte den Innenhof und ging die breite Vortreppe hinauf. Sie öffnete die Tür und kam in die kühle Halle. Aus dem Salon hörte sie die hohe, ein wenig überdrehte Stimme ihrer Mutter.

»Warum gehen wir nicht fort von hier?«, hörte sie sie sagen. »Ich bin es so leid, mich wie Abschaum behandeln zu lassen! Warum gehen wir nicht nach Koblenz?«

»Und unseren ganzen Besitz von dem revolutionären Pöbel beschlagnahmen lassen?«, erklang die tiefe Stimme des Barons. »Ich denke gar nicht daran! Dies geht alles viel zu weit. Den König wie einen Verbrecher einsperren! Statt zu fliehen, hätte er die ganze Revolution im Keim ersticken müssen. All die Schreihälse, die ihn einfach mit dem Familiennamen anreden! Woher nehmen sie den Mut, ihn mit Capet und nicht mit Majestät anzusprechen? Diese Leute hätte er auf der Place de Grève aufhängen lassen müssen. Der König ist der Herr, nicht das Volk, und das hätte er ein für allemal klarstellen müssen! Stattdessen haut er mitten in der Nacht mit seiner Familie ab… und wird aufgegriffen. Jetzt ist es zu spät. Er ist ein Gefangener in seinem eigenen Palast und niemand nimmt ihn mehr ernst. Und inzwischen sitzen die Großmäuler der Nationalversammlung im Theater in der königlichen Loge, während auf der Straße immer noch Menschen vor Hunger sterben. Das zu den gleichen Rechten für alle! Bah!«

Sandrine spähte durch die Tür. Ihr Vater holte wütend seine silberne Schnupftabakdose hervor, schnupfte und nieste. Ihre Mutter saß auf einem antiken Stuhl und massierte sich die Schläfen. Sandrine zog sich leise zurück und ging die Treppe hinauf in ihr Zimmer. Sie musste ihrem Vater Recht geben. Bis jetzt hatte die Gleichheit aller dem einfachen Volk keinen Bissen Brot mehr gebracht. Schlimmer noch, es war sogar Krieg ausgebrochen. Die geflohenen französischen Edelleute hatten eine Armee aufgestellt. Sie wurden von ausländischen Herrschern unterstützt, denn diese fürchteten, der Funke der Revolution könnte auf ihr Land überspringen, wenn sie ihn nicht rechtzeitig austraten.

Sandrine ging ans Fenster und schaute hinaus auf den sonnigen Garten. Michelle las im Schatten eines Baumes. Die Bank, auf der sie saß, war völlig von ihrem weit ausgestellten Rock bedeckt. Auf dem Tischchen neben ihr standen eine Teekanne und ein Schälchen mit Süßigkeiten, die sie sich beinahe gedankenlos in den Mund schob.

Sandrine wandte sich ab und ließ sich rücklings aufs Bett fallen.

Es war September und warm. Sandrine saß im Garten im Schatten einer Kastanie und wedelte sich mit einem Fächer kühle Luft zu. Aus der heißen, stinkenden Stadt war bedrohlicher Lärm zu hören. Den ganzen Sommer über hatte die Drohung eines Krieges auf Paris gelastet, jetzt wurde die Stadt tatsächlich bedroht und die Spannung erreichte ihren Höhepunkt.

Auch Sandrine hatte Angst. Vor zwei Wochen waren die Preußen unter der Führung des Herzogs von Braunschweig in Frankreich eingefallen. In dieser Woche hatten sie Verdun eingenommen und marschierten nun auf Paris, um der Revolution ein Ende zu machen.

Sandrine traute sich nicht mehr auf die Straße. Der Hass gegen den Adel war in den letzten Wochen wieder stärker geworden. Die Leute glaubten, der Herzog von Braunschweig habe Spione unter den Aristokraten, die noch in Paris lebten, und man wolle den König aus den Tuilerien befreien und wieder auf den Thron setzen.

Am Abend saß die Familie de Billancourt schweigend beim Essen. Draußen waren die Straßen still und verlassen. Es war gerade diese Stille, die Sandrine nicht gefiel. Sie stocherte auf ihrem Teller herum und spitzte bei jedem Geräusch die Ohren. Weit entfernt durchbrach Trommelwirbel die Stille.

»Was ist das?« Michelle schaute auf.

Sandrine fing den besorgten Blick auf, den ihre Eltern wechselten. In der Ferne erklangen schrille Schreie.

»Ich schaue mal nach.« Ihr Vater warf seine Serviette auf den Tisch und verließ das Esszimmer. Er blieb lange weg.

Draußen ertönte wieder Geschrei, immer lauter und immer näher. Die Baronin schob ihren Stuhl zurück und verließ eilig das Zimmer. Michelle folgte ihr.

In dem Moment begannen die Sturmglocken zu läuten.

Sandrine eilte ans Fenster des Esszimmers, aber sie sah nur den dunklen Garten. Sie riss die Terrassentür auf. Das Unheil kündende Glockenläuten dröhnte ihr in den Ohren.

Sie spürte, wie sich ihre Nackenhaare sträubten.

»Mademoiselle Sandrine! Kommen Sie, schnell!« Blass und mit weit aufgerissenen Augen kam Julie herein.

»Was ist denn? Was ist los?« Sandrine ließ sich von Julie mitziehen. In der Halle standen ihre Eltern und Michelle. Ihre Mutter rang die Hände. Sie kam auf Sandrine zu und zog sie an sich.

»Lass mich, Maman, ich bin kein kleines Kind! Was ist denn los?«, fragte Sandrine eindringlich.

»Sie kommen uns holen«, flüsterte ihre Mutter.

Sandrine sah den Pförtner Jules an.

»Es stimmt, Mademoiselle«, sagte Jules mit zittriger Stimme. »André hat sich erkundigt. Überall werden Aristokraten aus ihren Häusern gezerrt und auf Karren weggebracht.« Er wandte sich an Sandrines Vater: »Sie müssen fliehen, Herr Baron! Alle! Sofort!«

Der Baron schaute durch das Fenster auf den Innenhof. Von der Straße hinter dem Tor waren laute Stimmen zu hören. Etwas Schweres wurde gegen das Tor gerammt.

»Durch den Garten, Herr Baron! Durch das kleine Gartentor!«, sagte Jules beschwörend.

Vom Innenhof waren schnelle Schritte zu hören. Dann wurde an die Haustür getrommelt.

»Aufmachen! Im Namen des Volkes, aufmachen!«, schrie jemand.

Die Nationalgarde.

»Schnell!« Madame de Billancourt schubste Michelle vor sich her zum Esszimmer, wo die Terrassentür offen stand. Sie schaute sich um, wo ihre jüngste Tochter blieb.

»Beeil dich, Sandrine!«, rief sie gehetzt.

Sandrine wollte ihrer Mutter und ihrer Schwester folgen, aber Julie hielt sie zurück. Mit einem Finger an den Lippen deutete sie unter die Treppe, auf den Schrank mit einer Luke.

»Schnell, Mademoiselle! Sie haben nicht die geringste Chance, wenn sie jetzt durch den Garten laufen«, sagte Julie leise. »Haben Sie keine Angst, die Luke ist an einer absolut ungewöhnlichen Stelle. Da wird Sie niemand finden.«

Sie hielt die Luke auf, sodass Sandrine in den dunklen Verschlag darunter kriechen konnte. Es war genau Platz für eine Person. Sandrine schaute ängstlich zu Julie hinauf.

»Machen Sie sich keine Sorgen, Mademoiselle. Wenn sie weg sind, gehen Sie zu den Leuten in der Rue des Francs-Bourgeois, zur Familie Lambertin«, sagte Julie leise. »Sagen Sie, ich hätte Sie geschickt.«

Die Luke schlug zu, und es wurde so dunkel, wie Sandrine es noch nie erlebt hatte; es war eine Dunkelheit ohne den geringsten Lichtschimmer. In panischer Angst drehte Sandrine den Kopf in alle Richtungen, aber um sie herum blieb alles pechschwarz.

Oben gab die Haustür mit lautem Krachen nach. Schwere Stiefel polterten durch die Halle und die Treppe hinauf. Türen wurden aufgerissen. Sandrine hörte die lauten Proteste ihres Vaters, als er nach draußen geschleppt wurde. Sein Wutgeschrei schallte über den Innenhof, aber sie hörte in seiner Stimme auch einen Unterton der Angst.

Aus dem Garten hörte sie ihre Mutter und Michelle schreien. Sie wurden zurück ins Haus geschleppt, durch die Halle und auf den Innenhof. Ihre ängstlichen Stimmen wurden von den barschen Befehlen übertönt.

Sandrine begann zu zittern. Um nicht laut zu schreien, drückte sie sich eine Faust in den Mund. Nach einiger Zeit hörte sie Räder vom Innenhof rattern.

»Da muss noch eine sein!«, schrie eine Stimme. »Durchsucht das Haus!«

Noch lange waren überall Schritte zu hören. Doch dann wurde es still. Waren sie fort?

Sandrine bekam einen Krampf in den Beinen. Sie versuchte, eine andere Stellung einzunehmen und stieß sich dabei den Ellbogen. Ein dumpfes Geräusch, das laut hallte. Sie hörte in der Diele Absätze klappern. Die Tür des Schrankes unter der Treppe wurde geöffnet. Sie quietschte in den Scharnieren. In Todesangst machte Sandrine sich so klein wie möglich.

Jetzt sahen sie die Luke. Jetzt fanden sie sie.

Sie kniff die Augen fest zu. Über ihr fiel die Tür dröhnend wieder zu.

Im Haus kehrte wieder Ruhe ein. Sandrine hockte im Dunkeln und bibberte unaufhörlich. Nichts konnte sie dazu bewegen, ihr Versteck zu verlassen. Sie zitterte und klapperte mit den Zähnen.

Schließlich richtete sie sich mühsam auf. Sie schob die Luke auf, zog sich am Rand hoch. Steif und ungelenkig stieg sie aus dem Schrank und ging zögernd in die Halle. Dort war es stockdunkel, aber sie traute sich nicht, Licht zu machen. Die Sturmglocken läuteten nicht mehr. Ihre Schritte auf den Fliesen waren laut, viel zu laut. Auf Zehenspitzen schlich Sandrine durch die Halle. Die Tür zum Salon stand offen.

Sandrine schaute hinein. Die Gardinen waren aufgezogen, und im hereinfallenden Mondlicht sah sie, dass alle Möbel umgeworfen worden waren. Das Tafelsilber war verschwunden, die Bilder waren von den Wänden gerissen.

Sandrine stellte den Lieblingslehnstuhl ihres Vaters wieder auf die Beine. Der Kristallleuchter klirrte leise im Luftzug, den sie verursachte, als sie durch die Schiebetüren des Esszimmers huschte. Sie blieb auf der Schwelle stehen. Sie kam sich vor wie ein Eindringling, der ein abrupt abgebrochenes Familienleben begaffte.

Auf dem Tisch standen leere Weingläser und leere Schüsseln. Die waren noch voll, als sie bei Tisch saßen. Ein roter Fleck von verschüttetem Wein verunzierte das Tischtuch. Die Stühle waren zurückgeschoben. Sandrine schaute sich um. Hatten sie wirklich vor ein paar Stunden noch friedlich hier beisammengesessen? Ihr schmerzte die Kehle von zurückgehaltenen Tränen. Aber wenn sie anfing zu weinen, verlor sie die Selbstbeherrschung, und das konnte sie sich jetzt nicht erlauben. Sie musste nachdenken. Und zwar schnell, denn sie konnten wiederkommen.

Sie eilte zurück in die Halle und ging die Treppe zum Dachboden hinauf, wo die Dienstmädchen ihre Kammern hatten. Hier oben waren keine Fenster, also wagte sie es, eine Kerze anzuzünden.

Sandrine schaute sich in einer der Dienstmädchenkammern um. Sie war noch nie hier gewesen. Wie klein die Kammer war. Und wie dunkel. Sie öffnete einen Schrank und wühlte in Mützen, Unterwäsche und Röcken. Mühsam öffnete sie die endlose Knopfreihe am Rücken, bis sie aus dem Kleid schlüpfen konnte. Die vielen Meter Musselin rauschten auf den Fußboden und blieben ihr zu Füßen auf einem Haufen liegen. Sie löste die Hüftkissen und warf sie in eine Ecke. Sie zog auch den Spitzenunterrock aus und schlüpfte in einen einfachen grauen Rock, der ihr sogar passte. Das Leibchen verhüllte sittsam ihren Oberkörper. Der Rock war etwas zu kurz, aber das machte nichts. Das war sogar normal für Dienstmädchen.

Sie ging die Treppe hinunter und ins Studierzimmer ihres Vaters. Hinter dem großen Porträt ihrer Mutter war eine Aussparung in der Wand, in der ein mit Eisen beschlagenes Kästchen stand. Sandrine öffnete es und nahm das gesamte Spargeld und einige Schmuckstücke heraus. Aus dem Schrank in ihrem Zimmer holte sie zwei Beutel, band sich die mit einer Schnur um die Hüfte und steckte das Geld und den Schmuck hinein. Durch einen Schlitz im Rock konnte sie herankommen.

Sie musste sich beeilen! Schnell zog sie den Mantel an und ging zur großen Tür, die zum Innenhof führte.

In dem Moment hörte sie Hufgeklapper und das Knarren eines Wagens.

Sandrine rannte zurück.

Sie wurde blass vor Schreck. In Panik lief sie zurück ins Esszimmer und huschte durch die Terrassentür nach draußen. Über den Rasen rannte sie zu dem kleinen Tor hinten im Garten. Im Haus wurden Türen aufgerissen und zugeworfen.

Verzweifelt rüttelte Sandrine an der Klinke des Tores. Abgeschlossen! Von der Terrasse waren Stimmen zu hören.

Gehetzt schaute sie über die Schulter. Sie rannte zu einem großen Baum in einer Ecke des Gartens. Der einzige Baum, auf den sie von klein an ohne Hilfe klettern konnte. Vorsichtig setzte sie einen Fuß auf einen dicken Ast und verlagerte ihr Gewicht. Es knackte verdächtig, aber der Ast trug sie.

Da war das gedämpfte Geräusch schneller Schritte auf dem Rasen, das Licht der Fackeln, das suchend durch den dunklen Garten glitt. Und da waren Stimmen, die näher kamen.

Schnell stieg Sandrine auf den nächsthöheren Ast. Und sie kletterte höher und höher. Durch das Laub sah sie die Soldaten der Nationalgarde unter jedem Baum hochschauen. Besonders der Baum, unter dem eine Bank stand, wurde gründlich mit Fackeln ausgeleuchtet.

Sandrine bekam vor Angst einen trockenen Mund. Ihr Herz klopfte so schnell und schmerzhaft, dass sie fast keine Luft bekam.

Die Soldaten liefen noch eine Weile hin und her. Sie redeten miteinander, untersuchten Büsche und Sträucher, rüttelten am abgeschlossenen Tor in der Mauer und gaben dann ihre Suche auf. Einer nach dem anderen ging zurück zum Haus.

Sandrine blieb noch lange im Baum hocken. Gingen sie wirklich fort? Hatten sie sie wieder nicht gefunden? Ganz vorsichtig kletterte sie hinunter. Dabei musste sie sich gut festhalten, denn sie zitterte am ganzen Körper.

Vorsichtig ging sie auf das Haus zu, hielt sich dabei stets im dunkelsten Schatten. Der Mond tauchte die Terrasse in volles Licht. Sandrine zögerte lange, bis sie die paar Schritte über die Terrasse zu gehen wagte. Sie spitzte die Ohren, hörte aber nur das Rauschen des Windes in den Bäumen.

Die Soldaten hatten die Terrassentüren offen gelassen. Sandrine huschte über die Terrasse ins Haus und lehnte sich mit pochendem Herzen an die Wand. Sie lauschte angespannt. Das Haus schien leer zu sein.

Fort! Sie musste fort von hier!

Sie lief durch die Halle zur Haustür und sprang die Stufen der Vortreppe hinunter auf den Innenhof. Das Tor zur Straße war zu, aber nicht abgeschlossen. Sie öffnete einen der Torflügel einen Spaltbreit. Mit schnellem Blick erfasste sie die Situation auf der Straße. Alles war ruhig. Sie ging die Straße hinunter, hielt sich dabei aber so dicht wie möglich an der Mauer. Sie bog in die Rue du Bac ein, dann in eine Seitenstraße, überquerte einen Platz, eilte durch ein paar weitere Straßen, bis sie überhaupt nicht mehr wusste, wo sie war. Ab und zu warf sie einen Blick über die Schulter. Es war Nacht, aber die Straßen waren noch voller Leben. Mit gesenktem Kopf, sich immer noch dicht an die Mauern haltend, ging sie weiter.

Irgendwo in der Ferne erklang lautes Geschrei. Am Ende der Rue Ste. Marguerite stand eine erregte Menschenmenge vor dem Abbaye, dem Stadtgefängnis. Das düstere quadratische Gebäude mit den zwei kleinen Türmen wurde von unzähligen Fackeln erleuchtet. In regelmäßigen Abständen ertönte ein schrecklicher Schrei.

Der Schweiß lief Sandrine den Rücken hinunter. Aber ihre Füße bewegten sich weiter auf das Gefängnis zu. Als sie so nahe herangekommen war, dass sie die Gesichter der Menschen erkennen konnte, sah sie, dass die meisten bewaffnet waren. Spieße ragten in die Luft. Fackeln erleuchteten die Gesichter, die grimmig auf das Tor des Gefängnisses starrten. Überall lagen leere und zerschellte Flaschen.

Sandrine duckte sich in den Schatten eines Hauses. Und dann ertönte unverhofft lautes Gejohle. Eine Seitentür des Gefängnisses wurde geöffnet und dann war die Straße erfüllt von blutrünstigem Gekreische. Beile wurden geschwenkt. Wie auf Kommando stürzte sich die Menge auf den Gefangenen, der durch die Seitentür nach draußen geführt wurde. Der lang gezogene Schrei eines Menschen in Todesangst blieb zwischen den Giebeln hängen.

Abgestoßen wandte sich Sandrine ab, drängte sich durch die Menge fort. Menschen lagen auf der Erde. Viele Menschen, halb übereinander, ein ganzer Stapel, sie bluteten aus vielen Wunden. Einigen hatte man den Kopf abgeschlagen.

Sandrine schlug eine Hand vor den Mund und presste die andere, zur Faust geballt, in den Magen. Sie hastete weiter, stieß dauernd andere an. Sie taumelte in eine dunkle Seitengasse und übergab sich auf ihre Schuhe.

Mit dem süßlichen Blutgeruch in der Nase verließ sie die Rue Ste. Marguerite. Sie sah Leute auf sich zukommen und huschte blindlings in eine enge Gasse, in der sie die Hand nicht vor Augen sehen konnte. Sie lief weiter, bis sie Wasser fließen hörte.

Schwer atmend blieb Sandrine an der Seine stehen. Die

Lichter von der anderen Seite tanzten auf dem schwarzen Wasser und huschten über die am Ufer liegenden Boote. Sandrine taumelte zum erstbesten Kahn und hob die Plane an, die die Ladung bedeckte. Sie schaute sich schnell um und kletterte dann an Bord. Tastend suchte sie sich einen Platz. An einer Kiste stieß sie sich schmerzhaft den Ellbogen, dann fanden ihre Hände ein altes Tuch. Sie streckte sich auf dem harten Deck des Kahns aus und zog das Tuch über sich. So blieb sie den Rest der Nacht liegen, zitternd und leise weinend.

7 Zerknautscht wachte Sandrine in der Frühe auf. Ihr tat der Rücken weh und sie musste sich an einer Kiste hochziehen. Auf Händen und Füßen kroch sie unter der Plane durch zum Bootsrand. Es war gerade erst hell geworden. Auf der Seine trieben dichte Nebelschwaden und nahmen zum Teil die Sicht auf Notre Dame. Weiter hinten sah sie die Türme der Conciergerie aus dem Nebel aufragen.

Das Gefängnis …

Sandrine bemühte sich, die Erinnerung an das schreckliche Geschehen der letzten Nacht zu verdrängen. Sie fröstelte im kalten Nebel und stieg steif vom Kahn. Fast wäre sie im Schlamm und Dreck am Ufer ausgerutscht. Die Arme vor Kälte vor der Brust gekreuzt, ging sie eine kurze Strecke zurück, zum Pont Neuf, der zur Ile de la Cité führte.

Sie wusste nicht mehr, wo die Familie Lambertin wohnte, aber es war auf der anderen Seite der Seine.

Sandrine ging über den Pont Neuf. Auf den Steinbänken in den Nischen der Brücke lagen schlafende Stadtstreicher. Einige standen gerade auf. Sandrine ging schnell weiter. Auf der Ile de la Cité blieb sie bei einem Mann stehen, der warme Pasteten verkaufte. Sie waren schrecklich teuer, aber Sandrine hatte Hunger. Sie nahm etwas Geld aus dem Beutel unter ihrem Rock und bekam vier herrlich duftende Pasteten. Sie setzte sich auf eine Holzbank am Wasser und aß sie auf.

Langsam erwachte das Stadtleben. Die Glocken der Abteikirche von St. Germain des Prés begannen, eine nach der anderen zu läuten. Die Stadtstreicher am Pont Neuf machten vorüberratternden Mietkutschen Platz. Waschfrauen besetzten die Sandbänke an der Seine. Das Platschen ihrer Wäscheklopfer war bis weit über den Fluss zu hören. Sandrine ging zurück zum Pastetenverkäufer.

»Bürger, ich suche die Schuhmacherei von Bürger Lambertin«, sagte sie schüchtern. »Sie muss in der Rue des Francs-Bourgeois sein.«

Der Mann hob den Kopf. »Das ist im Marais, Bürgerin«, sagte er.

»Ja«, bestätigte Sandrine.

»Dann musst du auf die rechte Flussseite.« Der Mann musterte Sandrine kritisch von Kopf bis Fuß. Sein Blick blieb lange auf ihre Brust gerichtet.

»Und ... können Sie mir sagen, wie ich gehen muss, Bürger?«, fragte Sandrine.

»Das kann ich«, sagte der Mann nicht gerade freundlich.

Sandrine sah ihn abwartend an. Er deutete auf die andere Seite der Seine und begann mit einer langen, wortreichen Erklärung, von der Sandrine sich nur den Anfang merken konnte.

»Ich danke Ihnen«, unterbrach sie ihn hastig und ging weiter.

Ein Stückchen weiter schaute sie sich um. Der Mann sah ihr misstrauisch nach. Und viele andere Leute schauten sie auch an. Sandrine schaute auf ihren Rock hinunter. Grau, ganz gewöhnlich, nichts Besonderes. Was hatte sie nur falsch gemacht?

Sie!, drang es schlagartig zu ihr durch. Sie siezte immer noch! Wahrscheinlich sprach sie auch zu gewählt. Wie jemand aus gutem Hause.

Ruhig, um nicht aufzufallen, ging Sandrine durch die schmalen Straßen mit den hohen Häusern.

Vielleicht wussten die Lambertins, was man mit den gefangenen Aristokraten gemacht hatte. Sie musste ihre Eltern und Michelle finden, sie musste wissen, ob ihnen etwas geschehen war.

Zeitungsverkäufer schrien die Neuigkeit von den Verhaftungen über die Straße. Ihr Geschäft ging blendend. In der langen Schlange vor der Bäckerei lasen die Leute einander laut aus dem *Volksfreund* vor. Eine spindeldürre Frau schrie: »Was haben wir davon? Es gibt immer noch kein Brot!«

Sandrine ging auf die andere Straßenseite. Sie spürte die Blicke so vieler hungriger Augen, dass sie schnell in eine Seitenstraße einbog. Aus den Augenwinkeln betrachtete sie die nähere Umgebung. Schmale, schlammige Gassen mündeten in die Straße. An jeder Ecke, auf jeder Treppe saßen Bettler. In Lumpen gehüllt, verfolgten sie Sandrine bösartig mit ihren Blicken. Sie verbreiteten einen unglaublichen Gestank, sodass Sandrine schnell den Schritt beschleunigte.

Sie bog um die Ecke und kam in eine Gasse mit schiefen, stinkenden Bruchbuden. Vor den armseligen Häusern standen Frauen beisammen und unterhielten sich.

Sandrine konnte ihr Entsetzen nicht verbergen. Wie wilde Tiere starrten sie sie an! Die verzerrten Gesichter, die langen, schmutzigen Haare.

Langsam drehte sie sich um und ging zurück. Einen kurzen Moment blieb es still hinter ihr. Sie wollte schon erleichtert aufatmen, aber dann hörte sie etwas. Sie riskierte einen schnellen Blick über die Schulter. Die Frauen verfolgten sie, alle!

Sandrine ging schneller. Sie hörte rasche Schritte hinter sich und dann war sie von dreckigen Weibern umzingelt. Sie schrien ihr ins Gesicht, fummelten mit bleichen, dünnen Fingern an ihr herum, schubsten sie und wurden immer zudringlicher.

In Todesangst durchbrach Sandrine plötzlich den Kreis und begann zu laufen. Hinter sich hörte sie Geschrei.

»Packt sie!«

»Verräterin!«

Schlamm spritzte auf. Sandrine fiel beinahe hin. Keuchend bog sie um die Ecke. Da, die Uniformen der Nationalgarde!

»Eine Blaublütige! Haltet sie auf!«, schrien die Frauen.

Die Nationalgardisten sahen Sandrine mit hochgezogenen Augenbrauen an. Sie schoss an ihnen vorbei in eine enge Gasse. Dort versteckte sie sich in der erstbesten dunklen Nische. Es war ein schmaler Spalt zwischen zwei Häusern. Sie passte gerade hinein.

Sie kniff die Augen fest zu und wartete auf ihre Verfolger. Die Nationalgardisten liefen vorbei. Gleich darauf auch die Frauen, aber sie waren nicht mehr so fanatisch. Ein paar blieben bereits zurück. Sie schrien noch ein paar Verwünschungen und kehrten dann um. Sandrine hielt den Atem an. Sie blieb in ihrem Versteck, bis die Stimmen und Schritte der Frauen nicht mehr zu hören waren.

Sie presste die Hand auf die Brust und zwang sich, etwas langsamer zu gehen. Warum hatten die Frauen sie belästigt? Sie hatte doch kein Wort gesagt! Oder griffen sie womöglich jeden an, der etwas besser dran zu sein schien als sie? Vielleicht. Es war wie eine Falle.

Sandrine schaute um sich. Hinter ihr ging eine junge Frau. Sie wartete, bis die Frau auf gleicher Höhe war. Gerade noch rechtzeitig verschluckte sie die Anrede *Madame.*

»Bürgerin, wo ist die Rue des Francs-Bourgeois?«

Die Frau musterte sie schnell und misstrauisch. Ihr Blick blieb auf der leeren Stelle an Sandrines Brust haften.

Ihre Kokarde! Natürlich! Sie hatte vergessen, sich eine Kokarde anzustecken!

Sie ging rasch weiter. Im Rücken spürte sie den brennenden Blick der Frau. Wie sollte sie nun zu den Lambertins kommen? Sie wollte nicht wieder die Aufmerksamkeit auf sich lenken. Ratlos blieb sie stehen. Leute gingen an ihr vorüber. Sahen wirklich alle sie an oder bildete sie sich das nur ein? Sandrine kreuzte die Arme vor der Brust. Ihr Blick fiel auf zwei Frauen, die sich unterhielten. Um sie herum tollte ein kleines Kind.

»Maman«, sagte die Kleine quengelig, »gehen wir jetzt nach Hause?«

Die Mutter achtete nicht auf ihre Tochter. Sie redete einfach weiter. Das Mädchen stampfte mit den Holzschuhen auf und warf wütend sein Mützchen in den Dreck. Herausfordernd starrte es die Mutter an, aber die bemerkte es nicht einmal.

Sandrine sah das Mützchen des Kindes, an dem mit einer kleinen Schleife eine weiße Kokarde befestigt war. Als das Mädchen sich umdrehte und die Mutter am Rock zupfte, lief Sandrine schnell hin, hob im Vorbeilaufen das Mützchen auf und bog in eine Seitenstraße ein.

Sie rannte die Straße entlang, bog um eine weitere Ecke und machte dann die Kokarde ab. Mit der Schleife befestigte sie diese dann an ihrem Leibchen. Erleichtert atmete sie auf. Jetzt daran denken, die Leute mit Bürger oder Bürgerin anzureden, dann würde alles gut gehen.

Sie kam in eine etwas bessere Gegend, in eine lange Straße mit Geschäften auf beiden Seiten. Es sah aus, als wäre es die Rue Faubourg St. Antoine. Dort waren sie und Julie auf die Aufrührer gestoßen, vor drei Jahren, als sie fluchtartig die Kutsche verlassen mussten. Aber die Straße war so lang. In welche Richtung musste sie gehen?

Sandrine schaute um sich. Die Leute hier sahen nicht so liederlich aus wie die Frauen vorhin. Sie fiel in ihrem Dienstmädchenkleid nun auch nicht mehr auf. Hier liefen viele Mädchen wie sie herum. Sie unterschieden sich von ihr nur durch ihre eingefallenen Wangen.

Sandrine suchte sich sorgfältig jemanden aus, den sie nach dem Weg fragte. Ein Mädchen ihres Alters. Sie bekam eine freundliche Antwort.

»Die Rue des Francs-Bourgeois? Da gehst du durch diese kleine Straße, die Rue de Birague. Dann kommst du auf einen großen Platz, die Place Royale. Ja, und dahinter ist die Rue des Francs-Bourgeois.« Das Mädchen nickte Sandrine freundlich zu und ging weiter.

Sandrine folgte der Beschreibung. Schon bald stand sie in

der Rue des Francs-Bourgeois. Es war eine schmale, belebte Straße mit vielen Werkstätten und Läden. Hier kannte offenbar jeder jeden, denn sie brauchte nur einmal nach den Lambertins zu fragen. Nachdem sie die Straße halb entlanggegangen war, blieb sie vor einem dreistöckigen grauen gemauerten Haus mit hellblauen Fensterläden und schmiedeeisernen Balkonen stehen. Über der Tür hing ein Schild mit einem Stiefel. Ja, hier war es.

Sandrine atmet tief durch und betrat die Schuhmacherei. Sie erinnerte sich an die Werkstatt mit der dunklen Decke. Maurice Lambertin saß, über ein Stück Leder gebeugt, an seinem Arbeitstisch. Er schaute auf, als die Ladenklingel ertönte.

»Monsieur … äh, Bürger Lambertin?«, sagte Sandrine.

Maurice schaute sie an. »Was kann ich für dich tun?«

Sandrine zögerte. Ja, was konnte er für sie tun?

»Julie hat mich hergeschickt«, sagte sie schüchtern.

»Julie?«

»Ja. Ich … wir haben vor längerer Zeit Ihrem Sohn geholfen, als er verletzt war. Erinnern Sie sich, während der Unruhen? Ich bin Sandrine de Billancourt.«

Maurice Lambertin kniff die Augen zu schmalen Schlitzen zusammen. »Sandrine de Billancourt?«, wiederholte er.

Sandrine nickte.

Maurice drehte sich um und verließ die Werkstatt.

»Margot!«, rief er laut.

Sandrine wartete. Sie fühlte sich nicht recht wohl in ihrer Haut. War es falsch gewesen, hierher zu kommen? Womöglich würde man sie verraten. Aber was hätte sie sonst tun sollen?

Irgendwo hinten im Haus waren Schritte zu hören. Maurice Lambertin kam wieder in die Werkstatt, gefolgt von seiner Frau. Sandrine erkannte sie sofort.

Die Frau sah Sandrine forschend an. Erkannte man sie nicht? Es war natürlich auch schon lange her. Die Angst ließ Sandrines Herz schneller klopfen.

»Ich bin Sandrine de Billancourt. Julie hat mich geschickt«, sagte sie noch einmal.

Margot schloss den Laden ab. Sie drehte sich um und musterte Sandrine. »Mademoiselle de Billancourt. Ja, jetzt erkenne ich Sie. Aber was tun Sie hier?«

»Ich … ich weiß es nicht. Ich konnte nirgends hin. Ich habe den ganzen Abend im Schrank gesessen und dann kamen sie wieder. Und Julie sagte … Julie sagte …«, stotterte Sandrine. Sie hatte einen Kloß im Hals und fühlte Tränen aufsteigen.

Margot murmelte einen Fluch. Sie ergriff Sandrines Arm und zog sie mit in die Wohnstube. Sie schob sie sanft auf einen Stuhl und musterte sie ernst und abwartend.

»Was ist passiert?«

»Sie sind mitgenommen worden«, flüsterte Sandrine. »Meine Eltern, Michelle, Julie, alle. Gestern Abend kamen sie plötzlich in unser Haus gestürmt. Wir saßen gerade beim Abendessen. Julie hat mich unter einer Luke in einem Schrank versteckt. Ich hörte, wie mein Vater weggeschleppt wurde, dann meine Mutter und Michelle …« Ihre Stimme brach. Sie wartete einen Moment, bis sie sich wieder in der Gewalt hatte. »Später kamen sie wieder. Um mich zu suchen, glaube ich. Aber ich war in den Garten geflohen und auf einen Baum geklettert. Als sie weg waren, ging ich schnell auf die Straße. Und dann kam ich am Abbaye vorbei …«

»Da bist du gewesen?«, fragte Maurice entsetzt. Er stand in der Tür und hörte zu. Sandrine bemerkte ihn erst jetzt.

»Ja, ich dachte, dass ich da meine Eltern finden könnte. Es war schrecklich, es wurden immer mehr Leute auf die Straße gestoßen. Und da stand eine Menschenmenge und schlug sie tot. Mit Beilen und Knüppeln, was sie gerade hatten. Es lagen viele Leichen auf der Straße, einfach übereinander geworfen.« Sandrines Stimme klang verzweifelt.

»O Gott!«, sagte Margot leise.

»Überall in der Stadt hat man Aristokraten weggeschleppt«, sagte Maurice.

»Warum?«, fragte Sandrine flüsternd.

Maurice zuckte die Schultern.

»Ich … ich habe Geld und Schmuck mitgenommen«, sagte Sandrine. »Vielleicht kann ich sie freikaufen. Wenn ihr mir helft, könnt ihr einen Teil davon haben. Seht ihr?« Sie wollte das Geld aus dem Beutel holen, aber Margot hielt sie zurück.

»Ich glaube nicht, dass das viel helfen wird«, sagte sie.

»Warum nicht? Alle wollen doch Geld verdienen?«, sagte Sandrine ungeduldig. Sie wandte sich an Maurice: »Gehen wir. Je eher ich sie frei habe, desto besser.«

»Weißt du denn, wo sie sind?«, wollte Maurice wissen.

»Nein, aber das werden wir schon herausfinden.«

»Warum ist der Laden geschlossen?«, ertönte eine Stimme hinter ihnen.

Sandrine drehte sich um. In der Tür stand ein hoch aufgeschossener junger Mann. Sandrine erkannte ihn sofort. Es war Philippe, der älteste Sohn der Lambertins.

»Philippe, dies ist Mademoiselle de Billancourt. Du weißt doch …«, sagte Margot.

Sandrine konnte Philippe nur schweigend ansehen. Philippe erwiderte den Blick. In seinen Mundwinkeln spielte ein geringschätziges Lächeln.

»Mademoiselle de Billancourt? Tatsächlich? Ich dachte, all die Blutsauger wären im Gefängnis.«

»Philippe!«, ermahnte ihn seine Mutter.

»Was will sie hier?«, fragte Philippe. »Kannst du dir vorstellen, was die Nachbarn sagen, wenn wir eine Blaublütige im Haus haben?«

Margot trat einen Schritt vor, sodass sie zwischen Sandrine und ihrem Sohn stand. Kurz und knapp erzählte sie ihm, was sie gerade von Sandrine gehört hatte.

»Wir müssen sie anzeigen oder sie muss so schnell wie möglich aus der Stadt«, sagte Philippe. »Nur … wie soll das gehen, eine Blaublütige aus der Stadt schmuggeln?«

Maurice wandte sich an Sandrine: »Hast du außerhalb von Paris Verwandte?«

Verwirrt schaute Sandrine von einem zum anderen.

»Ja… schon… aber ich weiß nicht… ich meine, alle sind doch geflohen… oder festgenommen…«

»Ja, natürlich«, sagte Margot. »Glaubst du denn wirklich, dass sie bei Verwandten unterkommen kann?«

»Maman, du willst sie doch nicht hier im Haus behalten?«, fragte Philippe argwöhnisch.

Es entstand eine angespannte Stille. Am liebsten wäre Sandrine zur Tür hinausgerannt.

»Julie hat sie hergeschickt«, sagte Margot schließlich.

»Na und?«, meinte Philippe.

»Das täte sie nie ohne guten Grund«, antwortete sein Vater.

»Genau«, stimmte ihm Margot zu. »Ich glaube, sie hält sehr viel von Mademoiselle de Billancourt.«

»Und darum hat sie sie versteckt und wurde selbst mitgenommen! Sie ist verrückt!«, sagte Philippe bitter.

»Sie wird für sich selbst keine Gefahr gesehen haben«, meinte Maurice. »Vielleicht hat man sie auch schon wieder freigelassen.«

Sandrine sah ihn hoffnungsvoll an. Ja, vielleicht kam Julie sie holen. Darum hatte sie hierher gehen sollen.

»Wir warten erst einmal ab«, entschied Margot. »Es ist gut möglich, dass Julie wieder frei ist. Bis wir mehr wissen, muss sie hier bleiben.« Sie sah Sandrine an. Sandrine nickte.

Spöttisch lachend ging Philippe zur Tür. »Wenn Julie sie wirklich holen kommt, ist sie noch verrückter, als ich dachte«, sagte er.

Margot ging ihrem Sohn nach. Sandrine hörte im Flur ihre gedämpften Stimmen.

»Vielleicht erinnerst du dich daran, dass es Mademoiselle de Billancourt war, die dafür sorgte, dass sich ein Doktor um Pierre kümmerte. Hast du das vergessen?«

»Was soll's!«

»Von wegen, was soll's! Pierre hätte es nicht geschafft, wenn der teure Doktor nicht gekommen wäre. Und eine Rechnung haben wir nie bekommen.«

»Das hätte gerade noch gefehlt!«

»Philippe, wir sind Mademoiselle Billancourt etwas schuldig.«

»Nein, Maman. Wir schulden Blaublütern überhaupt nichts. Sie schulden uns etwas. Schon seit Jahren.«

Sie gingen weiter. Sandrine hörte sie zwar noch flüstern, konnte aber nichts mehr verstehen. Ein wenig verloren schaute sie sich im Zimmer um. Sie wechselte einen Blick mit Maurice. Er sah Sandrine entschuldigend an und ging zu seiner Frau und seinem Sohn in die Werkstatt. Gleich darauf kam Margot mit zusammengepressten Lippen wieder.

»Du kannst heute hier bleiben«, sagte sie und verschwand dann in der Küche.

Unbehaglich sah sich Sandrine in dem ärmlich möblierten Zimmer um. Hier gab es keinen Wandschmuck wie zu Hause, sondern einfache weiße Wände, schwere Eichenholzmöbel, einen Steinfußboden und eine dunkle Zimmerdecke. Aber die Kupfersachen auf dem Kaminsims blitzten und auf dem Fensterbrett standen ein paar Töpfe mit roten Geranien.

Sie hörte Gepolter auf der Treppe. Ein dunkelhaariger Junge stürmte herein. Als er Sandrine sah, blieb er stocksteif stehen.

»Wer bist du?«, fragte er verblüfft.

»Ich bin Sandrine.«

»Und ich bin Pierre.«

Pierre. Er war viel größer geworden; ein lebhaftes Kerlchen mit dunklen Haaren und gewinnendem Gesicht. Er sah Sandrine nachdenklich an, als fragte er sich, was ein Mädchen, das er nicht kannte, hier zu suchen hatte.

Bevor Pierre lästige Fragen stellen konnte, ging Sandrine zur Küche und blieb im Türrahmen stehen. Es roch nach Zwiebeln. Margot wandte Sandrine den Rücken zu.

»Ich muss zum Abbaye«, sagte Sandrine.

»Was?«

»Ich muss zum Abbaye, zum Gefängnis. Ich muss wissen, ob meine Eltern und meine Schwester dort sind. Und Julie.«

Margot wandte sich zu ihr um. »Da ist gar nicht dran zu denken«, sagte sie entschieden.

Sandrine wurde rot vor Erregung. »Du willst mir vorschreiben, was ...«

»Das will ich und das kann ich. Wenn du dich jetzt auf der Straße sehen lässt, bringst du uns alle in Gefahr. Du hast keine Ahnung, was sich da draußen alles abspielt«, sagte Margot scharf.

»Aber meine Eltern ...«, warf Sandrine ein.

»Selbst wenn sie noch leben, du kannst nichts für sie tun. Wenn du auch nur in die Nähe des Gefängnisses kommst, wirst du verhaftet.«

»Ich nehme das Risiko auf mich!«, sagte Sandrine.

»Nie und nimmer!«, schleuderte Margot ihr entgegen und drehte ihr den Rücken zu. Damit war das Gespräch beendet.

Sandrine musste mehr als einmal schlucken, um ihre Entrüstung zu unterdrücken. Ohne ein weiteres Wort ging sie aus dem Zimmer, durch die Werkstatt und auf die Straße. Die überraschten Blicke von Philippe und Maurice beachtete sie nicht.

In den schmalen, von hohen Häusern gesäumten Straßen war noch etwas von der Bedrohung der letzten Nacht zu spüren. Vor den Häusern standen Frauen und tuschelten. Sandrine ging schnell vorbei.

Es war ein ganzes Stück bis zum Abbaye. Sie eilte zur Rue du Faubourg St. Antoine, dann weiter zum Ufer der Seine. Nach einer Weile erreichte sie den Pont Neuf. Sie überquerte die Brücke, aber als sie dann auf der anderen Seite war, wusste sie nicht weiter. Sie war in der Nacht hier gewesen und außerdem sehr verwirrt. Aber nach dem Weg zum Abbaye zu fragen, traute sie sich nicht. Sie lief durch das Gewirr der kleinen Straßen, bis sie die Türme des Gefängnisses sah. Bald darauf stand sie auch schon vor dem bedrohlich wirkenden, viereckigen Gebäude.

Sandrines Herz schlug schneller. Es war jetzt still auf der Straße. Die Blutpfützen waren im Schlamm versickert. Um das Gefängnis hing ein Geruch nach Eisen. Die Passanten eilten mit schnellen Schritten vorbei. In ihren Augen war Scham zu erkennen.

Jemand legte Sandrine eine Hand auf die Schulter. Erschrocken stieß sie einen Schrei aus und drehte sich um. Es war Maurice.

»Ich dachte mir, dass ich dich hier finden werde«, sagte er. »Was willst du hier? Warum bist du einfach weggelaufen?«

Sandrine sagte nichts. Sie zitterte am ganzen Körper.

Maurice nahm sie an der Hand und ging mit ihr in ein Café. Als sie eintraten, schlug über ihnen eine Glocke an. Maurice grüßte den Inhaber mit erhobener Hand. »Bonjour, Henri!« Er drückte Sandrine sanft auf einen Stuhl. »Warte hier«, sagte er und ging wieder zur Tür hinaus.

Verunsichert schaute Sandrine sich um. Sie war noch nie in einem Café gewesen. Sie war noch nie irgendwo alleine gewesen. An den Tischen wurden Tabakspfeifen geraucht, da wurde Kaffee getrunken, geredet und mit Zeitungen geraschelt. Auf die größte, weiß verputzte Wand war eine rote Mütze gemalt, und darunter stand in großen Buchstaben: FREIHEIT GLEICHHEIT BRÜDERLICHKEIT.

Einige Leute musterten sie verstohlen. Ein kräftiger Mann sah sie ungeniert mit hochgezogenen Augenbrauen an. Weil sie ein Mädchen war? Aber da in der Ecke saß doch noch eine Frau. Sie hing fast über dem Tisch und las eine Zeitung.

Vielleicht sollte sie das auch tun. Sie saß wohl wieder kerzengerade auf ihrem Stuhl. So saß niemand. Sandrine stützte genau wie die Frau einen Ellbogen auf die rohe Tischplatte, legte den Kopf in die Hand und nahm sich eine x-beliebige Zeitung. Es war der *Volksfreund* von Marat, aber sie las nicht darin. Aus den Augenwinkeln beobachtete sie die anderen Gäste und behielt die Tür im Auge.

Schon bald kam Maurice zurück. Er winkte ihr und Sandrine folgte ihm erleichtert nach draußen.

»Ich hab mir das Gefängnisregister angesehen«, sagte er, als sie die Straße überquerten. »Deine Eltern und deine Schwester waren hier.«

Sandrine sah ihn ahnungsvoll an. Sie traute sich nicht zu fragen, was ihr auf der Zunge lag.

»Sie sind tot«, sagte Maurice.

»Nein«, flüsterte Sandrine. »Das kann ich nicht glauben.«

»Hieß deine Schwester Michelle? Und deine Mutter Madelon? Und dein Vater Sébastien?«

Sandrine fühlte, dass ihr schlecht wurde.

»Und Julie?«, flüsterte sie.

»Ihr Name stand auch dabei«, antwortete Maurice blass.

»Aber … aber … Julie hatte doch nichts getan! Ich meine, sie war nicht adlig«, stammelte Sandrine.

»Sie wird sich geweigert haben, sich von deiner Familie loszusagen«, meinte Maurice.

Wie betäubt ging Sandrine weiter. In die schmalen Straßen drang kein Sonnenstrahl. Erst als sie an der Seine waren, kamen sie in die Wärme, aber Sandrine zitterte unaufhörlich.

Als sie in die Rue des Francs-Bourgeois kamen, ging Maurice an seinem Laden vorbei. Er öffnete eine schmale Tür in der Mauer und ging eine Gasse neben dem Haus entlang nach hinten. Auf dem Innenhof hing an der Leine Wäsche. Margot hängte gerade ein Laken auf und schimpfte über die Tauben, die die saubere Wäsche sofort wieder beschmutzten. Aber ein Blick in Sandrines blasses Gesicht brachte sie zum Schweigen. Fragend sah sie Maurice an, der kurz nickte.

»Komm.« Margot legte Sandrine einen Arm um die Schulter und führte sie in die Küche. Philippe kam, aber Margot gab ihm mit einer Handbewegung zu verstehen, dass er verschwinden solle. Was er aber nicht tat.

Margot ließ Sandrine auf einem Stuhl Platz nehmen und schenkte ihr schnell etwas Kräuterlikör ein.

»Trink das«, sagte sie.

Sandrine trank. Ihre Hand, die den Becher umklammerte, zitterte.

»Nicht alle finden gut, was da passiert ist«, sagte Margot. »Längst nicht alle. Was da beim Abbaye auf die Gefangenen gewartet hat, war Abschaum. Die meisten Pariser schämen sich dafür.«

»Wie kannst du so etwas sagen?«, regte sich Philippe auf. »Endlich passiert was und dann sagst du so was! Die Jakobiner trauen sich wenigstens durchzugreifen!«

»Ja? Ich schäme mich dafür«, erwiderte Margot.

»Wer im Gefängnis sitzt, hat sich alles selbst zuzuschreiben«, beharrte Philippe.

»So wie Julie?«

Philippe schwieg.

»Sandrine bleibt hier, solange es nötig ist«, sagte Margot.

Sie sah Philippe ernst an. Er erwiderte ebenso fest den Blick, schlug dann aber als Erster die Augen nieder.

Sandrine starrte auf den Steinfußboden und fragte sich, ob sie je wieder aufhören konnte zu zittern.

8

In der Nacht schrak Sandrine aus einem schrecklichen Traum auf. Schweißgebadet richtete sie sich auf. Um sie herum war es stockdunkel. Sie hatte geträumt, aber alles aus ihrem Traum war wirklich passiert. Ihre Eltern und Michelle waren tot. Ebenso Julie. Abgeschlachtet vom Pöbel.

Sandrine schwitzte und zitterte. Sie hatte keine Ahnung, wie spät es war, aber sie traute sich nicht mehr zu schlafen. Sie hörte den Nachtwächter ein paar Mal vorbeikommen und schließlich schlief sie doch wieder ein. Als sie wieder aufwachte, drang schon das Morgenlicht durch die Fensterläden.

Widerwillig öffnete Sandrine die Augen. Sofort hatte sie wieder das Gefühl dumpfen, aussichtslosen Elends. Eine ganze Weile blieb sie auf dem Rücken liegen, starrte zum Hahnenbalken empor und sammelte Mut zum Aufstehen.

Als Margot gestern gehört hatte, dass Julie mit der Familie de Billancourt getötet worden war, hatte sie nicht viel gesagt. Sie hatte Sandrine mit einer langen Umarmung getröstet. Von dem Moment an war sie auch nicht mehr »Mademoiselle«, sondern einfach Sandrine. Und Margot hatte sofort die Bodenkammer für sie hergerichtet.

Sandrine schlug die Decke zurück und setzte sich auf die Bettkante. Es war eine kleine Kammer mit schräger Decke, in der nur ein Bett, ein Schrank und ein Stuhl standen. Das Bett war sauber, aber hart, und es wunderte sie jetzt, dass sie so schnell eingeschlafen war.

Ihr Blick fiel auf einen braunen Rock mit weißem Leibchen, der über dem Stuhl hing. Ihre eigene Kleidung war verschwunden.

Sandrine stand auf und blickte sich um. Wo war der

Schmuck ihrer Mutter? Den hatte sie doch bei sich gehabt, in einem Beutel unter dem Rock. Aber der Rock war weg. Sie suchte unten im Schrank. Nichts… Rock und Beutel waren weg. Sie war fassungslos und wütend. Das hätte sie nie und nimmer von Margot erwartet! Oder hatte etwa Philippe…?

Dann sah sie auf einem Brett im Schrank ein Holzkästchen. Sie öffnete es, und da war alles, die Ringe und der Armreif ihrer Mutter. Und auch das Geld, das sie bei sich gehabt hatte.

Beschämt nahm sie den Schmuck heraus. Nacheinander streifte sie sich die Ringe über die Finger. Die Steine darin funkelten. Sandrine betrachtete sie am Dachfenster. Sie ließ den Armreif um ihr Handgelenk kreisen. Ganz deutlich sah sie den Schmuck an der Hand ihrer Mutter vor sich. Schnell drehte sie sich um und zog den Rock mit dem weißen Leibchen an. Der Schmuck hob sich seltsam von dem einfachen braunen Stoff und der weißen Kokarde ab, die schon darauf befestigt war. Sandrine legte den Schmuck ab und steckte ihn wieder in das Kästchen. Mit einiger Mühe knöpfte sie das Leibchen zu und setzte die weiße Mütze auf, die auf dem Stuhl lag.

Sie verließ die Kammer und zog die Tür hinter sich zu. Langsam ging sie die Treppe hinunter. Der Rock war ein Stück kürzer, als sie es gewöhnt war, und ließ ihre Knöchel frei. Wenn Maman das hätte sehen können…

Sandrine ging die letzten Stufen hinab und ins hintere Zimmer. Der Essensgeruch vom gestrigen Abend schlug ihr entgegen. Zögernd blieb sie stehen und warf einen Blick in die Wohnstube. Philippe saß mit zerzausten Haaren und verschlafenem Gesicht auf der Bank am Kamin. Er sah Sandrine an, sagte aber nichts.

Maurice trug noch seine Schlafmütze. Er hatte nur eine Hose und ein Hemd an und kratzte sich gähnend am Hintern. Ohne ein Wort zu sagen, ließ er sich auf einen Stuhl fallen.

»Gut geschlafen?«, fragte er Sandrine.

Sandrine antwortete nicht.

»Was denkst du dir denn, Papa?«, sagte Philippe mit heiserer Stimme. »Dass sie auch nur ein Auge zugetan hat?«

»Schließlich doch«, sagte Sandrine.

Pierre kam herein.

»Bonjour, Sandrine«, sagte er mit strahlendem Lächeln. »Ist Maman noch nicht da? Ich hab Hunger.«

»Sie ist Brot holen.« Maurice schaute nach draußen. »Ich frag mich, wo sie bleibt. Sie ist schon Stunden weg.«

Maurice und Philippe arbeiteten schon eine ganze Weile in der Werkstatt, als Margot endlich nach Hause kam.

»Stundenlang angestanden«, sagte sie mit zusammengepressten Lippen. »Stundenlang! Und dies ist alles, was ich noch kriegen konnte.«

Sie legte einen Brocken Brot auf den Tisch.

»Ich hab Hunger«, sagte Pierre. »Kann ich ein Stück haben?«

»Nimm.«

Margot schnitt eine Scheibe ab. Pierre biss sofort rein, aber Sandrine lehnte dankend ab. Pierre sah sie nachdenklich an.

»Wer ist sie eigentlich?«, fragte er.

»Sie ist ganz einfach Sandrine. Und sie wird eine Zeit bei uns wohnen«, sagte Margot.

»Was?« Philippe warf seiner Mutter einen empörten Blick zu, den sie ebenso resolut erwiderte.

»Wie heißt sie denn weiter?«, wollte Pierre wissen.

»Lambertin. Sandrine Lambertin«, sagte Margot.

»Dann ist sie meine Schwester«, prustete Pierre los.

»Deine Cousine. Und sie kommt aus Tours.«

Pierre schüttelte ungläubig den Kopf.

»Es ist wichtig, dass wir uns alle daran halten«, sagte Margot ernst.

»Und ob! Jedenfalls wenn wir nicht wollen, dass sie unsere Köpfe auf Spießen herumtragen«, entgegnete Philippe sarkastisch.

Sandrine hielt den Blick fest auf den harten, dunklen Brocken Brot gerichtet.

»Du kannst den ganzen Tag draufstarren, er verwandelt sich nicht in eine Brioche«, sagte Philippe gehässig.

Er schob seinen Stuhl zurück und ging aus dem Zimmer. Die Tür schlug er laut knallend hinter sich zu.

Sandrine brach sich kleine Stückchen Brot ab, schob sie sich mit den Fingern in den Mund und kaute dann lange mit geschlossenen Lippen darauf herum. Die anderen hatten ihre Portion im Nu aufgegessen. Maurice verschwand in seiner Werkstatt. Margot ging in die Küche. Gleich darauf sah Sandrine sie auf dem Hinterhof Holz hacken.

Es war plötzlich sehr still im Zimmer. Sandrine schaute um sich und begegnete Pierres forschendem Blick.

»Du bist nicht wirklich meine Cousine, stimmt's?«, sagte er.

Sandrine zögerte.

»Aber das macht nichts, weißt du«, fuhr Pierre fort. »Hast du kein Zuhause mehr?«

»Nein.«

»Auch keinen Vater und keine Mutter?«

»Nein.«

»Oder … einen Bruder?«

»Ich hatte eine Schwester.«

»Ich auch«, sagte Pierre.

Es drang kaum zu Sandrine durch, was Pierre sagte. Sie spürte auf einmal schreckliche Kopfschmerzen. Sie stützte sich mit den Ellbogen auf den Tisch und massierte mit den Fingern ihre Stirn. Mit aller Willenskraft versuchte sie, sich nicht von ihrem Kummer überwältigen zu lassen.

»Dann hast du jetzt aber doch einen Bruder«, meinte Pierre tröstend.

Durch einen Schleier von Tränen lächelte Sandrine.

»Pierre!«, schrie Margot vom Hinterhof. »Der Wasserträger ist in der Straße!«

»Ich muss Maman helfen, Wasser holen.« Pierre stand auf und lief in die Küche, um den Wasserkrug zu holen.

Sandrine schaute ihm nach. Erst jetzt drang es zu ihr durch, dass er etwas über eine Schwester gesagt hatte. Hatte er wirklich eine Schwester gehabt?

Sie stand auf und schlenderte zum Hinterhof, wo Margot noch immer Holz hackte. Die dumpfen Schläge brachen sich an den Häusern ringsum.

Sandrine schaute an den Mauern mit den geschlossenen Fensterläden hinauf. Von einer schmiedeeisernen Balkoneinfassung zur anderen waren Leinen gespannt, an denen Wäsche zum Trocknen hing. Ihr war, als kämen die Mauern auf sie zu. Immer näher und näher. Sie stürzten sich auf sie. Ihr wurde schwindlig.

Plötzlich spürte Sandrine eine Hand auf der Schulter. Sie drehte sich um und schaute in Margots ernstes Gesicht.

»Mir scheint es das Beste für dich zu sein, wenn du etwas tust«, sagte sie.

Sandrine sah sie verständnislos an.

»Du kannst hier nicht den ganzen Tag herumlungern. Komm mit«, sagte Margot. Sie legte den Arm um Sandrine und nahm sie mit in die Küche.

Dort herrschte große Unordnung. Überall lag schmutzige Wäsche, die einen muffigen Geruch verbreitete. Pierre trug keuchend und verschwitzt den schweren Wasserkrug herein.

»Das ist Trinkwasser«, sagte Margot. »Wasser zum Waschen holen wir beim Stadtbrunnen.«

Sie goss Wasser in den eisernen Topf, der über dem Feuer hing.

»Was ist dir lieber, Wasser holen oder Kleider waschen?«

Sandrine ging davon aus, dass Margot Pierre meinte. Sie war überrascht, als Margot sie ansah. Sollte etwa sie die ekligen Kleidungsstücke waschen? Das konnte doch nicht ihr Ernst sein!

»Sandrine kocht die Wäsche«, entschied Margot. »Pierre und ich holen sauberes Wasser vom Stadtbrunnen.«

»Darf ich dann zu Jean?«, fragte Pierre.

»Ja, wenn wir fertig sind.« Margot schob Pierre mit einer Hand nach draußen.

Sandrine warf einen Blick auf den eisernen Kochtopf. Das Wasser begann gerade zu sprudeln. Margot kam mit einem Eimer Wasser und goss nach. Sie sortierte die Wäsche und steckte sie dann in den Kochtopf.

»Was wirklich schmutzig ist, kochen wir aus, den Rest spüle ich immer in der Seine«, sagte sie und gab Sandrine einen dicken Stock. »Es muss aber ohne Seife gehen, denn die ist nicht mehr zu kriegen. Guck, hiermit musst du rühren.«

Ihre Stimme klang genau wie die von Corine, der Haushälterin auf Poissy, wenn sie den Dienstmädchen Anweisungen gab. Sobald Margot sich umdrehte, legte Sandrine den Stock aus der Hand. Sie verließ die Küche und ging die Treppe hinauf in ihre Kammer. Sie nahm das Geld und den Schmuck ihrer Mutter aus dem Kästchen und versteckte alles unter ihrem Rock.

»Sandrine!«, rief Margot unten an der Treppe.

Sandrine antwortete nicht. Langsam ging sie die Treppe hinunter.

»Was hast du vor?«, fragte Margot mit argwöhnischem Blick.

»Ich geh nach Hause.«

»Nach Hause?«

»Nicht zu unserem Haus in Paris. Ich gehe zu unserem Schloss in der Touraine.«

»Und wie willst du durchs Stadttor kommen?«

»Mir wird schon was einfallen.«

»Sandrine, hör mir zu.« Margot nahm ihren Arm. »Am Stadttor werden ständig Aristokraten festgenommen. Verkleidet als Bettler, als Dienstmädchen versteckt in Bauernkarren. Du hast nicht die Spur einer Chance.«

Sandrine riss sich los. »Was soll ich sonst tun? Hier kann ich nicht bleiben! Ich bringe euch in Gefahr!«

»Ist das der einzige Grund?«, wollte Margot wissen.

»Ja, natürlich. So ist es doch. Ich bringe euch in Gefahr.«

»Ja, wenn du immer wegläufst, wenn dir etwas nicht passt«, antwortete Margot.

»Ich lasse mich nicht wie ein Dienstmädchen behandeln«, warf Sandrine ihr an den Kopf.

»So behandle ich dich auch nicht. Aber wer hier wohnt, hat sich an die Regeln dieses Hauses zu halten. Und das heißt, dass gearbeitet werden muss. Wer nicht arbeitet, bekommt auch nichts zu essen.«

Sandrine holte ein paar Münzen heraus.

»Ich kann bezahlen.«

»Darum geht es nicht«, sagte Margot ruhig. »Sei nicht so töricht, zum Stadttor zu laufen. Wenn du wirklich fortwillst, warte noch eine Weile, bis sie nicht mehr so scharf kontrollieren.«

Das leuchtete ein. Sandrine schaute nachdenklich vor sich hin.

Margot ging zurück in die Küche an ihre Arbeit. Sandrine stellte sich ans kleine Fenster des Hinterzimmers und beobachtete Pierre, der die letzten Holzstücke spaltete.

»Maman!«, erklang seine stolze Stimme. »Ich hab das ganze Holz gehackt! Siehst du, ein ganzer Stapel!«

»Du bist ein tüchtiger Junge«, lobte Margot ihn.

Keuchend schleppte Pierre den Korb mit dem Holz in die Küche und stellte ihn auf den Steinboden.

Sandrine stand im Türrahmen.

»Ganz schön schwer«, sagte Pierre zu ihr. »Aber ich kann das schon tragen!«

Sandrine lächelte. Sie sah Pierres Hände, die rot und geschwollen waren.

Das Wasser im Topf brodelte. Sandrine ging zum Herd, nahm den Stock und rührte die Wäsche um.

Margot sagte immer noch nichts. Nach einer Weile zeigte sie Sandrine, wie sie die Wäsche herausholen musste, ohne sich die Hände mit heißem Wasser zu verbrühen.

»Der ärgste Schmutz ist jetzt wohl raus«, sagte Margot. »Heute Nachmittag spülen wir alles noch einmal in der Seine.«

Sandrine sagte nichts.

Nach dem Mittagessen warf Margot die ganze Wäsche in einen Korb.

»Du willst jetzt mit Jean spielen?«, fragte sie Pierre.

»Ja, wir wollen knöcheln.«

»Keinen Unfug machen, verstanden!« Mit einem kraftvollen Ruck nahm Margot den Korb vom Fußboden auf. Ihr Gesicht war vor Anstrengung gerötet, als sie den schweren Korb voller nasser Wäsche aus dem Haus trug. Sandrine schaute ihr nach. Plötzlich fiel ihr auf, dass Pierre sie anstarrte. Sie wandte den Kopf, aber Pierre wich ihrem Blick aus. Er sah auf die Gasse hinaus, in der noch die Holzschuhe seiner Mutter zu hören waren. Er machte eine Bewegung, als wollte er ihr nachlaufen, aber Sandrine hielt ihn am Arm fest.

»Geh du nur knöcheln«, sagte sie, »ich helfe deiner Mutter.«

Sie eilte hinter Margot her. Margot zeigte nicht die geringste Spur von Überraschung oder Dankbarkeit, als Sandrine einen Griff am Korb übernahm.

Zusammen gingen sie zur Seine, wo Margot sich sofort an die Arbeit machte. Sandrine guckte zu. Die Rufe und das Lachen der Frauen, vermischt mit dem Lärm ihrer Wäscheklopfer, schallten weit über den Fluss. Manche Frauen saßen in kleinen, flachen Booten, andere knieten auf Sandbänken in der Seine.

»Ich habe kein solches Ding«, sagte Sandrine.

»Einen Wäscheklopfer? Ich hab zwei mitgebracht.« Margot griff in den Korb und holte unter der Wäsche einen zweiten Klopfer hervor.

Sandrine kniete sich in den Sand und schaute zu, wie Margot es machte. Dann nahm sie den Wäscheklopfer und schlug mit aller Kraft auf das Laken ein. Obwohl die Arbeit schwer war, hörte sie nicht auf, bis nichts mehr im Korb lag. Und das dauerte lange.

Mit steifem Rücken richtete Sandrine sich schließlich auf. Ihr Kleid war klatschnass und klebte ihr am Leib.

»So«, sagte Margot aufseufzend. Die Hände fest in den Rücken gestemmt, ging sie am Wasser auf und ab. Sie kam mit anderen Frauen ins Gespräch, die auch mit ihrer Arbeit fertig waren. Sie schauten neugierig zu Sandrine hinüber. Sandrine hörte ihren Namen und die Worte »Nichte« und »Tours«. Die Frauen nickten ihr zu und lächelten.

Sandrine erwiderte das Lächeln, wahrte aber Abstand. Sie strich sich eine Haarsträhne aus dem Gesicht und steckte sie wieder unter die Mütze. Sie kam sich schmutzig und liederlich vor.

Wenn Maman mich so sehen könnte, schoss es ihr durch den Kopf.

Sie starrte auf die Seine. Die Geräusche um sie herum wurden undeutlich. Am anderen Ufer fuhr ein Karren. Aber sie sah eine Kutsche. Sie sah ihre Mutter und Michelle, mit weit ausgestellten Röcken und gepuderten Perücken.

Michelle.

Sie erinnerte sich, dass Michelle erstmals anlässlich eines Festessens eine Perücke tragen durfte. Sie hatte ihre Schwester kaum erkannt und sie ausgelacht. Sie selbst war für eine Perücke noch zu jung.

»Ich trage später nie eine Perücke!«, hatte sie kategorisch gesagt.

Jetzt sah es so aus, als sollte sie Recht behalten.

»Sandrine?«, sagte Margot.

Verwirrt drehte sich Sandrine um. Margot musterte sie besorgt.

»Kommst du mit?«, fragte sie.

Sandrine nickte und folgte Margot nach Hause. Sie war todmüde und konnte das Gewicht der nassen Wäsche fast nicht mehr tragen. Als sie zu Hause ankamen, ging sie vor Rückenschmerzen leicht gebeugt.

»Setz dich einen Moment«, sagte Margot.

Sandrine taumelte ins Haus. Margot hängte den ganzen Hinterhof voll Wäsche, sodass es im Zimmer schummrig wurde. Auch in der Küche und im Hinterzimmer wurde Wäsche aufgehängt. Sie verbreitete den schlammigen Dunst der Seine im Haus und ließ die Fensterscheiben beschlagen.

Beim Abendessen war Sandrine zu müde, um noch etwas zu schmecken. Ihr Löffel fand von alleine den Mund.

Ein warmes Bad, dachte sie. Mit parfümiertem Öl im Wasser und dann stundenlang den Schmutz abweichen.

Wo wäscht man sich hier eigentlich? Einfach in der Küche? Sie schüttelte sich bei dem Gedanken, dass jeder einfach so hereinkommen konnte.

»Was ist?« Maurice sah sie fragend an.

»Ich komme mir so schmutzig vor«, sagte Sandrine. »Wo kann ich mich waschen?«

»Im Bottich«, antwortete Maurice. »Einmal in der Woche gehen wir alle in den Bottich. Aber wenn du heute Abend gerne …«

»Einmal in der Woche«, fiel Margot ihrem Mann ins Wort. »Das ist übermorgen. Was denkst du, was es kostet, all das Wasser warm zu machen?«

Maurice nickte und Philippe grinste.

Als es dunkelte, ging Sandrine ins Bett. Mit steifen, schmerzenden Gliedern kroch sie unter die Decke. Der einzige Vorteil der Plackerei dieses Tages war, dass sie sofort einschlief.

9

Mitten in der Nacht wurde Sandrine wach. Mit weit geöffneten Augen starrte sie zur Decke. Gesprächsfetzen schossen ihr durch den Kopf. Sie sah Julies erschrockenes Gesicht: »Mademoiselle Sandrine! Kommen Sie schnell!«

Sie hörte die ängstliche, hohe Stimme ihrer Mutter: »Sie kommen uns holen!«

»Überall werden Aristokraten aus ihren Häusern geschleppt und auf Karren weggebracht.«

»Sie müssen fliehen, Herr Baron! Sie alle! Schnell!«

»Gehen Sie zu den Leuten in der Rue des Francs-Bourgeois, der Familie Lambertin.«

Und dann das Poltern am Tor, das Gebrüll im Haus und Michelles schriller Schrei, als sie von Soldaten ergriffen wurde. Und sie selbst saß im Schrank. Hätte sie mitgehen sollen? Wäre das besser gewesen? Dann wären sie jedenfalls bis zuletzt zusammengeblieben. Aber dann wäre sie jetzt auch tot.

»Ich mache die Arbeit nicht mehr«, sagte Sandrine, als es Tag geworden war und alle unten waren. »Mir tut der Rücken davon weh. Und seht euch mal meine Hände an!«

Margot warf einen Blick auf Sandrines ausgestreckte Hände. Die Fingerknöchel waren rot und die Haut rissig.

»Dagegen hab ich was.« Margot holte eine Dose aus dem Schrank und nahm den Deckel ab. In der Dose war ein fettiges Zeug, das so widerlich roch, dass Sandrine angeekelt einen Schritt zurückwich.

»Es hilft«, sagte Margot eindringlich, aber Sandrine schüttelte entschlossen den Kopf.

»Dann eben nicht.« Margot tat den Deckel wieder auf die Dose und stellte sie zurück in den Schrank.

Sandrine rieb sich die geschundenen Hände. Die Haut spannte und war entsetzlich trocken.

Das wird schon besser werden, dachte sie. Ich darf die Hände nur nicht mehr nass machen.

Sie schob ärgerlich die Wäsche zur Seite, die immer noch im Hinterzimmer hing, und ging in die Wohnstube. Sie erschrak, als es an der Tür klopfte und diese auch sofort geöffnet wurde. Eine magere Frau mit langem grauem Haar kam herein. Sie hatte ein Ei in der Hand. Neugierig musterte sie Sandrine. Margot tauchte gleich hinter der Frau auf.

»Aha, und wer ist das?«, fragte die Frau.

»Das ist meine Nichte aus Tours«, sagte Margot.

»Deine Nichte?« Das Gesicht der Nachbarin drückte Zweifel aus.

»Danke für das Ei, Jeanne«, sagte Margot.

»Ja, schon gut. Ich hatte mir doch eins geborgt«, sagte Jeanne, und Sandrine fragte sie: »Wie heißt du denn, Kind?«

»Sie heißt Sandrine«, antwortete Margot. »Sie ist die Tochter von Jacques, dem Bruder von Maurice.«

»Wirklich?«, sagte Jeanne zweifelnd. Sie musterte Sandrine interessiert. »Für eine Tochter von Jacques ist sie aber zart, finde ich.«

»Ich wusste gar nicht, dass du Jacques so gut kennst«, sagte Margot. »Soviel ich weiß, hast du ihn noch nie gesehen.«

»Aber gehört hab ich von ihm«, entgegnete Jeanne.

Margot zog die Augenbrauen hoch.

Sandrine versteckte ihre Hände hinter dem Rücken. Sie hatte zwar einen Nachmittag lang Wäsche gewaschen, richtige Arbeitshände hatte sie aber noch lange nicht.

»Sandrine, holst du Pierre von der Straße rein? Er muss was für mich erledigen«, sagte Margot mit warnendem Blick.

Sandrine nickte. Sie beeilte sich nicht, und als sie mit Pierre wiederkam, war Jeanne nicht mehr da.

»Das neugierige Weib«, brummte Margot. »Es wird Zeit, dass wir was an dir tun.«

Sie nahm Sandrines Hand und musterte sie sorgfältig.

»Noch viel zu sehr eine Damenhand. Dagegen müssen wir was tun.«

Sandrine betrachtete ihre abgebrochenen Nägel.

»Wenn Papa mich so sähe«, sagte sie leise.

»Pa«, sagte Margot.

Sandrine guckte sie verwundert an.

»Wenn dein Pa dich so sähe«, sagte Margot, wobei sie das Wort Pa hart und breit aussprach. »Sprich mir mal nach.«

»Pa«, sagte Sandrine.

Margot schüttelte den Kopf. »Zu vornehm. Na los, du kannst es besser.«

»Pa«, ahmte Sandrine Margot nach.

»Schon besser. Sag das jetzt ein paar Mal hintereinander.« Margot stand auf und ging wieder an ihre Arbeit. Sandrine blieb sitzen.

»Pa«, murmelte sie. »Pa.«

Das Wort dröhnte ihr im Kopf. *Pa, Pa, Pa …*

Sandrine lief die Treppe hinauf zur Bodenkammer. Sie warf die Tür hinter sich zu und ließ sich der Länge nach aufs Bett fallen.

Pa, Pa, Pa …

Nach einer Weile kam Margot leise herein. Das Bett knarrte, als sie sich auf die Kante setzte. Ohne ein Wort zu sagen, streichelte sie Sandrine das Haar. Schließlich drehte Sandrine sich um und sah Margot mit verweintem Gesicht an. Margot nahm ihre Hand.

»Kommst du mit nach unten?«, fragte sie.

Sandrine nickte. Mit dem Handrücken wischte sie sich übers Gesicht und ging hinter Margot die Treppe hinunter. Den Rest des Tages verrichtete sie verschiedene Hausarbeiten. Und während des Abendessens – es gab wässrige Suppe – hörte Sandrine aufmerksam den anderen zu. Sie verwendeten so viele Wörter, die sie nicht kannte, dass es sie manchmal Mühe kostete, ihrem Gespräch zu folgen. Sie selbst sagte nicht viel, aber wenn jemand sie etwas fragte, versuchte sie, so gut sie konnte, ihr vornehmes Französisch zu vermeiden.

Nach einiger Zeit merkte sie, dass sie sich den Pariser Dialekt schon gehörig angeeignet hatte. Die Tage vergingen im alltäglichen Einerlei. Sandrine stellte fest, dass es besser war, eine Beschäftigung zu haben, die über die endlosen Stunden voll Kummer und Erinnerungen hinweghalf. Die meiste Zeit des Tages waren Margot und sie mit dem immer schwieriger werdenden Beschaffen von Lebensmitteln beschäftigt. Außerdem mussten sie Holz für das Herdfeuer besorgen. Denn Kohlen waren zu teuer. Und dann waren da noch die immer wiederkehrenden Waschtage und hundert andere Arbeiten im Haushalt. Sandrines Hände wurden immer rauer, sie wurde magerer, und ihr knurrte ständig der Magen. Sie merkte, dass Margot sie beobachtete. Ab und zu lächelte sie ihr zu und dann erwiderte Sandrine das Lächeln.

Nachts lag Sandrine oft lange wach. Dann legte sie den Schmuck ihrer Mutter an und war wieder zu Hause. Sie lag in ihrem eigenen Bett, in ihrem eigenen Zimmer, und sie hörte Julies Stimme, wenn sie kam, um ihr beim Ankleiden zu helfen.

Manchmal wachte sie mit dem Geruch des Schnupftabaks ihres Vaters in der Nase auf. Dann lächelte sie … bis sie ganz wach war.

Die Nachricht, dass die königliche Familie im Temple gefangen gehalten wurde, war das Tagesgespräch. Aus Philippes Worten hörte Sandrine heraus, dass die neue Regierung, die sich Konvent nannte, jetzt darüber stritt, wie die Revolution fortgesetzt werden sollte, und dass sie sich in zwei Parteien gespalten hatte, die Jakobiner und die Girondisten.

Maurice beklagte sich darüber, dass Philippe immer öfter die Arbeit in der Werkstatt im Stich ließ und zu den Versammlungen der revolutionären Pariser ging, den Sansculotten unter Führung von Jean Paul Marat, der sie auch im Konvent vertrat.

»Wir werden immer stärker, immer mächtiger!«, erzählte Philippe beim Mittagessen. Seine Augen funkelten wie stets, wenn er von seinem Idol Marat sprach. »Die Girondisten sind dagegen, dass wir nun auch was zu sagen haben, aber die Jakobiner hören auf uns. Robespierre hat gesagt, dass sie uns, die einfachen Leute, brauchen und dass sie sich für unsere Interessen einsetzen werden, wenn sie an die Macht kommen.«

»Dann kann Robespierre ja zufrieden sein. Ganz Paris steht hinter den Jakobinern«, sagte Maurice.

»Die Regierung kann die Sansculotten nicht mehr links liegen lassen«, sagte Philippe zufrieden. »Und wenn die Girondisten meinen, wir können nicht mitregieren, weil wir zu unbedeutend sind, dann werden sie nicht mehr lange im Konvent sitzen.«

»Damit könntest du sogar Recht haben«, sagte sein Vater kopfnickend. »Eines haben die Jakobiner jedenfalls begriffen, und zwar, dass man den Willen des Volkes niemals außer Acht lassen darf.«

»Das ist schön und gut, ich stehe auch voll und ganz hinter den Sansculotten, aber ich verstehe nicht, warum ihr so liederlich rumlaufen müsst«, sagte Margot. Ihr Blick glitt missbilligend über ihren ältesten Sohn. Er war unrasiert, ungewaschen und liederlich in eine schwarze Jacke und eine verschlissene gestreifte Hose gekleidet. Eine lange Hose, statt der eleganten Kniebundhose des Adels.

»Ginge es nach Marat, würdet ihr halb nackt und von oben bis unten verlaust durch die Straßen laufen«, stimmte Maurice seiner Frau zu. »Kannst du kein guter Patriot sein und dich doch anständig waschen?«

»Ich werde auch ein Sansculotte!«, rief Pierre dazwischen.

»Na fein! Rasierst du dich ab jetzt auch nicht mehr?«, fragte sein Vater lachend.

»Lach ihn nicht aus. Er kann ein sehr guter Sansculotte werden. Dafür werd ich schon sorgen«, erwiderte Philippe entschieden.

»Ja!«, stimmte Pierre seinem Bruder begeistert zu.

»Du ziehst dich anständig an. Dafür werd ich sorgen«, sagte Margot warnend.

An Sandrine ging die Unterhaltung größtenteils vorbei. Immerzu spukte ihr ein Name durch den Kopf.

Marat!

Das war der Mann, der für den Tod ihrer Eltern, Michelles und Julies verantwortlich war. Ein widerwärtiger Kerl mit krummen Beinen und magerem, blassem Gesicht. Sie hatte seine Zeitung, den *Volksfreund*, gelesen und begriffen, dass Marat das Volk aufgehetzt hatte, die Gefangenen zu ermorden. Weil der Adel ein Komplott geschmiedet haben sollte, aus den Gefängnissen auszubrechen und der Revolution ein Ende zu machen.

Zornentbrannt war der Pöbel von Paris zu den Gefängnissen marschiert. In der Abbaye, in La Force, der Salpêtière, der Conciergerie und schließlich in Bicêtre waren in wenigen Tagen mehr als elfhundert Gefangene ermordet worden.

»Sandrine?«

Sandrine schrak auf. Maurice sah sie fragend an.

»Komm eben mit in die Werkstatt. Ich hab für dich ein Paar Holzschuhe auf der Werkbank stehen.«

»Holzschuhe?«

»Ja. Deine Schuhe haben Löcher. Wenn es Herbst wird, hast du mehr an guten Holzschuhen.«

Sandrine folgte ihm in die Werkstatt.

»Hier«, sagte Maurice und nahm ein Paar Holzschuhe. »Sag, was ist? Hast du dich hier schon ein bisschen eingewöhnt?«

Sandrine zuckte die Schultern.

»Ich versteh ja, es ist schwer für dich.« Maurice klopfte ihr freundlich auf die Schulter. »Aber Margot gibt sich alle Mühe, dass du dich hier zu Hause fühlst.«

Sandrines Füße glitten in die Holzschuhe, die Maurice vor sie hingestellt hatte. Sie waren schwer und fühlten sich hart an.

»Ich werd in die Spitze ein Stück weiches Leder kleben, dann hast du nicht so schnell Ärger mit den Füßen«, sagte Maurice. »Heute Abend sind sie fertig.«

Ein breitschultriger Mann trat ein. Irgendwie kam er Sandrine bekannt vor.

»Bonjour, Maurice! Ich wollte meine Holzschuhe abholen.«

»Bonjour, Gaston«, erwiderte Maurice den Gruß. »Hast du einen Augenblick Zeit?«

Sandrine erstarrte vor Schreck. Gaston! War das nicht der Mann, der ihr und Julie geholfen hatte, als sie Pierre fanden?

Maurice saß noch immer über ihre Holzschuhe gebeugt. Als er den Kopf hob, sah Sandrine ihn eindringlich an. Sie warf einen schnellen Blick auf Gaston. Maurice machte ein erstauntes Gesicht, hob dann die Augenbrauen. Mit einer Kopfbewegung gab er ihr zu verstehen, sie solle in die Stube gehen. Zu spät.

»Und wer ist die junge Dame?«, fragte Gaston aufgeräumt.

Maurice stand auf.

»Gaston …«, Maurice lachte übertrieben, »hast du meine Nichte schon kennen gelernt? Sie wird eine Weile bei uns wohnen.«

»Ja? Warum denn?« Gaston nickte Sandrine zu. »Bonjour, ich bin Gaston Bourrier. Schmied von Beruf. Und du heißt …«

»Äh … Sandrine«, sagte Sandrine. Hätte sie doch nur einen anderen Namen angenommen! Aber Margot hatte sie Jeanne schon als Sandrine vorgestellt. Ob Gaston sie erkannte? Ängstlich sah sie den großen Mann vor sich an.

Er musterte sie interessiert.

»Sandrine? Schöner Name.«

Maurice gab Sandrine einen Schubs in den Rücken.

»Sandrine, du solltest jetzt lieber Margot helfen. Wolltet ihr nicht ...«

»Die Wäsche«, sagte Sandrine und nickte.

»Genau. Kümmre dich um die Wäsche. Und beeil dich.«

»Noch mehr Wäsche?«, dröhnte Gastons Stimme. »Ich war gerade hinten, da hängt schon alles voll. Ihr Weiber seid unermüdlich! Hahaha! Sag mal, Mädchen, bleib doch mal eben stehen. Du kommst mir bekannt vor.«

Sandrine guckte sich scheu um. »Ich muss wirklich gehen. Margot wartet auf mich.«

»Sandrine ... Sandrine ... Den Namen hab ich doch schon gehört. Sind wir uns nicht früher mal begegnet?«

»Nein, bestimmt nicht.«

»Sie kommt aus Tours«, sagte Maurice hilfreich. »Scheint mir also nicht sehr wahrscheinlich.«

»Das ist weit weg«, bestätigte Gaston. »Na gut, geh nur und hilf Margot. Du hast bestimmt nicht viel Zeit. Nicht schlecht, so eine fleißige Nichte!«

Er lachte laut.

Sandrine zog die Holzschuhe aus. Mit ihren alten Schuhen in der Hand huschte sie in den Flur. Im Halbdunkel zog sie sie an und lauschte mit angehaltenem Atem dem Gespräch zwischen Maurice und Gaston. Sie hörte fast nur Gaston reden, aber es ging nicht um sie.

»Hast du schon gehört? Man hat wieder ein paar Blaublüter aufgegriffen. Sie waren bereits an der Grenze, stell dir das mal vor! Und da sind sie dann aufgefallen. Gestern Abend hat man sie nach Paris gebracht. Irgendein Graf de Charolais oder so ähnlich, mit Frau und Kindern.«

Sandrine spitzte die Ohren. Sobald Gaston gegangen war, eilte sie zu Maurice. Der Laden war leer. Er beugte sich gerade über einen halb fertigen Holzschuh.

»Was hat Gaston gesagt? Sind wieder Aristokraten aufgegriffen worden?« Sie konnte ein Zittern der Stimme nicht unterdrücken.

Maurice schaute auf. »Ja, gestern Abend haben sie wohl einen Grafen mit seiner Familie nach Paris gebracht.«

»Wie hieß der Graf?«

»Wie der hieß? Ach, das weiß ich nicht genau. Wieso?«

»De Charolais?«, fragte Sandrine eindringlich. »Ich glaube, den Namen habe ich gehört.«

»De Charolais… ja, ich glaube, so hieß er.« Maurice sah sie aufmerksam an. »Kennst du die Leute?«

»Ja.« Sandrine war blass geworden. »Das waren Freunde meiner Eltern.«

»Oh«, sagte Maurice.

»Das macht dir nichts aus, oder? Die paar Blaublüter?«, sagte Sandrine mit zittriger Stimme.

»Das stimmt nicht. Ich bin nicht scharf auf das Blut anderer Menschen«, entgegnete Maurice ruhig.

»Nein, aber es raubt dir auch nicht den Schlaf!«, warf Sandrine ihm vor.

Sie ging in den Flur, nahm ein Umschlagtuch und lief durch den Laden auf die Straße.

»Sandrine! Wohin gehst du?«, rief Maurice ihr nach.

Sandrine antwortete nicht. Sie eilte die Straße entlang zur Seine. Es dürfte nicht schwierig sein zu erfahren, ob es tatsächlich die Freunde ihrer Eltern waren. Sie mussten ja irgendwo eingetragen sein.

Sie fing beim nächstgelegenen Gefängnis an, der Conciergerie auf der Ile de la Cité. Aber als sie vor den hohen Mauern stand, zögerte sie. Es war nicht ungewöhnlich, dass Leute das Gefängnisregister einsahen, sie hatten sogar ein Recht darauf. Aber nun, da sie vor der Höhle des Löwen stand, bekam sie es doch mit der Angst zu tun. Nervös lief sie vor dem viereckigen Glockenturm auf und ab. Passanten musterten sie flüchtig. Sie musste sich jetzt entscheiden, weitergehen oder reingehen.

Sie ging weiter.

Von der anderen Seite der Seine war das dumpfe Trommeln zu hören, das den ganzen Tag nicht aufhörte. Hier war es aber viel lauter, weil die Place du Carrousel ganz in der Nähe lag.

Sandrine wollte nicht wirklich dorthin, aber etwas zwang sie. Es schien, als hätte sie ihre Glieder nicht mehr unter Kontrolle. Ihre Füße führten sie wie von selbst den Quai de l'Horloge entlang, über den Pont Neuf zu den königlichen Gärten des Schlosses Tuilerien auf der anderen Seite der Seine. Das Dröhnen der Trommeln kam immer näher. Aus dieser Entfernung konnte sie auch Jubelrufe hören.

Sie ging um die Tuilerien herum, überquerte die gedrängt volle Place du Carrousel, wo das Schafott die Häupter überragte. Darauf stand ein seltsames Holzgestell mit einer großen, schrägen Klinge. Sandrine wusste nicht, was es war, aber ihr lief es kalt über den Rücken.

Eine Reihe Gefangener stand blass und still neben dem Schafott. Nacheinander wurden ihre Namen aufgerufen. Ein junger Mann wurde aufs Schafott gestoßen. Als er die große Klinge sah, fing er an zu schreien.

»Nein! Nein! Gnade!«

Der Henker riss ihm den Spitzenkragen ab und schubste ihn zur Richtstätte. Seine Knechte mussten ihm helfen, den Kopf des jungen Mannes auf den Block zu legen.

»Herr Henker, einen Moment! Ich möchte …«

Klack!

Die schräge Klinge sauste herunter. Der Kopf des jungen Mannes fiel in den Korb vor dem Block. Blut spritzte und die Menge jubelte ausgelassen. Und die Hinrichtungen gingen weiter. Ganz vorne saßen ein paar schmuddelige Weiber und strickten. Bei jedem Kopf, der fiel, sprangen sie auf und schrien nach einem Büschel Haare.

Eingeklemmt in der Menge, schaute Sandrine ungläubig zu. Jedes Mal wenn das Beil herabsauste, senkte sie schnell den Blick. Einmal hob sie den Kopf zu früh und sah, wie der Henker der jubelnden Menge den Kopf zeigte.

Sandrine musterte die Männer und Frauen um sich herum. Ältere Leute, jüngere Leute, auch kleine Kinder. Wie konnten sie so jubeln? Wie konnten sie sich das ansehen? Es war doch klar, dass die Leute, die dort enthauptet wurden, keine Verbrecher waren. Der Kleidung nach waren es alles Aristokraten. Einer musste aufs Schafott geschleppt werden, ein anderer stieg selbst hinauf. Und einer schrie: »Es lebe der König!«, oder sang oder redete, bis das Beil herabsauste. Aber die meisten waren nicht so tapfer. Da wurde gebetet und gefleht und um Aufschub gebettelt.

Was würde ich tun?, ging es Sandrine durch den Kopf.

Es versetzte ihr einen Schock, als sie die Freunde ihrer Eltern erkannte, den Grafen und die Gräfin de Charolais. Sie hatten zwei kleine Kinder, die auch in der Reihe standen. Um den Kindern den Anblick des Enthauptens ihrer Eltern zu ersparen, durften sie vor ihnen aufs Schafott.

Sandrine guckte nicht hin. Die Kinder weinten und riefen nach ihren Eltern.

Klack! Klack!

Es ging schnell. Ob so ein Tod schmerzlos war?

Klack!

Das war die Gräfin. Gleich darauf folgte ihr Mann.

Klack!

Sandrine fühlte Übelkeit aufsteigen. Schnell senkte sie den Kopf und starrte zu Boden. So blieb sie eine ganze Weile stehen, bis sie sich wieder unter Kontrolle hatte.

Vorsichtig hob sie den Kopf. War es vorbei? Konnte sie weitergehen?

Nein, der Platz war immer noch voller Leute. Ein junges Mädchen ging die Treppe zum Schafott hinauf. Sandrine kannte es nicht, aber es musste ungefähr gleich alt sein. Diesmal schaute sie zu, voller Abscheu. Die Henkersknechte öffneten den Halsverschluss des Hemdes. Das Mädchen stand kerzengerade und blickte über die johlende Menge hinweg. Sandrine erstarrte vor Schreck.

Michelle!

Nein, es war nicht Michelle. Dieses Mädchen hatte dunkleres Haar und war größer als Michelle. Dennoch hatte Sandrine ständig Michelles Gesicht vor Augen.

Der Henker ergriff den Arm des Mädchens und zwang es auf die Knie. Vorsichtig legte er ihren Kopf auf den Block. Wie das wohl war… ein letzter Gedanke, ein letzter Blick zum blauen Himmel…

Klack!

Das Fallbeil sauste herab und machte ein dumpfes Geräusch.

Ein Karren voller neuer Gefangener kam herangeholpert. Alle sahen aus wie Michelle, ihr Vater, ihre Mutter und Julie.

Sandrine wischte sich die Tränen aus dem Gesicht, die endlich zu fließen begannen, aber keine Erleichterung brachten. Sie fühlte sich leer und schrecklich einsam. Als sie sich umblickte, sah sie, dass auch andere die Hinrichtungen nicht so einfach verdauten.

Sandrine bahnte sich durch die dicht gedrängten Leiber einen Weg zurück. Wie eine Schlafwandlerin ging sie nach Hause.

»Sandrine!« Margot eilte auf sie zu, als sie die Küche betrat. »Maurice sagte, du bist einfach weggelaufen. Wo bist du gewesen? Wir hatten solche Angst, dass du…«

Dann sah sie Sandrines verweintes Gesicht und nahm sie schweigend in die Arme.

10

Seitdem mied Sandrine die Place du Carrousel mit den Hinrichtungen. Doch jede Nacht fuhr sie mindestens einmal aus einem schrecklichen Albtraum auf. Stets ging es in ihren Träumen um ihre Eltern, Michelle und Julie, und wie sie ihr Ende gefunden hatten. Aber manchmal träumte sie auch von früher. Von den gemütlichen Abenden, wenn die ganze Familie beisammensaß, oder von den langen Festessen, bei denen Michelle und sie kerzengerade am Tisch saßen und doch heimlich Witze über die Gäste machten. Oder von den Sommern in Poissy …

Als sie wieder einmal aus so einem Traum erwachte, hatte sie keine Ahnung, wie spät es war. Sie hielt die Augen fest geschlossen. Sie wollte nicht wach werden. Aber die Traumbilder verflogen doch. Das Gefühl der Sicherheit und Geborgenheit verschwand. Sandrine drehte sich auf die Seite und bohrte sich die Faust in den Magen.

Hunger.

Die wässrige Suppe von gestern Abend hatte das Gefühl nur kurz unterdrücken können. Jetzt meldete sich der Hunger mit allem Nachdruck. Sie konnte unmöglich wieder einschlafen.

Brot …

Sandrine setzte sich auf die Bettkante und fröstelte in der Zugluft, die durch einen Spalt unter dem Fenster hereinkam. Sich vor Kälte schüttelnd, begann sie, sich anzuziehen.

Plötzlich sah sie ihre Mutter vor sich, die an ihrem Toilettentisch saß, während ihr ein Zimmermädchen die Perücke puderte. Erst mit normalem Puder, der in Dosen geliefert wurde. Als Puder nicht mehr zu bekommen war, hatte sie Mehl genommen.

Mehl! Ausgerechnet Mehl!

Sandrine nahm ihre Holzschuhe in die Hand und schlich die Treppe hinunter. Sie zog einen verschlissenen Mantel mit Kapuze an, den sie von Margot bekommen hatte.

Draußen kam der Nachtwächter vorbei.

»Hört, ihr Bürger, die vierte Stunde hat's geschlagen! Die vierte Stunde hat's geschlagen«, hallte seine monotone Stimme durch die Straße.

Sandrine öffnete die Küchentür und ging auf den stockdunklen Hinterhof. Die Rue des Francs-Bourgeois war kaum heller. Hier und da brannte eine Laterne, die aber nicht mehr als einen gelblichen Lichtfleck um sich herum verbreitete.

Mit schnellen Schritten eilte Sandrine durch die Straße und überquerte die Place Royale. In der Rue de Birague stellte sie sich hinten an eine Menschenschlange an. Selbst um diese Zeit waren noch Leute vor ihr. Die Schlange war sogar schon so lang, dass sie bis um die Ecke in die Rue du Faubourg St. Antoine reichte. Verschlafen und gelassen standen die Leute da. Manche schienen im Stehen zu schlafen, aber sobald Bewegung in die Schlange kam, schlossen sie auf.

Sandrine stand lange im Dunkeln. Die Schlange rückte vor und sie kam ins Licht einer Laterne.

»Sag mal«, sagte eine Frau mit krummem Rücken, die vor ihr in der Reihe stand und sie unverschämt musterte. Es war Oma Brillot, eine scharfzüngige Alte, die in der ganzen Nachbarschaft bekannt war. »Bist du nicht die Nichte von Bürger Lambertin? Die Nichte aus Tours?«

Sandrine nickte.

»Ich dachte, sein Bruder hat nur Söhne.«

Sandrine antwortete nicht.

»Hast du die Sprache verloren, Kind?«

Sandrine war müde und hungrig. Sie hatte überhaupt keine Lust, mit der Frau zu reden.

»Seh ich aus wie ein Junge?«, fuhr sie die Alte an.

Oma Brillot kicherte. »Nein, aber auch nicht wie eine Lambertin.«

»Ich dachte, Maurice hat sich um seine Verwandten in Tours überhaupt nicht mehr gekümmert«, mischte sich eine andere aus der Schlange ein. »Hatte er nicht Streit mit seinem Bruder?«

Es war die Nachbarin Jeanne. Auch das noch!

Die Schlange bewegte sich vorwärts.

»Sie können weitergehen«, sagte Sandrine.

»Sie!«, kreischte Jeanne. »Habt ihr das gehört?«

Alle Blicke richteten sich argwöhnisch auf Sandrine.

Erschrocken zog sich Sandrine die Kapuze ihres Mantels über den Kopf, schaute in eine andere Richtung und hoffte, dass die Frauen sie in Ruhe ließen. Aber Jeanne baute sich drohend vor ihr auf und bombardierte Sandrine mit Fragen: »Warum kennen wir dich nicht? Wo kommst du so plötzlich her? Bist du womöglich eine Spionin? Eine Königstreue?«

»Nein, nein, wirklich nicht!«, sagte Sandrine mit weichen Knien.

Die Hände in die Hüften gestemmt, beschimpfte Jeanne sie: »Es ist eine Blaublütige! Eine verfluchte Blaublütige! Packt sie! Bringt sie zur Garde, die werden mit ihr abrechnen!«

Ein kräftiger Mann drehte sich um. Es war Gaston. Forschend sah er Sandrine an.

»Weib, beruhige dich!«, sagte er dann unwirsch. »Du glaubst doch wohl nicht, dass die Lambertins Blaublüter verstecken? Ihr Sohn ist ein guter Sansculotte. Und dieses Mädchen kenne ich schon lange. Bonjour, Sandrine!«

Er zwinkerte Sandrine zu. Zögernd lächelte sie ihn an. Hatte er sie erkannt oder nicht?

Das Getratsche um sie herum ebbte ab. Jeanne maulte noch ein wenig, aber die Leute starrten wieder vor sich hin.

Trotz der Kühle des frühen Morgens schwitzte Sandrine am ganzen Körper. Sie traute sich nicht, irgendjemanden anzusehen, und starrte vor sich hin. Die Straße war noch in Dunkelheit gehüllt.

Mittlerweile standen hinter ihr schon doppelt so viele Leute wie vor ihr.

Es dauerte noch eine ganze Weile – die Sonne ging gerade auf –, bis Sandrine an der Reihe war.

Bäcker Moulin hatte gerade noch genug Brot für Sandrine und ein paar Leute, die nach ihr kamen. Alle anderen mussten mit leeren Händen nach Hause gehen.

Es war jetzt taghell und deutlich waren den hungrigen Gesichtern Enttäuschung und Wut anzusehen. Sandrine versteckte das Brot unter dem Mantel und eilte nach Hause. Erst auf dem Hinterhof fühlte sie sich wieder sicher. Sie ging in die Küche und hörte die anderen reden. Sie stieß die Tür zum Zimmer auf. Ein Stimmengewirr empfing sie. Margot war anscheinend gerade mit leeren Händen nach Hause gekommen. Philippe fluchte vor Enttäuschung. Maurice machte ein niedergeschlagenes Gesicht.

Sandrine lehnte sich an den Türpfosten. Ihr war so leicht im Kopf, so leicht, als schwebte sie.

»Wo kommst du denn jetzt her?« Margot guckte Sandrine überrascht an. »Ich dachte, du schläfst noch.«

Sandrine holte das Brot unter ihrem Mantel hervor. Sie konnte es gerade noch Margot geben, bevor sie ohnmächtig wurde.

Auf der Bank neben dem Ofen kam Sandrine wieder zu sich. Als sie die Augen öffnete, sah sie um sich herum lauter besorgte Gesichter. Sogar Philippe schaute erschrocken drein.

Pierre kniete neben der Bank und jammerte: »Sie wird doch nicht sterben?«

»Hör auf, Pierre«, sagte sein Bruder, »du siehst doch, dass sie die Augen wieder aufgeschlagen hat.«

»Lass den Jungen«, sagte Maurice. »Er hat sich zu Tode erschrocken.«

Sandrine merkte, dass Margot ihr sanft die Hand rieb.

»Wie lange hast du denn da in der Schlange gestanden?«, fragte sie.

Ihr Gesicht war ganz nahe. Sandrine sah graue Augen in einem früh gealterten Gesicht.

»Seit ungefähr vier Uhr«, flüsterte Sandrine.

Margot ging in die Küche und schnitt für Sandrine eine dicke Scheibe Brot ab. Sie schmierte etwas dicker als gewöhnlich Schmalz drauf. Sonst wurden die zugeteilten Portionen genau verglichen, aber jetzt protestierte niemand.

»Ich bin so froh, dass du nicht tot bist«, sagte Pierre zutraulich. »Musst du jetzt ganz lange liegen bleiben, so wie Louison?«

Sandrine wollte fragen, wer Louison sei, aber Margots erstarrtes Gesicht hielt sie zurück. Pierre guckte schuldbewusst und ging schnell mit seinen Knöcheln auf den Innenhof.

Louison musste seine Schwester gewesen sein. Und nach Margots Reaktion zu schließen, war sie vor noch nicht allzu langer Zeit gestorben. Aber warum sprach niemand von ihr?

Sandrine beobachtete Maurice, der mit ausdruckslosem Gesicht in die Werkstatt ging. Er ließ die Schultern ein wenig hängen. Philippe folgte seinem Vater, drehte sich aber im Türrahmen um und sah Sandrine an.

»Heute Abend ist ein Fest im Palais Royal. Hast du Lust mitzukommen?«, fragte er.

Sandrine war überrascht.

»Willst du Sandrine mit zu einem Fest nehmen? Bist du verrückt?«, schimpfte Margot.

»Sie darf sich nicht so von den Leuten absondern. Dadurch fällt sie doch gerade auf«, antwortete Philippe. »Was ist, kommst du mit?«

»Nein«, antwortete Sandrine.

»Warum nicht?«, wollte Philippe wissen.

»Mir ist nicht nach einem Fest zumute. Und schon gar nicht nach einem Fest zu Ehren der Revolution. Darum geht es doch, oder?«

»Ja.«

»Und was hat die Revolution mir Gutes gebracht?«

Philippe seufzte: »Wie oft muss ich dir noch erklären, dass der Tod deiner Eltern das Werk einer ganz anderen Gruppe war? Das war der Pöbel.«

»Sie wurden von Marat aufgehetzt, also waren es Sansculotten. Warum gibst du immer anderen die Schuld?«, fuhr Sandrine ihn an.

»Du glaubst doch nicht etwa, dass ich mit einem Beil am Gefängnistor gestanden habe?«, verteidigte sich Philippe.

»Du hältst es für richtig, das ist dasselbe«, erwiderte Sandrine.

Philippe sagte nichts mehr.

Amüsiert sah Margot ihren Sohn an.

»Hast du immer noch Lust, Sandrine mitzunehmen?«, fragte sie.

»Ja«, antwortete Philippe. »Ich will ihr zeigen, was die echte Revolution ist.«

Sandrine guckte Margot fragend an. Geh nur mit, nickte Margot.

Am Abend ging Sandrine mit Philippe den langen Weg zum Palais Royal, dessen Park der Öffentlichkeit zugänglich war. In den ebenerdigen Lokalitäten um den Park herum hatten sich Gastwirte eingerichtet.

Philippe trug wie gewöhnlich eine weiche rote Mütze. Sie war, wie Sandrine inzwischen wusste, das Erkennungszeichen der Jakobiner, der revolutionären Partei, die in der Bevölkerung immer populärer wurde. Sie selbst trug ein einfaches Baumwollkleid, hatte Holzschuhe an den Füßen und auf dem Kopf eine Haube mit blau-weiß-roten Bändern.

»Wenn du mitgehst, ziehst du dich wie alle anderen an«, hatte Margot gesagt.

Als Sandrine durchs Tor ging, schlug ihre Stimmung um. Es war gemütlich im Garten des Palais Royal. Es war ein wunderschöner Abend und Reihen von Öllampen sorgten für festliche Beleuchtung. Überall sah man lachende Menschen.

Die Wirtsleute hatten Tische und Stühle hingestellt, an denen die Leute saßen, tranken und sich miteinander unterhielten.

Alle schienen Philippe zu kennen. Sie kamen kaum vorwärts, so viele Leute sprachen ihn an. Und jedes Mal begrüßte er sie herzlich und stellte Sandrine vor, seine Cousine aus Tours.

Dann setzten sie sich nebeneinander an einen roh gezimmerten Tisch.

»Möchtest du etwas trinken?«, fragte Philippe.

Sandrine nickte.

Der säuerliche Wein, der ihr vorgesetzt wurde, war überhaupt nicht zu vergleichen mit dem Burgunder, den sie früher zu Hause getrunken hatten. Dennoch ließ sie sich den Becher voll schenken und nahm sofort einen Schluck.

»Sehr gut.«

Philippe lachte ihr zu und hob seinen Becher: »Auf die Revolution.«

Sandrine erhob ebenfalls ihren Becher und erschrak dann. »Da ist Jeanne!«

Philippe folgte ihrem Blick. »Ruhig, ganz ruhig bleiben!«

Sandrine hielt den Blick auf die Tischplatte gesenkt. »Beobachtet sie mich?«

»Wenn du dich so anstellst, ganz bestimmt. Los, Kopf hoch! Schau dich in aller Ruhe um«, sagte Philippe.

Widerwillig folgte Sandrine dem Rat. Sie sah Jeanne direkt in die Augen. Das überraschte die Nachbarin.

»Wink ihr zu«, zischte Philippe.

Sandrine hob grüßend die Hand. Jeanne kniff die Augen zu Schlitzen zusammen.

»Sie kommt auf uns zu«, sagte Sandrine aufgeregt.

Philippe stand auf. »Los, wir tanzen die Carmagnole. Hallo, Nachbarin!«

Er grüßte Jeanne freundlich und zog Sandrine mit sich. Jeanne schaute ihnen nach. Sandrine zwang sich zu einem Lächeln, das Jeanne aber nicht erwiderte.

»Komm, wir tanzen!«, forderte Philippe Sandrine auf.

»Ich kenne den Tanz nicht. Was ist das für ein Tanz?«

»Die Carmagnole. Ein neuer Tanz, schön wild«, erklärte Philippe. »Mach irgendetwas, egal was!«

Wild war der Tanz ganz bestimmt. Sandrine kam außer Atem. Das war doch etwas anderes als die genau vorgeschriebenen Schritte, die sie gelernt hatte. Als sie sich lachend und keuchend auf eine Holzbank fallen ließen, war Jeanne nirgends mehr zu sehen.

Philippe schaute um sich, betrachtete die Giebel der Wirtshäuser. »Hier hat alles angefangen. Hier, in diesen Schänken haben sie gesessen und auf die alte Obrigkeit geschimpft. Hier sprang Camille Desmoulins auf einen Tisch und forderte alle auf, die Missstände nicht länger hinzunehmen und die Bastille zu stürmen.«

Sandrine beobachtete die fröhlichen Leute um sie herum. Alle trugen eine blau-weiß-rote Kokarde. Die meisten hatten, genau wie Philippe, eine rote Mütze auf. Jung und Alt hatten sich versammelt. Keine liederlichen alten Weiber, die schmutzige Beschimpfungen von sich gaben, sondern Jungen und Mädchen in ihrem Alter, Frauen mit kleinen Kindern, junge Väter, die in Gruppen herumstanden und sich zuprosteten. Sandrine sah Gaston und erwiderte sein Winken.

»Das ist ein netter Mann«, sagte Sandrine.

»Gaston? Ja«, bekräftigte Philippe. »Ein echter Sansculotte. Sein kleiner Sohn ist letzten Winter gestorben. Er hatte schon drei Töchter, als er endlich einen Sohn bekam. Aber das Kind wurde nur ein paar Monate alt. Mangel an Geld, Mangel an Medikamenten, Mangel an Brot, Mangel an Kohlen und Holz.«

Sandrine schaute zu Gaston hinüber und musterte all die redenden und lachenden Menschen um sich herum. Im Licht der Öllampen wirkten ihre mageren Gesichter noch blasser.

»Wie können sie immer noch lachen?«, sagte sie leise.

»Weil sie wieder Hoffnung haben«, antwortete Philippe.

»Sie glauben an die Revolution, an die Menschenrechte, an bessre Zeiten.«

»Aber es gibt immer noch nicht genug zu essen«, meinte Sandrine.

»Nein, aber das wird noch kommen. Man kann nicht erwarten, dass der Konvent auf einen Schlag alle Probleme löst. Das kostet Zeit«, erklärte Philippe.

»Dürfen wir uns zu euch setzen?«, fragte eine junge Frau.

»Natürlich!« Sandrine rutschte auf für ein ausgelassenes Grüppchen, das sich zu ihnen an den Tisch setzte. Die junge Frau hatte ein abgemagertes Kind von ungefähr zwei Jahren auf dem Schoß. Das Kind trug ein mit blau-weiß-roten Bändern verziertes Mützchen. Es zupfte seine Mutter am Ärmel und deutete auf Sandrines Haube. Über den Kopf des kleinen Mädchens lächelten sich Sandrine und die Mutter an.

Sandrine wandte sich wieder Philippe zu. Er musterte sie aufmerksam.

»Was ist?«, fragte Sandrine argwöhnisch.

»Du hast dich verändert«, entgegnete Philippe.

»Wieso?«

»Na ja, anfangs hast du dich für deutlich besser als wir gehalten.«

»Nicht besser«, sagte Sandrine. »Anders.«

Philippe richtete sich halb auf und winkte jemandem zu, der ein Stück von ihnen entfernt stand.

»Ein Freund«, erklärte er Sandrine.

Er winkte den Freund heran, der sich einen Weg durch die redenden und lachenden Menschen bahnte. Sandrine zog die Augenbrauen hoch. Das war doch nicht möglich! Das dunkle Haar, die Art zu gehen… Die Ähnlichkeit war verblüffend. Als Philippes Freund näher gekommen war, gab es keinen Zweifel mehr. Er war es! Gleich darauf stand er vor ihr und sie blickte Nicolas in die Augen.

11

Nicolas ließ sich nicht anmerken, ob er sie erkannt hatte. Er begrüßte Philippe herzlich und nickte Sandrine freundlich zu.

Sandrine brachte kein Wort heraus. Sie konnte Nicolas nur anstarren. Er hatte sich verändert in den drei Jahren, er war ein Mann geworden. Der Junge von damals, der so groß war wie sie, überragte sie nun um mehr als einen Kopf. Aber er war es.

Bei dem Gespräch, das Philippe und Nicolas begannen, fiel es nicht weiter auf, dass Sandrine kein Wort sagte und nur vor sich hin starrte. Aber dann legte Philippe den Arm um sie und sagte: »Lasst uns jetzt nicht gleich wieder über Politik reden. Dies ist meine Cousine Sandrine.«

Schweigend sahen sich Sandrine und Nicolas an.

Nicolas kannte sie mit fein zurechtgemachter Frisur, während ihr die Haare nun lose auf die Schultern fielen. Und dann die Holzschuhe und das einfache Baumwollkleid... Dennoch machte sich Sandrine keine Illusionen. Er hatte sie erkannt. Das sah sie seinen Augen an.

»Fein, dich kennen zu lernen... Sandrine«, sagte er.

Früher war sie für ihn Mademoiselle de Billancourt gewesen, die Tochter des Grundbesitzers.

Nicolas setzte sich zu ihnen an den Tisch. Sein Blick schweifte immer wieder zu Sandrine hin.

»Wohnst du in Paris?«, fragte er.

Sandrine nickte.

»Sie kommt aus Tours«, sagte Philippe.

»Aha, die Touraine«, meinte Nicolas.

»Meine Eltern sind tot«, sagte Sandrine leise. »Jetzt wohne ich bei Philippe.«

»Dann haben wir mehr gemein, als ich dachte«, sagte Nicolas. »Meine Eltern sind auch beide tot.« Sein Blick hielt Sandrine fest.

Sie öffnete den Mund, um etwas zu sagen, schloss ihn dann aber wieder.

Philippe guckte von einem zum andern. Er stand auf und sagte: »Komm, Sandrine, wir sind hier, um zu tanzen, das hast du doch nicht vergessen?«

Entschlossen nahm er Sandrines Hand und führte sie zu dem freien Platz unter den Bäumen, wo getanzt wurde. Widerwillig ließ Sandrine es geschehen. Ihr schlug das Herz bis zum Hals. Sie drehte sich im Tanz, sie lachte Philippe an, aber dabei verlor sie den jungen Mann, den sie am Tisch zurückgelassen hatten und der ihnen zuschaute, keinen Moment aus den Augen.

Am nächsten Tag beugte sich Sandrine gerade über die Wäsche, als sie Schritte in der Gasse hörte. Sie wusste sofort, dass es Nicolas war.

Sie hatten gestern Abend nicht mehr miteinander gesprochen. Nach dem Tanz war Nicolas verschwunden gewesen und bald darauf waren auch Philippe und sie nach Hause gegangen. Aber mehr oder weniger rechnete sie schon den ganzen Vormittag mit seinem Kommen.

Sandrine richtete sich auf und wartete, bis die Schritte auf den Hinterhof kamen. Nicolas bog um die Ecke und blieb stehen. Sandrine wischte sich an der Schürze die Hände ab und steckte eine Haarsträhne zurück unter die Mütze.

»Guck nicht so«, sagte sie.

»Du brauchst dich vor mir nicht zu schämen, Sandrine.« Nicolas kam auf sie zu. »Nom de Dieu! Ich hab dich fast nicht erkannt! Erst war ich im Zweifel, aber ich hab deine Stimme erkannt.« Er schüttelte ungläubig den Kopf.

Es entstand eine Stille.

»Wie bist du denn hierher geraten?«, fragte Nicolas.

»Ich kannte die Familie zufällig. Durch Julie«, antwortete Sandrine.

»Julie?«

»Meine Zofe.«

»Natürlich, deine Zofe.«

»Und meine beste Freundin«, fügte Sandrine hinzu.

»Und kommst du ohne Zofe zurecht?«

»Sie ist tot.«

»Oh«, machte Nicolas.

Eine unangenehme Stille entstand.

»Genau wie meine Eltern«, sagte Sandrine nach einer Weile. »Und meine Schwester.«

Nicolas murmelte etwas, das wie »sehr schlimm« klang. Sandrine richtete sich auf und sah ihn kühl an. »Schlimm? Findest du das wirklich schlimm für mich? Ich dachte, so wäre es damals geplant gewesen ... vor drei Jahren. Oder bist du etwa nicht mitgelaufen, mit einem Beil in der Hand?«

»Ich war nicht bewaffnet. Nein, war ich nicht. Und ich hätte dir und deiner Familie auch nie etwas getan«, erwiderte Nicolas.

»Nein, du hast lieber zugesehen, wie andere die Dreckarbeit verrichteten«, warf ihm Sandrine vor.

»Das ist nicht wahr!«, verteidigte sich Nicolas.

»Nun ja, das werden wir wohl nie erfahren. Jedenfalls seid ihr zu spät gekommen«, sagte Sandrine. »Weißt du, Nicolas, mir hat es sehr oft Leid getan, dass ich deinen Vater nicht verraten habe. Was hatte er mit uns vor? Bestimmt nichts Gutes!«

»Mein Vater ist tot«, sagte Nicolas. »Im Winter nach eurer Flucht hat er sich in der Loire ertränkt.«

»Oh«, machte Sandrine.

»Da bin ich nach Paris gegangen«, fuhr Nicolas fort. »Ein Vetter meines Vaters, Luc, hat hier eine Gaststätte, in der Rue St. Honoré. Ich hab darauf gebaut, dass er mich nicht auf der Straße stehen lassen würde, und das hat er auch nicht getan.

Aber er hatte keine Lust, meine Brüder und meine Schwester auch noch aufzunehmen.«

»Wo sind sie jetzt?«

»Ich hab sie unterbringen können. Schon bevor ich nach Paris ging.«

»Wo?«, wollte Sandrine wissen.

»Für meine Schwester Agnes hab ich in Tours Arbeit gefunden. Als Hausmädchen bei einer reichen Familie. Die Kleinen sind im Waisenhaus.«

»Oh«, machte Sandrine wieder.

»Agnes verstand alles, aber die Kleinen ... Sie waren verzweifelt, als ich sie im Waisenhaus zurückließ. Ich hab versprochen, dass ich sie so schnell wie möglich holen komme, aber das ist nun auch schon zwei Jahre her. Ich frage mich, ob sie mich noch erkennen würden.«

»Hörst du denn nie etwas von ihnen?«, fragte Sandrine.

»Agnes hat jemanden, der für sie ab und zu einen Brief an mich schreibt. Aber es ist immer so schwierig, jemanden zu finden, der ihn mir vorliest, ganz zu schweigen vom Schreiben einer Antwort.«

Sandrine ließ das Hemd, das sie gerade wusch, in den Bottich gleiten. Sie sah, dass Nicolas vom Waschbrett auf ihre nasse Schürze schaute. Zweifellos verglich er die Sandrine von früher mit der, die nun vor ihm stand. Unter diesen Umständen war es wohl auch nicht schwer für ihn, sie zu duzen.

»Und du bist nun bei den Lambertins. Weißt du, dass sie für dich den Kopf verlieren können?«, fragte Nicolas.

»Ja, das weiß ich«, antwortete Sandrine.

Nicolas schaute sich auf dem kleinen Hinterhof um. »Hast du dich hier denn ein wenig eingewöhnt?«, wollte er wissen.

Sandrine zuckte die Schultern. »Es sind nette Leute«, antwortete sie.

»Aber?«, fragte Nicolas.

»Ich weiß nicht, wie ich es sagen soll. Ich komme mir anders vor. So nett sie auch sind, ich fühle mich nie ganz zu Hause.«

Nicolas nickte. Ermuntert von seinem Verständnis, fuhr Sandrine fort: »Manchmal sitze ich am Tisch und dann schaue ich mich um. Und dann sehe ich wieder, wie es früher war.«

»Mit Kristall und Silber«, ergänzte Nicolas.

»Nein, das meine ich nicht. Auch wenn ich es manchmal kaum glauben kann, dass ich wirklich nur mit einem Messer und meinen Fingern esse. Ach, lass nur, ich kann es nicht erklären«, seufzte Sandrine.

»Nein, natürlich nicht. Schließlich bin ich nur ein Analphabet, ein dummer Bauer, der mit den Fingern isst. Wie sollte ich so etwas begreifen können«, meinte Nicolas.

»Das meine ich überhaupt nicht!«, entgegnete Sandrine.

»Lass gut sein.« Nicolas schüttelte den Kopf und drehte sich um. Ging er jetzt gleich wieder?

»Nicolas!«, rief sie, als er über den Hinterhof ging.

Nicolas schaute sich um.

»Soll ich deiner Schwester einen Brief schreiben?«, bot Sandrine an.

Nicolas zuckte die Schultern. Er wandte sich wieder um und ging. Sandrine seufzte und lauschte seinen Schritten, die in der Gasse verhallten.

Der warme Spätsommer war von einem auf den anderen Tag vorbei. Der feuchte, raue Herbst brachte mehr Ungemach mit sich, als Sandrine je erlebt hatte. Lebensmittel waren unbezahlbar. Wie alt und zugig das Haus war, fiel im September nicht auf, jetzt aber umso mehr. Aber sie hatten in jedem Fall noch ein Dach über dem Kopf. Durch die ständigen Preissteigerungen konnten viele Leute die Miete nicht mehr bezahlen und wurden rücksichtslos auf die Straße gesetzt.

»Ich habe dies noch«, sagte Sandrine an einem regnerischen Vormittag. Sie legte den Schmuck ihrer Mutter auf den Tisch, an dem Margot Zwiebeln schälte.

Margot legte das Messer hin. Sie betrachtete den Schmuck, rührte ihn aber nicht an.

»Wir könnten ihn verkaufen oder ins Pfandhaus bringen«, sagte Sandrine.

»Das ist nicht nötig«, entgegnete Margot und schälte weiter ihre Zwiebeln.

»Der Schmuck bringt bestimmt viel Geld!«, meinte Sandrine.

»Ja, bestimmt. Aber wie willst du der Nationalgarde erklären, wie du an das Zeug gekommen bist?«, fragte Margot. »Sie wissen sehr gut, dass noch Aristokraten in der Stadt sind, also behalten sie die Pfandhäuser im Auge.«

»Ich habe auch Geld«, sagte Sandrine. »Das können wir doch gut gebrauchen?«

Margot schaute lange auf die Münzen, die Sandrine auf den Tisch rollen ließ.

»Ja«, sagte sie schließlich, »immer wieder ein bisschen.«

Sandrine ließ sich auf einen Stuhl fallen. Doch ein wenig erleichtert, nahm sie den Schmuck von der rohen Tischplatte.

»Es ist sehr lieb von dir, dass du den Schmuck verkaufen wolltest«, meinte Margot. »Hast du ihn oft getragen?« Mit einem Kopfnicken deutete sie auf die Ringe und den Armreif.

»Das ist der Schmuck meiner Mutter«, erklärte Sandrine.

Margot warf eine geschälte Zwiebel in den Kochtopf und sagte: »Erzähl mir von ihr.«

Sandrine fühlte sich ein wenig überrumpelt und dachte nach. Was sollte sie erzählen? Fieberhaft suchte sie nach Übereinstimmungen, die Margot ihre Mutter sympathisch machen könnten. Aber ihr fiel nichts ein.

»Meine Mutter war sehr schön«, sagte Sandrine. »Und sie spielte wunderbar Cembalo. Das hat sie mich auch gelehrt.«

Sie erzählte von den Festessen und den Musikabenden, die ihre Mutter organisiert hatte. Und sie hörte sich selbst reden. Margot lauschte, ohne sie zu unterbrechen, aber Sandrine wusste, dass sie beide dasselbe dachten. Schließlich brach Sandrine mitten in einem Satz ab.

Ich kenne Margot besser als meine eigene Mutter, dachte sie.

Margot blickte von den Zwiebeln auf, die sie schälte, aber Sandrine wich ihrem Blick aus. Sie spielte mit dem Armreif ihrer Mutter und kam sich vor wie eine gemeine Verräterin.

Eines Tages stand unerwartet wieder Nicolas vor Sandrine. Er war mit Philippe gekommen, mit dem er auf einer Versammlung der Jakobiner gewesen war.

»Du siehst schlecht aus, Junge«, sagte Margot mit einem kritischen Blick auf Nicolas. »Haben dein Onkel und du überhaupt noch genug zu essen?«

Nicolas zuckte die Schultern.

»Also nicht«, stellte Margot fest.

»Ich bin es gewöhnt«, meinte Nicolas.

»Ach ja? Heute Abend isst du jedenfalls hier mit uns.«

»Nein, ihr braucht selber jeden Bissen.«

»Wir haben bis jetzt noch jeden Tag etwas zu essen gehabt«, sagte Philippe. »Es gibt schon noch etwas, aber es kostet so entsetzlich viel.«

»Ich wusste nicht, dass die Schuhmacherei so viel einbringt«, grinste Nicolas.

Sein Blick kreuzte sich mit dem Sandrines, die Pierre eine Geschichte erzählte. Und weil Nicolas plötzlich schwieg, wusste Sandrine, dass er ahnte, woher die Lambertins Geld hatten.

Das wird er wohl schlimm finden, Geld von einer Blaublütigen zu nehmen, dachte Sandrine.

Es widerstrebte ihr, Nicolas anzusehen, also erzählte sie Pierre in aller Ruhe weiter die Geschichte.

»Sandrine, was machst du morgen? Gehst du zum Stadttor oder zum Bäcker?«, fragte Margot, als sie am Tisch saßen.

»Ich denke, ich gehe zum Stadttor«, antwortete Sandrine.

»Das scheint mir am besten. Du kriegst viel eher was von den Bauern als eine alte Frau wie ich«, sagte Margot kopfnickend.

»Maman, du bist nicht alt!«, sagte Pierre entrüstet. »Du hast noch Zähne im Mund! Oma Brillot nicht. Keinen einzigen!«

Alle mussten lachen.

Sandrine schaute in die Runde. Sie lächelte, aber richtig lachen konnte sie nicht. Vielleicht konnte sie das nie mehr. Verstohlen schaute sie Nicolas an. Er hatte das gleiche müde Lächeln in den Mundwinkeln wie sie. Und plötzlich drehte er den Kopf und blickte Sandrine in die Augen. Nur ein paar Sekunden, während alle anderen noch lachten. Aber das reichte.

Nach dem Essen wusch Sandrine in der Küche die Teller und Schüsseln ab. Margot räumte das Zimmer auf. Nicolas kam in die Küche geschlendert.

»Stehst du jeden Morgen so früh auf?«, fragte er, als wollte er ein harmloses Gespräch beginnen.

»Ja, meistens«, antwortete Sandrine.

»Und dann gehst du in der Dunkelheit den weiten Weg zum Stadttor?«, bohrte Nicolas weiter.

»Ja, wenn es hell wird und die Bauern mit Kohl und anderen Erzeugnissen in die Stadt kommen, bin ich als Erste dran«, klärte ihn Sandrine auf.

Nicolas nickte.

»Ich hab es mir noch mal überlegt«, sagte er. »Ich möchte meiner Schwester doch gerne einen Brief schreiben. Würdest du mir dabei helfen?«

»Selbstverständlich«, antwortete Sandrine.

Überall in Paris gab es nun Garküchen für die Armen, aber es kamen immer mehr hungrige Münder hinzu. An den Stadttoren und auch an den Landesgrenzen wurden immer wieder Aristokraten aufgegriffen und zur Guillotine gebracht, um »einen Kopf kürzer« gemacht zu werden.

Klack!

Da fiel der Kopf eines älteren distinguierten Herrn, schuldig befunden, weil er vor sechzig Jahren als Marquis geboren worden war.

Die Gräfin de Noailles wurde auf einem offenen Gefangenenkarren zur Guillotine gefahren und die Straßen waren voller schreiender Menschen. Seht, da fährt sie, die vornehme Dame! Früher fuhr sie in einer edlen Kutsche, zu hochnäsig, das Volk eines Blickes zu würdigen. Jetzt wurde sie auf einem ganz anderen Fahrzeug herangekarrt.

Klack!

Die Gräfin war tot. Ihr folgte ein adliger junger Mann, der »Es lebe der König! Es lebe der König« rief, bis das Fallbeil herabsauste.

Die Jakobiner diskutierten derweil heftig mit den Girondisten darüber, was mit König Ludwig XVI., jetzt einfach Bürger Capet, geschehen sollte. Jeden Abend berichtete Philippe ausführlich über den Stand der Diskussion.

»Die Jakobiner fordern die Todesstrafe«, sagte er. »Das ist die einzige Lösung.«

»Das glaube ich nicht.« Margot stellte eine Schüssel Zwiebelsuppe auf den Tisch. »Sie können den König doch einfach absetzen.«

»Marat und Robespierre meinen, ein lebender König bleibt immer ein Unruhestifter«, erwiderte Philippe. »Ein lebender König kann wieder auf den Thron gesetzt werden und dann ist unsere ganze Arbeit umsonst gewesen. Erst wenn wir mit dem Königshaus abgerechnet haben, können wir unsere Losungen von Freiheit, Gleichheit und Brüderlichkeit wahrmachen.«

»Du redest, als würdest du etwas aufsagen«, mischte Maurice sich ein.

»Das tut er auch«, sagte Margot und nickte. »Er plappert nach, was andere an schönen Worten vom Blatt ablesen. Worte, Worte und nochmals Worte. Es müssten Brote sein.«

»Die werden schon noch kommen!«, ereiferte sich Philippe. »Die Jakobiner sind Männer der Tat! Die Girondisten, die palavern nur über Reformen. Aber das Volk und die Jakobiner wollen, dass etwas geschieht!«

»Wenn der König tot ist, gibt es dann wieder zu essen?«, fragte Pierre.

»Nein«, antwortete Margot.

»Warum töten sie ihn dann?«, wollte Pierre wissen.

»Das werden sie nicht tun«, antwortete Margot. »Jedenfalls nicht, wenn sie bei Verstand sind.«

»Wie kannst du so was sagen? Hast du überhaupt zugehört?«, erregte sich Philippe.

»Ich höre nicht nur zu, ich denke auch nach«, fuhr seine Mutter ihn an. »Wir reden vom König! Was meinst du, was passiert, wenn er von seinen eigenen Untertanen ermordet wird? Das gibt Krieg!«

»Darum müssen wir uns zusammenschließen«, sagte Philippe mit leuchtenden Augen. »Bis jetzt haben wir alle Angriffe des Auslands abgewehrt. Niemand kann die Revolution mehr aufhalten. Was ist denn mit dir los? Du warst doch so begeistert, als die Bastille fiel!«

Margot seufzte müde. »Vielleicht wenn sie jetzt schnell mit Brot kommen, glaube ich dann wieder dran. Aber es gibt kein Brot, es gibt keine Seife und keinen Zucker, und das ist alles, was mich im Moment interessiert. Und wenn die Girondisten dafür sorgen können, dann unterstütze ich sie. Und wenn die Jakobiner mir zu essen geben, unterstütze ich die. Und wenn der König dafür verurteilt werden muss, gut, dann muss das eben sein. Aber ich glaube einfach nicht dran.«

»Was meinst du, Sandrine?«, fragte Philippe unverhofft.

»Was?«, fragte Sandrine erschrocken. Sie hatte zugehört, ohne sich eine Meinung zu bilden. »Ich weiß es nicht«, sagte sie schließlich.

»Dann wird es Zeit, dass du darüber nachdenkst«, antwortete Philippe.

»Ich glaube, dass sehr viele es nicht mehr wissen«, mischte sich Maurice ein.

»Maman, kann ich noch ein bisschen haben?« Pierre hielt seinen Teller hoch.

Margot kratzte mit der Kelle über den Boden der Suppenschüssel, holte ein paar Zwiebelringe heraus und tat sie Pierre auf den Teller.

»Ist das alles?«, fragte Pierre enttäuscht. »Ich hab noch Hunger.«

»Nichts mehr da«, sagte seine Mutter.

12

Umringt von hunderten berittenen Soldaten, wurde König Ludwig XVI. eines feuchten, düsteren Tages im Dezember 1792 aus dem Temple geholt. In seiner Kutsche wurde er zu den Tuilerien, seinem eigenen Palast, gebracht, um dort verurteilt zu werden. Trotz des Regens stand halb Paris dicht gedrängt in den Straßen.

Sandrine saß zu Hause am Fenster und schaute auf die Pfützen im Hinterhof. Sie dachte gar nicht daran, sich die Erniedrigung des Königs anzusehen. Ihr Vater war überzeugter Royalist gewesen. »Der König regiert nach Gottes Willen. Wir schulden ihm unsere absolute Treue«, hatte er immer gesagt. Sie erinnerte sich, dass ihr Vater nicht ins Ausland hatte fliehen wollen, nur weil der König von Frankreich im Land geblieben war.

Maurice blieb in seiner Werkstatt. Aber Margot und Pierre sahen sich das Schauspiel mit dem König an. Wo Philippe sich herumtrieb, wusste keiner.

»Niemand hat dem König zugejubelt«, sagte Pierre, als sie nach Hause kamen. Wie ein Hund schüttelte er die nassen Haare, sodass die Tropfen in alle Richtungen spritzten. »Alle riefen nur: ›Es lebe die Republik‹ und: ›Es leben die Jakobiner‹.«

»Niemand wagte es zu jubeln«, sagte Margot grimmig. »Ich glaube, es sind noch genug Leute auf der Seite des Königs, aber solange niemand weiß, wie das alles ausgeht…«

»Habt ihr den König gesehen?«, fragte Sandrine.

»Ein Zipfelchen von ihm. Er saß zusammengekauert in seiner Kutsche und blieb, so gut es ging, vom Fenster weg.«

»Ich hab ihn gesehen!«, sagte Pierre aufgeregt. »Ich bin auf einen Laternenpfahl geklettert.«

Sandrine war in Gedanken bei König Ludwig, der nun vor Gericht stand und sich vor Menschen verantworten musste, die ihn hassten. Einen König anzuklagen, war eigentlich absolut unglaublich, aber das war mit dem Angriff auf die Aristokraten nicht anders. Die Leichen, die überall auf dem Land an den Bäumen gehangen hatten … Und die grausamen Metzeleien in den Gefängnissen …

Sandrine schauderte. Sie hatte wenig Hoffnung für den König.

Es dauerte Wochen, bis der Konvent das Urteil verkündete. In der Zwischenzeit brachen dauernd Hungerunruhen aus. Es war Januar, es fror und die Straßen von Paris waren voller schreiender Menschen mit leerem Magen.

Sandrine ging nur noch auf die Straße, wenn es sich nicht vermeiden ließ, und dann nur in Begleitung von Philippe oder Nicolas. Nicolas kam nun häufig zu ihnen, und Sandrine hatte ihm geholfen, seiner Schwester einen Brief zu schreiben, aber sie sahen einander nur in Gegenwart anderer.

An einem kalten Wintertag gerieten Sandrine, Philippe und Nicolas in einen Menschenauflauf. Es herrschte ein derartiges Gedränge, dass sie nicht genau sehen konnten, was eigentlich los war.

Sandrine stellte sich auf die Zehenspitzen. So konnte sie über die Köpfe hinwegschauen. Ihr Blick fiel auf eine klapperdürre Frau, die den Zug anführte. In den Armen trug sie ein ausgemergeltes Kind. Johlend folgte ihr die ganze Nachbarschaft. Sandrine sah die Nachbarin Jeanne, sie sah Oma Brillot und sie sah Gaston und noch viel mehr Bekannte. Die Frau mit dem Kind in den Armen kannte sie nicht, aber ganz eindeutig waren die Leute hinter ihr, die alle entweder ein Kind oder einen anderen geliebten Menschen verloren hatten, auf ihrer Seite.

»Was haben sie vor?«, fragte Sandrine.

»Sie ziehen zum Palast, nehme ich an«, sagte Nicolas. »Es

ist nicht das erste tote Kind, das man dort herzeigt. Manche Leute legen sie einfach auf die Stufen der Tuilerien. Kommt, das sehen wir uns an!«

Mit schnellen Schritten eilten sie hinter dem Zug her. Auf der Place du Carrousel, vor den Tuilerien, stand eine riesige Menschenmenge.

»Tod dem Verräter!«, tönte es von überall her.

»Todesstrafe für Capet!«

»Wir wollen Brot!«

Im Schloss und auf den Rängen der Salle de Manège waren ab und zu die gleichen Parolen zu hören. Es war bitterkalt, aber niemand dachte daran, nach Hause zu gehen. Die Menschenmenge vor den Tuilerien wurde immer größer. Flaschen mit Alkohol gingen von Hand zu Hand.

»Sie beraten sich nun schon drei Tage lang. Wissen sie denn immer noch nicht, wie das Urteil lauten wird?«, sagte Philippe ungeduldig.

Ein Mann mit schmutziger roter Mütze auf dem Kopf drehte sich zu ihm um. »Die letzten Stimmen werden gezählt. Das Ergebnis wird gleich bekannt gegeben«, sagte er.

Um warm zu bleiben, trippelte Sandrine von einem Fuß auf den anderen. Sie hauchte sich in die Hände und protestierte nicht, als Philippe den Arm um sie legte. Nicolas schaute kurz zur Seite und richtete den Blick dann wieder auf das Schloss.

»Es ist kalt, möchtest du nach Hause?«, fragte Philippe Sandrine.

»Nein«, antwortete Sandrine.

Es wurde immer enger auf der Place du Carrousel. Mittlerweile standen so viele Leute hinter ihnen, dass sie immer weiter nach vorne gedrängt wurden. Sandrine bekam einen Stoß in den Rücken und verlor beinahe das Gleichgewicht. Nicolas stellte sich hinter sie und hielt schimpfend die drängelnden Leute zurück.

In dem Gedränge, in dem bald nur noch das Schafott mit

der Guillotine frei blieb, wurde der König immer wüster beschimpft und beschuldigt und wurde auch der Ruf nach der Todesstrafe immer lauter. Dann wurde es totenstill auf der Place du Carrousel.

»Psst! Psst«, wurde hier und da gezischt.

Auch in der Salle de Manège war es still geworden. Undeutlich war eine Stimme zu hören, die sich an die Ränge richtete. Sandrine hielt den Atem an. Das Urteil wurde bekannt gegeben.

Ganz vorne, im Gedränge dicht vor der Salle de Manège, entstand Unruhe. Es wurde geschrien, das Urteil verbreitete sich in Windeseile auf dem überfüllten Platz.

»Die Todesstrafe! Die Todesstrafe für Capet!«

»Die Mehrheit hat für das Todesurteil gestimmt!«

Vereinzelte Königstreue wagten es, »Begnadigt ihn! Begnadigt ihn!« zu rufen.

Leichenblass drehte sich Sandrine zu Philippe und Nicolas um. In deren Augen loderte ein Feuer. Sie reckten die Fäuste und schrien und jubelten mit den anderen: »Tod dem König! Tod dem König!«

»Gnade! Gnade!«, ertönte es aus einer anderen Richtung.

Verwirrt schaute sich Sandrine um. Konnte man für die Revolution sein und zugleich den König verschonen wollen? Sie fürchtete, das würde nicht gehen.

Am Abend vor der Hinrichtung saßen die Familie Lambertin und Sandrine schweigend am Ofen.

»Ich will es nicht sehen«, sagte Sandrine.

»Wir machen uns verdächtig, wenn wir alle zu Hause bleiben«, gab Margot zu bedenken.

»Philippe geht doch«, meinte Maurice. »Und ich muss das Geschäft am Laufen halten.«

Sie wollen selbst auch nicht hingehen, dachte Sandrine.

Nachts lag sie wach im Bett. Sie dachte an ihre Eltern, an Michelle, an Julie. Hätte der König ihren Tod verhindern können? Sandrine lauschte dem Wind, der nassen Schnee an die Fenster trieb.

Ihr fehlt mir so, dachte sie. Ihr fehlt mir so sehr!

Sie schloss die Augen und biss sich auf die Lippen.

Einen Stock tiefer hörte sie Pierre husten. Er hustete schon seit ein paar Nächten, aber jetzt schien es schlimmer geworden zu sein.

Eine Tür wurde geöffnet und wieder geschlossen. Holzdielen knarrten unter dem Gewicht einer hin und her laufenden Person. Sie hörte schweres, röchelndes Husten und eine besorgte Stimme.

Sandrine richtete sich schnell auf. Auf bloßen Füßen ging sie hinunter zu Pierres Kammer. Margot saß mit Pierre auf dem Schoß auf der Bettkante. Der Junge hatte einen hochroten Kopf und nach jedem Hustenanfall hechelte er nach Luft.

Margot sah Sandrine an. Ihr Gesicht war angstverzerrt.

»Er hat hohes Fieber. Maurice und Philippe holen einen Arzt.«

Sandrine setzte sich neben Margot und musterte Pierre besorgt. Mit fiebrigen Augen erwiderte er den Blick.

»Sandrine ...«

Sandrine nahm seine Hand. »Der Doktor macht dich wieder gesund, Liebling.«

»Kein Doktor!« Pierre schüttelte ängstlich den Kopf. »Ich will nicht! Maman, ich will nicht!«

»Ruhig, mein Junge«, besänftigte ihn seine Mutter. »Er tut dir nicht weh. Er gibt dir nur was zu trinken.«

»Keine ekligen Biester! Wie bei Louison! Ich will keine ekligen Biester!«, rief Pierre mit sich überschlagender Stimme.

Sandrine sah in Margots Augen Tränen aufsteigen.

Dann war auf der Treppe lautes Poltern zu hören. Bürger Palard, der Arzt, kam nach oben; ihm folgten Maurice und Philippe.

»Wie geht es ihm?«, fragte Maurice besorgt.

»Immer schlechter«, flüsterte Margot.

Der Arzt stellte seine schwarze Tasche ab und untersuchte Pierre. Margot murmelte kaum verständliche Gebete.

»Hohes Fieber«, stellte der Arzt fest. »Hast du seinen Urin aufgehoben?«

Margot nickte.

Der Arzt goss den Urin in ein Glasfläschchen und hielt es ins Lampenlicht.

»Die Farbe ist normal«, sagte er schließlich. »Das ist ein gutes Zeichen, aber das Fieber muss runter. Die Erkältung hat wahrscheinlich die Lunge angegriffen und er ist geschwächt. Gemüse und Milch braucht er.«

Niemand sagte etwas.

Der Arzt holte eine Dose mit schwarzen Blutegeln aus der Tasche. Pierre begann zu schreien und trat nach dem Arzt, als er in seine Nähe kam. Maurice und Philippe mussten den Jungen festhalten, damit der Arzt ihm die Blutegel ansetzen konnte. Pierre schrie aus Leibeskräften. Er warf sich wild hin und her. Die Blutegel saugten sich voll mit Pierres krank machendem Blut.

»Nein, Maman! Nein, Maman! Nimm sie weg! Sandrine!«, heulte Pierre.

Sandrine war gar nicht bewusst, dass auch sie weinte. Sie stellte sich dicht neben Margot.

Endlich steckte der Arzt die Blutegel wieder in die Dose. Pierre lag erschöpft vom Weinen auf seinem Bett. Der Arzt gab ihm noch einen Trank gegen das Fieber, dann ließ Maurice ihn hinaus.

»Geht ihr nur schlafen. Morgen früh ist die Nacht vorbei!«, sagte Margot heiser. »Ich bleibe bei Pierre.«

»Aber du musst doch Brot holen«, sagte Maurice.

»Das kann ich auch tun«, mischte sich Sandrine schnell ein.

Margot guckte sie dankbar an. Sandrine legte der älteren Frau die Hand auf die Schulter. »Ruf mich bitte, wenn sich hier etwas tut oder wenn du mich brauchst«, sagte sie.

Margot nickte und richtete ihre ganze Aufmerksamkeit wieder auf Pierre.

Sandrine ging nach oben ins Bett. Sie hatte eiskalte Füße. Bibbernd kroch sie unter die Decke. Trotzdem schlief sie sofort ein, allerdings nicht für lange. Es war noch dunkel, als sie eine Hand auf ihrem Arm spürte und aufwachte.

»Sandrine«, sagte Margot leise.

Sandrine fuhr hoch. Er ist tot, dachte sie. In Panik sah sie Margot an.

»Er schläft«, beruhigte Margot sie. »Ich werde Brot holen gehen. Kannst du bei Pierre bleiben?«

Sandrine war schon aus dem Bett gestiegen. Sie zog sich schnell an und ging in Pierres Kammer. Er lag sehr still, aber als sie vorsichtig sein Gesicht berührte, fühlte sie, dass er glühte.

Mit einem unhörbaren Seufzer setzte sich Sandrine auf den Stuhl neben seinem Bett.

Ich kann Fleisch tranchieren, ich kann gut Cembalo spielen und einen Hofknicks machen, dachte sie bitter. Hätte man mich doch gelehrt, ein krankes Kind gesund zu machen.

Träge verstrichen die Stunden. Pierre begann, im Schlaf zu stöhnen und sich hin und her zu wälzen. Als er wach wurde, war er glühend heiß. Sandrine verstand von dem, was er sagte und murmelte, kein einziges Wort.

Philippe löste sie ab, sodass sie noch für kurze Zeit ins Bett konnte. Aber sie tat kein Auge mehr zu. Schließlich stand sie wieder auf und ging nach unten. Sie legte die Löffel auf den Tisch und stellte die irdenen Teller hin. Dann ging sie in die Werkstatt. Von dort aus hatte sie einen guten Blick auf die Straße. Zwischen den Häusern hing dichter Nebel. Von Margot war noch nichts zu sehen. Auf der Straße war es vollkommen still.

Plötzlich schoss es Sandrine durch den Kopf, dass heute der König enthauptet werden würde. Aber sofort waren ihre Gedanken wieder bei Pierre.

Endlich kam Margot nach Hause. Sie war vom Schneeregen durchnässt. Sie hatte etwas Brot ergattern können, das sie aber nur rasch hinlegte. Sofort ging sie zu Pierre hinauf, der laut nach seiner Mutter rief.

Philippe kam mit düsterer Miene nach unten und setzte sich an den Tisch. Auch Maurice setzte sich. An diesem Morgen war es Sandrine, die die Brotscheiben schnitt.

Als Maurice und Philippe in die Werkstatt gingen, blieb sie alleine zurück. Sie räumte den Tisch ab, holte vom Stadtbrunnen Wasser und wusch die Teller und Löffel ab. Sie sammelte die Wäsche ein und machte sich an die Arbeit. Ein paar Stunden später kam Margot nach unten. Sie sah erschöpft aus.

»Er schläft wieder«, sagte sie.

Sie guckte nach der Hausarbeit, die Sandrine wie selbstverständlich übernommen hatte. Sandrine spürte, dass dies der richtige Moment war, die Fragen zu stellen, die sie schon eine ganze Zeit beschäftigten.

»Erzählst du mir etwas von Louison?«, fragte sie.

»Louison…« Margots Gesicht verdüsterte sich.

Sandrine tat ihre Frage schon Leid. Aber Margot ging zu einem kleinen Schrank im Wohnzimmer, zog eine Lade auf und holte ein Bild heraus.

»Das ist Louison. Kurz vor ihrem Tod. Sie war in dem Winter zehn geworden.«

Sandrine nahm das Bild in die Hand. Sie sah ein mageres, blasses Mädchen, das kleiner wirkte als eine Zehnjährige. Das Mädchen war blond und hatte blaue Augen. Genau wie sie.

»Ich habe sie überhaupt nicht gesehen an dem Abend, als ich hier war«, sagte Sandrine.

»Sie lag im Bett, sie war krank«, erklärte Margot. »Sie war oft krank. Darum haben wir das Bild malen lassen.«

»Wann genau ist sie denn gestorben?«, fragte Sandrine leise.

»Letzten Winter. In dem Winter sind viele gestorben«, sagte Margot.

Letzten Winter, dachte Sandrine. Da war es tatsächlich sehr kalt. Michelle und ich klagten dauernd über eine kalte Nase und kalte Hände.

»Es tut mit Leid«, sagte sie mehr zu sich selbst als zu Margot. Aber Margot lächelte sie flüchtig an.

»Ich höre Pierre«, sagte sie dann und ging nach oben.

Gegen zehn Uhr, als Sandrine auf dem Hinterhof gerade etwas Holz hackte, ertönte in der Ferne dumpfer Trommelwirbel. Sie ließ das Beil sinken und richtete sich auf. Das Trommeln, drohend und monoton, hörte nicht auf. Und dann war es plötzlich still. Es war eine Stille, die Sandrine kalte Schauder über den Rücken jagte. Sie schaute auf das Beil in ihren Händen.

Der König war tot. Enthauptet von seinem eigenen Volk.

Seltsam, aber es berührte sie kaum. Sie sah ständig Nicolas' Schwester Agnes vor sich, mit den dünnen Beinen und dem Topf mit Blättern, aus denen sie eine Suppe hatte kochen wollen.

Von der Straße her ertönte aufgeregtes Geschrei.

»Es ist getan! Es ist getan!«

Mit klappernden Holzschuhen eilte Sandrine die Gasse entlang und öffnete das kleine Tor. Überall waren die Türen auf und die Leute strömten auf die Straße.

»Er ist tot! Der König ist tot!«

Aus den Schenken war Gesang zu hören.

Eine große Menge erregter Eiferer zog durch die Straße. Sie schwenkten ihre roten Mützen und schrien: »Es lebe die Republik!« Jedem, der ihnen begegnete, fielen sie begeistert brüllend um den Hals. Sie fuchtelten mit den Armen und kamen in Sandrines Richtung. Schnell trat Sandrine in die Gasse zurück und verriegelte das Tor. Sie ging in die Küche und zog die Tür hinter sich ins Schloss. Sie streifte die Holzschuhe ab und schlich die Treppe hinauf zu Pierres Kammer. Er saß im

Bett und wurde von Margot gefüttert, die sich umdrehte und Sandrine in der Tür stehen sah.

»Gute Nachricht!«, sagte Margot. »Das Fieber ist gesunken!«

13

Das Fieber war gesunken, aber Pierre war noch schwach. Fast den ganzen Tag lag er im Bett. Das grobe Schwarzbrot vertrug er nicht mehr. Jedes Mal bekam er Magenkrämpfe, bis er sich weigerte, noch einen Bissen zu nehmen. Sandrine, die viele Stunden an seinem Bett verbrachte, sah ihn magerer und magerer werden. Sie erinnerte sich an die Geschichten von Robinson Crusoe, die sie an langen Winterabenden so gerne gelesen hatte, und erzählte sie nun Pierre. Doch schon bald hatte sie dafür kaum noch Zeit. Weil das französische Volk einen barbarischen Königsmord begangen hatte, erklärten England, Italien, Spanien und die Vereinten Niederlande Frankreich den Krieg. Alle wehrfähigen Männer zogen zur Verteidigung Frankreichs an die Front. Die Frauen mussten in Werkhallen, die die Regierung hatte einrichten lassen, Uniformen für die Soldaten nähen. Wer zu Hause oder an seiner Arbeitsstelle unabkömmlich war, bekam eine Freistellung, aber Sandrine ging jeden Morgen in eine zur Werkhalle umfunktionierte, leer stehende Kirche. Sie hatte einen weiten Weg. Die Kirche stand im Stadtteil Madeleine, in der Nähe der Place de la Révolution, wo zurzeit die Guillotine aufgestellt war.

Sie hauchte in die kalten Hände. In der Rue St. Honoré warf sie im Vorbeigehen einen Blick in die Gaststätte, in der Nicolas arbeitete, konnte ihn aber nicht entdecken.

Es war kalt. Regen und Schnee wechselten einander ab. Große Plakate, die die Bürger von Paris aufforderten, ihre patriotische Pflicht zu erfüllen und zu den Waffen zu greifen, wurden vom starken Wind losgerissen und durch die Straßen geweht.

Sandrine hörte hinter sich schnelle Schritte. Wachsam

schaute sie über die Schulter. Nachbarin Jeanne kam an ihre Seite. »Zur Werkhalle?« Jeanne musterte Sandrine mit schnellem Blick, der auf der blau-weiß-roten Kokarde auf ihrem Mantel haften blieb.

Sandrine nickte.

»Und du hast deine Kokarde nicht vergessen. Sehr vernünftig«, sagte Jeanne.

»Ich muss mich sputen. Ich bin in Eile«, sagte Sandrine und ging schneller.

»Das weiß ich«, sagte Jeanne. »Ich muss ja auch da hin.«

Sandrine seufzte lautlos. Auch das noch! »Du bist doch Waschfrau?«, meinte sie.

»Ja, aber wenn es keine Seife gibt, verdiene ich mein Brot nicht mehr«, antwortete Jeanne. Ihr runzliges Gesicht war verbittert. »Weißt du, es sind die Girondisten, die alles verderben. Die reden immer nur, reden immer nur über den Krieg, und dabei vergessen sie uns. Es wird Zeit, dass die Jakobiner sie ausstoßen.«

Sandrine ließ sich wohlweislich auf keine Diskussion ein.

»Sag mal, warum bist du eigentlich weggegangen aus Tours? Fehlen dir denn deine Eltern nicht?«, wollte Jeanne wissen.

»Meine Eltern sind tot«, antwortete Sandrine.

»Oh!« Jeanne zog die Augenbrauen hoch. »Davon hat Margot mir nichts gesagt.«

»Darüber reden wir lieber nicht.« Es kostete Sandrine keine Mühe, ihrer Stimme einen bedeckteren Klang zu geben. Sie brauchte nur an ihren Vater zu denken, mit seinem dicken Bauch und seiner Zopfperücke.

»Ja«, sagte Jeanne, »das kann ich mir denken.«

Sandrine warf einen schnellen Blick auf Jeanne und sah, dass sie die Augen scharf auf sie gerichtet hatte, als wollte sie sie mit Blicken durchbohren.

In der Kirche arbeiteten bereits etliche Frauen. Auf langen Tischen lagen dunkle Stoffbahnen. Daraus mussten Uniformen für die französischen Soldaten gemacht werden.

Sandrine versuchte, sich von Jeanne fern zu halten, aber sie war nicht abzuschütteln. Es gelang ihr sogar, am Arbeitstisch den Platz gegenüber zu bekommen.

Sandrine konnte wunderschöne Muster sticken. Aber eine Uniform zu nähen, war etwas ganz anderes. Nächtelang hatte sie mit Margot geübt, einen Saum zu stecken und Knopflöcher zu nähen. Sie kam jetzt einigermaßen zurecht, konnte es aber mit der Fertigkeit der anderen Frauen in der Werkhalle nicht aufnehmen.

Mit zittrigen Fingern versuchte Sandrine, einen Garnfaden einzufädeln. Durch die Wimpern beobachtete sie Jeanne. Zu ihrem Glück schnitt sie gerade Stoff. Sandrine nahm sich vor, sich von der Frau nicht so nervös machen zu lassen. Sie wollte ganz einfach ihre Arbeit tun.

Sandrine nahm sich eine halb fertige Hose und fing an.

»Ach, mein Kind, das machst du aber nicht sehr geschickt.« Annette, die Frau, die hier als Meisterin Dienst tat, beugte sich zu Sandrine herab. »Wenn du die Beine aufeinander legst, nähst du sie doch zusammen. Dann kannst du alles wieder auftrennen. Pass auf, ich zeig's dir mal. Man legt das eine Bein so hin, das andere so.«

»Man könnte meinen, sie hat noch nie einen Knopf angenäht«, mischte sich Jeanne ein, die tat, als wäre sie sehr verwundert. »Hat deine Mutter dir das Nähen nicht beigebracht? Oder seid ihr womöglich zu einer Schneiderin gegangen?«

Sandrine stach sich. Sie unterdrückte einen Aufschrei und saugte am blutenden Finger. Blitzschnell ergriff Jeanne über den Tisch hinweg Sandrines Hand. »Das tut weh, stimmt's? In die zarte Haut! Ich hatte in deinem Alter völlig zerstochene Fingerspitzen«, sagte sie herausfordernd.

»Dann hast du dich auch nicht sehr geschickt angestellt«, erwiderte Sandrine.

Die anderen Frauen lachten. Jeanne ließ sich auf ihren Stuhl fallen. Fürs Erste ließ sie Sandrine in Ruhe, belauerte sie aber weiter.

Als um fünf Uhr Feierabend war, trödelte Sandrine lange herum, um Jeanne alle Zeit zu geben, vor ihr zu gehen. Als eine der Letzten verließ Sandrine die Kirche.

»Hallo! Ich dachte schon, du kommst gar nicht mehr raus!« Nicolas löste sich von einem Pfeiler des Kirchenportals.

Sandrines müdes Gesicht hellte sich auf.

»Ich komme dich abholen«, sagte Nicolas. »Hast du was dagegen?«

»Nein, natürlich nicht«, antwortete Sandrine.

Es war viel Betrieb auf der Straße. Zu dieser Zeit leerten sich die Fabriken und der Pöbel kehrte heim von den Hinrichtungen auf der Place de la Révolution.

Nicolas nahm Sandrines Hand und führte sie aus dem Gedränge. Als sie am Seineufer waren, ließ er zu ihrer Enttäuschung die Hand los. Hinter ihnen war noch das dumpfe Poltern der Karren zu hören, die die Enthaupteten von der Place de la Révolution wegfuhren.

Sandrine schauderte.

»Du hast Glück gehabt, dass du bei den Lambertins unterkommen konntest«, sagte Nicolas.

»Ja, sie sind alles, was ich noch habe«, antwortete Sandrine leise. »Weißt du, mir wird jetzt erst klar, wie viel ich Margot zu verdanken habe. Wenn sie mich nicht aufgenommen hätte, hätte ich nirgends hingehen können. Ich wäre ganz bestimmt aufgegriffen worden.«

»Ich bin froh, dass es nicht so gekommen ist«, meinte Nicolas.

Sandrine sah ihn forschend an. »Und die anderen gehen dich weiter nichts an«, stellte sie fest.

»Doch«, entgegnete Nicolas. »Aber ist es denn nicht schrecklich, was sie uns früher angetan haben? Dass man ohne weiteres an den Galgen kam, wenn man einen Hasen des Grundbesitzers gewildert hatte? Dass man auf die Knie fallen musste, wenn er in seiner Kutsche vorbeifuhr, und dass man ausgepeitscht wurde, wenn man's nicht tat? Die vielen

Missernten und viel zu schweren Abgabenlasten haben genauso viele Menschenleben gekostet wie nun die Guillotine. Aber das war kein Thema. Jedenfalls nicht für Blaublüter.«

Sandrine merkte, dass in Nicolas wieder der alte Hass aufstieg. »Ich erinnere mich«, sagte er, »dass ich mit meinem Vater, meinen Brüdern und Agnes auf dem Feld gearbeitet habe. Es war brütend heiß, wir machten Heu. Es war den ganzen Tag schon schwül gewesen, und Vater sagte, wir müssten uns beeilen, denn es käme ein Gewitter. Das Heu müsste schnell rein, sonst hätte das Vieh über Winter nicht genug Futter. Wir arbeiteten hart, sogar die Kleinen. Da kam dein Vater. Hoch zu Ross, befahl er uns, sofort mitzukommen. Agnes durfte weitermachen, aber wir mussten im Graben des Schlosses Poissy Frösche fangen. Denn das Quaken belästigte nachts unseren Herrn.« Nicolas' Stimme hatte einen sarkastischen Unterton. »Wir haben den Rest des Nachmittags und den ganzen Abend im Graben rumgeplantscht, um die blöden Frösche zu fangen. Im strömenden Regen, denn inzwischen hatte das Unwetter eingesetzt. Das Heu fürs Vieh konnten wir vergessen, das konnte Agnes alleine gar nicht schaffen. Wir hofften noch, dass wir die Frösche mitnehmen durften, aber nein, die mussten wir in der Küche abliefern.«

Sandrine seufzte. Sie erinnerte sich. Ihr Vater hatte sich beklagt, er könne bei dem Gequake nicht schlafen. Darum hatte er angeordnet, die Frösche fangen zu lassen. Und sie selbst hatte sich die Froschschenkel schmecken lassen, ohne lange darüber nachzudenken, wer die Tiere wohl gefangen hatte.

Erst als sie ihrer Stimme wieder vertraute, sagte Sandrine: »Was musst du uns gehasst haben.«

»Ich hasste deinen Vater«, antwortete Nicolas. »Und dafür hatte ich allen Grund! Er ließ uns einfach krepieren!«

»Das weiß ich jetzt auch«, sagte Sandrine. »Mein Vater hat Fehler gemacht, große Fehler. Aber du kanntest ihn nicht so, wie ich ihn kannte. Er war auch herzlich, spaßig und … und fürsorglich!«

»Zu euch vielleicht«, warf Nicolas ein.

»Ja, zu uns. Und zu seinem Personal. Sie mochten ihn alle!«

»Alle?«, fragte Nicolas. »Auch der Knecht, der bei Wind und Wetter hinten auf der Kutsche stehen musste? Und die Dienstmädchen, die ohne Arbeit und Brot waren, sobald ihr wieder nach Paris abgereist seid?«

»Dir waren meine Eltern vielleicht zuwider, aber es waren doch mein Vater und meine Mutter, und ich habe sie geliebt. Ich vermisse sie«, sagte Sandrine mit zittriger Stimme. »Ich werfe dir doch auch nicht dauernd vor, was dein Vater mir antun wollte.«

Das saß! Nicolas erblasste. »Das war nicht mein Vater, der das tat. Jedenfalls nicht der Vater, den ich kannte! Er war so verbittert, so zornig! Ich glaube, ihm wurde plötzlich alles zu viel. Es waren die Umstände …«

»Unsinn!«, unterbrach ihn Sandrine. »Es war dein Vater! Wie es ja auch mein Vater war, der deine Familie schlecht behandelt hat! Das nagt an mir, aber es hat mich auch gelehrt, dass man niemanden ganz und gar kennt.«

Sie schwiegen eine Weile. Hinter ihnen rumpelte ein Karren heran, der von der Place de la Révolution kam und zum Friedhof wollte. Sandrine und Nicolas traten zur Seite in den Schlamm am Ufer und wandten den Kopf ab. Sie wollten die schreckliche Ladung nicht sehen.

»Ich habe Angst«, flüsterte Sandrine. »Ich wollte, ich könnte nach Poissy.«

»Und dann?«, fragte Nicolas. »Du kannst ja wohl kaum wieder im Schloss wohnen.«

»Das muss ich ja auch nicht. Ich wäre völlig zufrieden mit einem kleinen Haus und ein wenig Land drum herum zum Leben. Die Abgaben sind abgeschafft und das Land und die Wälder gehören wieder allen. Das hat die Revolution jedenfalls erreicht.«

Nicolas lächelte. »Und dann willst du pflügen und säen?«

»Ja, warum nicht? Hier wasche ich doch auch Kleider in der Seine?«, meinte Sandrine.

»Ich kann es mir einfach nicht vorstellen. Nicht in Poissy«, sagte Nicolas.

»Nicolas! Sehe ich noch aus wie eine Aristokratentochter?«, wollte Sandrine wissen.

»Nein, du bist es aber. Du kannst Ränge und Stände abschaffen, aber du kannst nicht so tun, als hätte es sie nie gegeben«, entgegnete Nicolas.

Sandrine schwieg einen Moment. »Das hat man also in sich«, meinte sie dann.

Sie bogen in eine Seitenstraße ein und gingen schweigend zur Rue des Francs-Bourgeois. Vor der Tür blieb Nicolas stehen.

»Versteh mich nicht falsch, Sandrine. Ich finde es großartig, wie du dich angepasst hast. Ich muss mich nur noch daran gewöhnen, dass ich dich Sandrine nennen darf statt Mademoiselle.«

Sandrine nickte.

»Soll ich dich morgen wieder abholen?«, fragte Nicolas.

»Gerne«, sagte Sandrine.

»Also dann bis morgen.«

Sandrine schaute ihm nach. Auf halbem Weg zur Straßenecke drehte er sich um. Ertappt lachten sie einander zu.

Mit einem Lächeln auf den Lippen ging Sandrine durch die Gasse zum Hinterhof und dann durch die Küche in die Wohnstube. Pierre lag unter einer Decke auf der Bank.

»Sandrine, guck mal, was ich von der Nachbarin Jeanne gekriegt habe!« Er winkte ihr mit einem Spielzeug zu.

Sandrine begrüßte Margot und Maurice, die am Tisch saßen und sich unterhielten.

»Schwer gearbeitet, Mädchen?«, fragte Maurice.

Sandrine nickte. »Nicolas hat mich nach Hause gebracht.«

»Oh, das freut mich aber«, sagte Margot.

»Sandrine!«, rief Pierre wieder.

Sandrine ging zu ihm und setzte sich auf die Bankkante.

»Zeig doch mal, was hast du bekommen?«

»Hier!« Pierre drückte ihr ein kleines Holzgestell in die Hand. Das schräge Beil war stumpf, konnte aber richtig fallen.

»Die gehört auch dazu!« Pierre zeigte ihr eine Puppe mit weit ausgestelltem Rock und gepuderter Perücke auf dem Kopf. Er legte den Kopf auf den Block, zog an einer Schnur, wodurch das Beil herabsauste und der Puppe den Kopf abschlug.

»Den kann ich einfach wieder draufsetzen!« Pierre presste den Kopf wieder auf die Puppe. »Und sieh nur, ich hab noch viel mehr!«

Sandrine betrachtete die Aristokraten-Puppen. Ihr dröhnte es in den Ohren, sie bekam hämmernde Kopfschmerzen.

»Aber Maman sagt, das ist nichts für mich«, sagte Pierre.

»So ist es. Und ich habe dir auch erklärt, warum. Wirf das Ding weg, Pierre. Ich will es nicht mehr sehen«, sagte Margot.

Missmutig schob Pierre das Spielzeug unter die Bank.

Bevor sie an dem Abend ins Bett ging, stand Sandrine noch eine Weile am Fenster und schaute hinaus. Das Leben auf der Straße war erloschen, die Werkstätten und Läden waren geschlossen und die Leute saßen in ihren Häusern.

Auf der anderen Straßenseite ging ein Mann. Er überquerte die Straße, blieb dann aber in der Mitte stehen. »Kann mich am Arsch lecken, die Revolution!«, schrie er.

Seine Stimme hallte von den Giebeln wider.

»Kann mich am Arsch lecken, die Revolution! Am Arsch!«

Was machte der Mann? Sandrine traute ihren Ohren nicht. Man konnte schon abgeführt werden, wenn man sich ohne Kokarde auf der Straße sehen ließ, und erst recht, wenn man so etwas schrie. Warum ging der Mann nicht schnell weiter? Warum blieb er einfach stehen? Bestimmt kam gleich die Nationalgarde!

Beunruhigt schaute Sandrine die dunkle Straße entlang.

»Am Arsch!«, schrie der Mann noch einmal. Dann ging er weiter. Am Beginn der Straße waren schnelle Schritte zu hören. Sandrine hielt den Atem an. Sie hatte es geahnt! Bevor er wusste, wie ihm geschah, war der Mann von Nationalgardisten umzingelt. Roh wurde er am Arm gepackt und abgeführt, in eines der vielen Gefängnisse, dic es zurzeit in Paris gab. Für die leer stehenden Klöster und Schlösser hatte die Revolutionsregierung sofort eine neue Verwendung gefunden. Dennoch schien es noch nicht genug provisorische Gefängnisse zu geben, denn alle waren überbelegt. Und Paris hatte allmählich genug von dem unaufhörlichen Klacken der Guillotine und begann zu protestieren. Es waren schon lange nicht nur Adlige, die in die Gefängnisse geworfen wurden.

Langsam ging Sandrine vom Fenster weg, kleidete sich aus und kroch unter die Decke. Aber sie konnte nicht einschlafen. Sie hörte Schritte auf der Straße und spitzte die Ohren. Wie jede Nacht hatte sie Angst, die Schritte könnten vor ihrer Tür Halt machen.

Hellwach starrte sie zur Kammerdecke. Sie hörte, wie Maurice die Schlösser kontrollierte. Sie hörte Margots Schritte auf der Treppe. Dann wurde an die Haustür geklopft. Nicht einfach geklopft, sondern drohend getrommelt und dazu geschrien.

Sandrine fuhr hoch. Starr vor Angst, wartete sie ab. Es wurde geschrien und wieder geklopft.

»Aufmachen! Im Namen des Volkes!«

Sandrine sprang aus dem Bett. Ihr Blick huschte durch die kleine Kammer.

Das Fenster!

Nein, das war unmöglich. Selbst wenn sie sich hindurchzwängen könnte, den Fall aus dem dritten Stock würde sie nicht überleben.

Sie presste sich mit dem Rücken ans Fenster und dachte fieberhaft nach. O Gott, ihr Schmuck! Sie bückte sich und riss den Beutel mit den Ringen und dem Armreif ihrer Mutter aus dem Schrank. Mit zitternden Händen öffnete sie das Fenster und die Läden. Sie hängte den Beutel an einen dicken Splitter an die Außenseite eines der Fensterläden und schloss dann Läden und Fenster.

Schritte auf der Treppe.

Unfähig, sich zu bewegen, wartete Sandrine.

Margot kam in ihre Kammer. Äußerlich wirkte sie ruhig und beherrscht, aber ihr Lächeln war irgendwie verkrampft.

»Sandrine, komm mit nach unten. Wir haben eine Haussuchung. Bleib ruhig, mein Kind. Sie haben überhaupt keinen Beweis!«

Aber den brauchten sie auch nicht und das wussten sie beide.

Sich aufs Geländer stützend, ging Sandrine in ihrem langen Baumwollnachthemd die Treppe hinunter. Margot legte ihr noch schnell ein Umschlagtuch um die Schultern.

Unten waren die Schritte der Soldaten zu hören, die barschen Fragen des Sergeanten, die ruhige Stimme von Maurice.

Margot drückte Sandrine ermutigend die Hand, dann gingen sie in die Wohnstube. Sandrine konnte gerade noch einen erschreckten Aufschrei unterdrücken. Soldaten mit Bajonetten liefen im Zimmer umher, rissen Schubladen heraus, öffneten Schränke und richteten ein großes Chaos an. Pierre hatte sich an seinen Vater geklammert, während ihn der Sergeant mit Fragen löcherte.

»Mein Sohn ist nicht zu Hause. Er ist selbst bei der Nationalgarde. Ich verstehe nicht, was ihr hier wollt! Wir sind ehrliche Bürger und gute Patrioten!«, sagte Maurice.

»Jemand hat uns geraten, dass wir uns hier einmal gut umsehen«, sagte der Sergeant. »Das sagt niemand einfach so! Wer ist das?«

Alle Blicke richteten sich auf Sandrine.

»Das ist meine Nichte. Sie wohnt hier, sie ist Waise«, sagte Maurice.

Der Sergeant kam auf Sandrine zu.

»Name?«

»Sandrine Lambertin«, flüsterte Sandrine.

»Alter?«

»Sechzehn Jahre.«

Sekundenlang hielt der Sergeant Sandrines Blick fest. Sie schlug als Erste die Augen nieder.

»Durchsucht den Rest des Hauses«, befahl der Sergeant.

Die Soldaten trampelten die Treppe hinauf. Über sich hörte Sandrine, wie sie alles in Unordnung brachten. Aber so eifrig sie auch suchten, der Triumphschrei blieb aus.

Sie wissen überhaupt nicht, wonach sie suchen, dachte Sandrine. Sie haben nicht den geringsten Anhaltspunkt. Nur dass sie sich in diesem Haus umsehen sollen.

Sie setzte sich auf die Bank am Ofen und zog Pierre an sich. Er zitterte. Sandrine nahm ihn in den Arm und lächelte ihm beruhigend zu.

Es dauerte dem Sergeanten offenbar zu lange. Verärgert darüber, dass bisher nichts zutage gekommen war, machte er sich nun selbst ans Suchen. Er öffnete einen Schrank in der Wohnstube und warf alles heraus. Darunter ein Stapel alter Exemplare des *Volksfreund*.

Die Soldaten kamen wieder nach unten. Der Sergeant schaute auf. »Und?«

»Nur dies, Bürger Sergeant.«

Einer der Männer hielt Sandrines Mütze mit den blau-weiß-roten Bändern hoch.

»Hmm! Gute Patriotin, wie?« Der Sergeant baute sich vor Sandrine auf. Da sie nun saß, wirkte er sehr groß und bedrohlich.

»Woher kommst du? Wer waren deine Eltern? Wie sind sie gestorben? Na, hör ich noch was?«

Sandrine bekam eine trockene Kehle. Sie leckte sich nervös über die Lippen und stammelte: »Ich komme aus Tours …«

»Sie ist meine Lieblingscousine«, sagte Pierre plötzlich. »Ich krieg immer Geschenke von ihr. Guck mal, was ich heut gekriegt hab!«

Er bückte sich und holte etwas unter der Bank hervor.

Der Sergeant starrte auf das Spielzeug mit dem schrägen Fallbeil.

»Und die gehören auch noch dazu!« Pierre holte die Puppen hinter einem Kissen hervor und legte eine unter die Guillotine. »Wenn man das macht, geht der Kopf ab. Aber den kann man auch wieder draufsetzen, weißt du.«

Der Sergeant schaute von der Spielzeugguillotine zu Sandrine. Sie erwiderte den Blick. Diesmal schlug er die Augen nieder.

»Wir gehen… Für heute!«, sagte der Sergeant. »Aber wir behalten euch im Auge!«

»Vielleicht kann mein Sohn herausbekommen, welcher Witzbold euch auf uns angesetzt hat«, sagte Maurice.

»Lass das nur unsere Sorge sein. Wir haben viel zu viel zu tun, uns durch falsche Anschuldigungen die Zeit stehlen zu lassen. Und dass es eine falsche Anschuldigung ist, davon bin ich noch nicht überzeugt!« Drohend schaute sich der Sergeant um. Dann gab er den Gardisten einen kurzen Befehl und sie zogen ab.

Margot atmete laut seufzend auf. Maurice wischte sich den Schweiß von der Stirn. Sandrine spürte, wie die Spannung von ihr abfiel und sie anfing zu zittern. Um nicht umzufallen, hielt sie sich an der Banklehne fest.

Pierre saß mit der Spielzeugguillotine auf den Knien da und guckte von seinen Eltern zu Sandrine.

»Ich hatte vergessen, es wegzuwerfen«, sagte er leise.

Sandrine musste vor Nervosität lachen und drückte den Jungen an sich.

Sie saßen noch eine ganze Weile still beieinander. Maurice holte gegen den Schreck einen starken Kräuterlikör hervor. Bis zum Rand schenkte er die Becher voll.

»Davon schläfst du gut«, sagte er zu Sandrine.

Als Sandrine wieder in ihrer Kammer war, holte sie den Beutel mit dem Schmuck herein und ließ sich aufs Bett fallen, glücklich, dass sie zu Hause war und nicht in einem schmutzigen Gefängnis schlafen musste. Doch Fetzen von Albträumen über Festnahmen und die Guillotine quälten sie so sehr, dass sie im ersten Morgengrauen aufstand. Sie kleidete sich schnell an, nahm den Beutel mit dem Schmuck ihrer Mutter und versteckte ihn unter ihrem Leibchen. Margot stand wohl schon in der Schlange vor der Bäckerei, denn ihr Mantel hing nicht mehr am Haken. Mit einem dunklen Mantel um die Schultern wagte sich auch Sandrine auf die Straße. Sie ging unter den Bäumen der Place Royale entlang und durch die Rue de Birague zur Rue du Faubourg St. Antoine, vorbei an langen Reihen anstehender Leute.

Mit einem Seufzer der Erleichterung sah Sandrine zwischen den Häusern die Seine. Sie eilte zum morastigen Ufer und holte den Beutel mit dem Schmuck hervor. Sie nahm die Schmuckstücke eines nach dem anderen heraus. Sanft ließ sie den Armreif ihrer Mutter durch die Finger gleiten. Sie steckte sich noch einmal die Ringe an die Finger. Dann warf sie alles im weiten Bogen ins dunkle Wasser der Seine.

14 Der Sommer 1793 verrann träge und warm. Wie eine erstickende Glocke hing die Hitze über der Stadt, während lange Kolonnen von Karren mit Gefangenen durch die Stadt rumpelten. Die Ermordung des Revolutionsführers Marat durch ein junges Mädchen, Charlotte Corday, hatte eine Flut von Festnahmen ausgelöst. Die Jakobiner waren davon überzeugt, dass eine Verschwörung gegen die Revolution ausgeheckt wurde. Wer so unvorsichtig gewesen war, ein Wort der Kritik an Marat zu äußern, wurde festgenommen. Die Guillotine schaffte kaum noch die Vielzahl der Hinrichtungen.

Da war Prinz Philippe d'Orléans, Mitglied des Jakobinerklubs. Einst hatte er seinen Stand verlassen, um dem Volk zu helfen. Aber das machte keinen Unterschied. Sein Verbrechen war, adliges Blut in den Adern zu haben. Er starb ruhig und würdig. Ganz anders Madame Dubarry, die Mätresse König Ludwigs XV. Mit Gewalt wurde sie aufs Schafott geschleppt und festgebunden.

»Gnade, Gnade, Herr Henker!«, flehte sie. »Noch einen Moment, Herr Henker, ich …«

Das Fallbeil sauste herab, ihr Kopf fiel in den Korb.

Olympe de Gouges, Vorkämpferin für die Rechte der Frauen, stieg aufs Schafott. Eine Querulantin, meinten die Jakobiner. Den ganzen Weg zum Schafott hatte Olympe vom Karren aus auf die Menge eingeredet und sie aufgerufen, sich von den neuen Tyrannen zu befreien. Klack! Olympe schwieg für ewig.

Eine Gruppe in Ungnade gefallener Gelehrter saß den ganzen Weg zum Schafott auf dem Karren und unterhielt sich lachend, als ginge es ins Theater. Einer von ihnen las in einem

Buch und legte auf der Seite, auf der er gerade war, ein Lesezeichen ein. Seelenruhig stand er auf, gab das Buch einem Schicksalsgefährten neben sich und stieg aufs Schafott.

»Es lebe der König!«, rief er dem Volk zu.

Der Henker drückte seinen Kopf auf den Block.

Klack!

Groß war das Vergnügen, als der Henker einen Moment lang den abgeschlagenen Kopf an den Haaren auf und nieder tanzen ließ.

Und die sommerliche Hitze nahm kein Ende. Um die Place de la Révolution hing ständig der Ekel erregende Geruch von Blut. Es war eine Erleichterung, als es Herbst wurde und Regenschauer über den Platz spülten. Sandrine mied die Place de la Révolution. Seit der Haussuchung konnte sie keine Nacht mehr ruhig schlafen. Lange Zeit hatte sie sich bei den Lambertins sicher gefühlt. Mitgenommen und hingerichtet zu werden, das war etwas, was anderen passierte. Jetzt kam es ihr vor, als stehe die Guillotine in der Rue des Francs-Bourgeois …

Sonntags hatte Sandrine ihren freien Tag.

»Was hast du heute vor?«, fragte Philippe.

Sandrine antwortete nicht sofort. Eigentlich hoffte sie, Nicolas würde sie abholen, um mit ihr an der Seine spazieren zu gehen oder ein wenig Ruderboot zu fahren. Manchmal holte er sie spontan ab, aber ebenso oft wartete sie den ganzen Sonntag vergebens. Sie hatte den Lambertins nie erzählt, dass sie und Nicolas sich von früher kannten. Sandrine vermutete, dass Margot ihnen sicherheitshalber verboten hätte, miteinander zu verkehren. Ein unbedachtes Wort von Nicolas über ihre Vergangenheit hätte sie verraten können. Außerdem war es viel einfacher, als unbeschriebenes Blatt ein neues Leben zu beginnen.

»Am liebsten möchte ich raus aus der Stadt«, antwortete Sandrine seufzend. »Zum Beispiel in den Bois de Boulogne.«

»Das geht nicht«, erklärte Philippe. »Ich habe dir zwar einen Pass besorgt, aber wenn man aus der Stadt will, wird man so gründlich kontrolliert… Nein, das ist zu gefährlich.«

»Das weiß ich auch«, sagte Sandrine.

»Ihr habt doch noch andere Möglichkeiten. Auf den Champs-Elysées ist es jetzt herrlich«, meinte Margot.

»Ich möchte lieber woandershin«, sagte Sandrine.

»Aber natürlich! Sag's nur!«, forderte Phillipe sie auf.

»Ich möchte nach Hause«, sagte Sandrine.

Eine Stunde später standen sie in der Rue de Varenne. Sandrine starrte auf das große Tor zum Innenhof. Über der hohen blinden Mauer war ein Stück des Hauses zu sehen. Die Farbe war abgeblättert, die Fensterscheiben waren schmutzig. Das Anwesen wirkte so trist und verlassen, dass Sandrine tief berührt war. In Gedanken sah sie sich mit ihren Eltern und Michelle in einer Kutsche auf den Innenhof fahren. Sie sah zu den Fenstern hinauf. Sie konnte sich mühelos an die Zimmer dahinter erinnern. Langsam drehte Sandrine dem Tor den Rücken zu. Aus dem Mädchen, das dort gewohnt hatte, war eine Fremde geworden, die sie nicht mehr erkannte.

»Erzähl mir von deinen Eltern und deiner Schwester«, sagte Philippe, während sie zurückgingen.

Sandrine guckte ihn überrascht an.

»Wie war deine Schwester? Ähnelte sie dir?«, fragte Philippe.

»Michelle war drei Jahre älter als ich. Wenn man klein ist, ist das viel«, antwortete Sandrine. »Trotzdem spielten wir oft miteinander. Wir mussten, wir hatten doch sonst niemand.«

»Wart ihr denn nie mit anderen Kindern zusammen?«, wollte Philippe wissen.

»In Paris ja. Da gab es Tanzabende oder wir gingen in den Bois de Boulogne. Natürlich mit Julie. Aber in Poissy hatten wir niemanden. Mit den Kindern aus dem Dorf durften wir nicht spielen«, erzählte Sandrine.

»War das denn nicht langweilig?«, fragte Philippe.

»Ich kannte es nicht anders. Aber im Nachhinein …«

»Ja?«

»Im Nachhinein finde ich es schade«, beendete Sandrine den begonnenen Satz.

Sie hätte Nicolas viel besser kennen gelernt. Aber das sagte sie natürlich nicht laut.

Gemütlich schlenderten Sandrine und Philippe durch die Rue de Bourgogne zur Seine. Es war ein wunderschöner Herbsttag, die Sonne schien. Viele Spaziergänger waren unterwegs, auch am Ufer der Seine.

Sandrine und Philippe gingen zur Brücke, die zur Place de la Révolution führte. Sie hörten die Trommelwirbel und den Lärm der Zuschauer. Obwohl man das den ganzen Tag in den Ohren hatte und überall in der Stadt Karren voller kahl geschorener Gefangener sah, konnte Sandrine sich nicht daran gewöhnen. Und sie wusste, dass sie nicht die Einzige war. In der Schlange vor der Bäckerei hörte sie die Leute brummeln, sie sah immer mehr Pariser, die an der Place de la Révolution den Kopf abwandten. Die Routen, die die Karren mit den Gefangenen nahmen, wurden ständig geändert, weil die Todesfuhren die Anwohner der Straßen nervös machten.

Auf der anderen Seite der Seine nahm Philippe Sandrines Arm und führte sie zu einem kleinen Park am Cours la Reine. Spaziergänger ließen sich auf Bänken unter Kastanienbäumen nieder. Der Boden war mit aufgeplatzten Kastanien übersät. Es wäre ein schöner Ort für eine Rast gewesen, hätte da nicht genau vor ihnen die Place de la Révolution gelegen.

»Ich möchte lieber zu den Champs-Elysées«, sagte Sandrine.

»Ja …«, Philippe betrachtete die dicht gedrängte Menge auf der Place de la Révolution. Das Schafott mit der Guillotine überragte die Menschen. Es fiel gerade ein Kopf in den Korb und wüster Jubel stieg auf.

»Manchmal frage ich mich, was wir in Gottes Namen eigentlich machen«, murmelte Philippe.

»Was?« Sandrine dachte, sie hätte nicht richtig gehört.

»Früher glaubte ich, meine kleine Schwester wäre am Leben geblieben, wenn es eher zur Revolution gekommen wäre«, sagte Philippe. »Uns ging es zu Hause gar nicht so schlecht, aber für ein kränkelndes Kind wie Louison reichte es einfach nicht. Nicht genug Milch, nicht genug frisches Gemüse, nicht genug Geld für Medikamente. Und dann der eine Winter, der verflucht lange, kalte Winter …« Er schüttelte den Kopf. »Als sie starb, war ich rasend vor Wut. Die Revolution hatte gerade begonnen, alles sollte anders werden! Daran glaubte ich felsenfest. In Zukunft würde für Kinder wie Louison gesorgt werden. Aber das stimmt nicht. Es hat sich nichts geändert. Was machen sie eigentlich im Konvent? Worüber reden sie, während auf der Straße immer noch Menschen vor Hunger sterben? Siehst du das Restaurant da?«

Mit einem Kopfnicken deutete Philippe zu den sandigen Spazierwegen der Champs-Elysées hinüber. Zwischen den Bäumen war ein Gebäude zu erkennen.

»Das ist das Restaurant de la Guillotine«, fuhr Philippe fort. »Da gehen unsere großen Führer jeden Abend essen. Beefsteak à la Guillotine, zum Beispiel. Ich hab gehört, dass auf der Speisenkarte nicht nur steht, was man essen kann, sondern auch, wer an diesem Tag enthauptet wurde.«

Es entstand eine Stille, die nur vom Lärm der Leute auf der Place de la Révolution durchbrochen wurde.

»Komm.« Philippe nahm Sandrines Hand. »Mir ist es hier zu voll.«

Sie gingen auf den unbefestigten Weg der Champs-Elysées. Das Rauschen der Bäume und die gelbbraunen, herabschwebenden Blätter beruhigten Sandrine. Die Luft war gesättigt vom Geruch feuchter Erde und vermoderndem Laub.

Sandrine atmete tief durch. Sie war immer noch nicht ganz über ihre Verblüffung hinweg. Philippe zweifelte an der Revolution! Am liebsten hätte sie weitergefragt, aber dafür war hier wohl nicht der richtige Ort. Die Champs-Elysées war voller Spaziergänger, die sich angeregt über die Hinrichtungen unterhielten, denen sie gerade auf der Place de la Révolution zugeschaut hatten. Kinder trieben mit Stöcken Reifen neben sich her und unter den Bäumen saßen Leute und genossen die Herbstsonne.

Erst als sie einen ruhigen Ort gefunden hatten, fragte Sandrine: »Weißt du denn schon, wer uns beim Sicherheitskomitee angezeigt hat?«

»Nein. Ich hab auf dem Rathaus nachgesehen, aber ich hab nichts gefunden. Es war wahrscheinlich ein anonymer Hinweis. Hast du den hölzernen Briefkasten gesehen, der am Louvre hängt? Da kann man einen Zettel mit einer Anschuldigung einwerfen«, erklärte Philippe und trat einen Schritt näher.

»Vergangene Woche haben wir eine Haussuchung gemacht. Es war Abend und die Leute waren schon im Bett. Es sollten sehr gefährliche Feinde der Revolution sein, verdächtigt des Verrats und des Aushecken einer Verschwörung gegen die Jakobiner. Wir sollten sie festnehmen und so viele Beweise ihrer Schuld wie nur möglich zu finden versuchen. Und die fanden wir ohne Mühe. Zwei gekreuzte Degen an der Wand. Die Leute, ein älteres Ehepaar, standen im Nachthemd und mit Schlafmütze im Zimmer und schworen, die Degen seien ein Wandschmuck, die hätten da schon vor der Revolution gehangen. Ich glaubte ihnen.«

»Aber die anderen nicht?«, fragte Sandrine.

»Nein. Die sahen selbst in einem stumpfen Küchenmesser eine Mordwaffe«, antwortete Philippe.

»Und? Was hast du gesagt?«, wollte Sandrine wissen.

»Nichts! Was sollte ich denn sagen? Dass es ein lächerlicher Beweis war? Dass man an der Verfärbung der Tapete sehen konnte, dass die Waffen da tatsächlich schon seit Jahren hingen? Das hätte nichts geholfen. Es war überhaupt kein Beweis nötig, die Leute festzunehmen. Euch hat man doch bei der Haussuchung nur darum nicht mitgenommen, weil sie wussten, dass ich bei der Nationalgarde bin. Sonst hätten sie euch bestimmt mitgenommen. Mit oder ohne Beweise.«

»Willst du raus aus dem Sicherheitskomitee?«, fragte Sandrine.

Philippe antwortete nicht sofort.

»Ich weiß es nicht«, sagte er dann. »Ab und zu nehmen wir Leute fest, die wirklich schuldig sind, die gegen die Revolution arbeiten wollen, die die alten Verhältnisse mit Adel und Hof wiederhaben wollen. Aber immer öfter zweifle ich an ihrer Schuld. Und ich kann nichts tun! Ich würde mich sofort selber verdächtig machen. Und deinetwegen sollte ich lieber nicht die Aufmerksamkeit auf mich lenken. Also, selbst wenn ich wollte, ich kann nicht raus aus dem Sicherheitskomitee. Das käme einem Verrat gleich. Erst recht jetzt, da man mich zum Offizier befördern will.«

»Offizier? Ist das wahr?«, sagte Sandrine.

»Ja. Robespierre ist sehr zufrieden mit mir. Kannst du dir das vorstellen? Robespierre! Ich möchte sein Gesicht sehen, wenn er herausbekommt, dass ich die ganze Zeit eine Blaublütige versteckt habe.«

»Gegen deinen Willen«, erinnerte ihn Sandrine.

»Nicht lange.« Philippe strich ihr flüchtig übers Haar. »Sollen wir wieder nach Hause gehen? Sonst macht Maman sich womöglich Sorgen.«

Sandrine nickte und nahm den Arm, den er ihr bot.

Als sie nach Hause kamen, wetteiferten Nicolas und Pierre auf dem Hinterhof im Scheibenwerfen.

»Ich gewinne!«, rief Pierre. »Sieh nur, Sandrine, meine Scheibe liegt weiter weg!«

»Ein bisschen«, gab Nicolas zu.

»Stimmt nicht! Ganz deutlich! Sieh nur, Philippe, guck doch mal!« Pierre hatte vor Aufregung einen ganz roten Kopf bekommen.

»Ja, deine ist weiter. Aber mich kannst du nicht schlagen.« Philippe griff nach einer Scheibe und warf.

Mit einem Aufschrei nahm Pierre die Herausforderung an. In dem Moment, als er seine Scheibe werfen wollte, kitzelte ihn Philippe am Bauch. Im Nu war der Hinterhof erfüllt von lautem Lachen und Geschrei.

Nicolas winkte Sandrine. Sie folgte ihm ins Haus. In der Küche sagte er: »Ich hab was für dich.«

Überrascht nahm Sandrine ein braunes Päckchen entgegen. Sie wickelte das Papier ab und hielt ein Buch in den Händen.

»Ein Buch?«, fragte sie überrascht.

»Ja, du liest doch gerne, oder?«

»Ja, natürlich. Das ist lieb von dir«, bedankte sich Sandrine.

»Ich hab es aus einem bestimmten Grund gekauft.« Nicolas nahm ihr das Buch ab und blätterte darin. Als er die Seite gefunden hatte, gab er ihr das Buch wieder. »Deswegen«, sagte er.

Sandrine starrte auf das Porträt eines älteren Mannes. Er hatte ein breites Gesicht mit buschigen Augenbrauen, die ihn ein wenig grimmig aussehen ließen. Auf dem Kopf hatte er eine gepuderte Zopfperücke und er trug einen Spitzenkragen. Er sah ihrem Vater zum Verwechseln ähnlich.

Sandrine konnte den Blick nicht von dem Porträt wenden. Sie biss sich auf die Lippen und kämpfte mit den Tränen.

»Ich ging an den Bücherständen auf dem Pont Neuf vorbei und sah jemanden in diesem Buch blättern«, erzählte Nicolas. »Als ich das Bild sah, hab ich gewartet, bis der Mann das Buch wieder hinlegte, und dann hab ich es gleich gekauft.«

Sandrine lächelte ihn herzlich an. »Ich danke dir«, sagte sie noch einmal.

Nicolas erwiderte das Lächeln. So standen sie sich eine Weile bewegungslos gegenüber, und als sie aufschauten, sahen sie Philippe in der Tür lehnen.

»Sieh mal, was Nicolas für mich gekauft hat.« Sandrine zeigte ihm das Buch.

»So, so«, sagte Philippe nur.

Er blätterte in dem Buch, gab es Sandrine wieder und ging an Nicolas vorbei ins Zimmer. Es entging Sandrine nicht, dass seine gute Laune wie weggeblasen war.

15

Geräuschvoll schloss Nicolas die Tür der Gaststätte. Durch den anhaltenden Regen hatte sich in der mittleren Gosse der Rue de la Convention, wie die Rue St. Honoré vom Konvent genannt wurde, ein schlammiges Rinnsal gebildet. Das eiserne Aushängeschild der Gaststätte pendelte im kalten Wind hin und her.

Nicolas drehte sich um. Hinter der Theke stand Luc, spülte Becher und ermahnte streitende Gäste. Es war viel Betrieb im Lokal. Es war laut und es wurde getrunken und Karten gespielt.

In der Ferne erklang unheildrohendes Gepolter. Die Gespräche verstummten. Zwei knarrende Mistkarren rumpelten vorüber. Über die Schulter schaute Nicolas aus dem Fenster. Bleiche Gesichter, kahl geschorene Köpfe – dann waren sie vorbei.

In der Gaststube wurden die Gespräche wieder aufgenommen, als wäre nichts passiert. Nicolas setzte seine Arbeit fort.

Eigentlich hätte er sich inzwischen daran gewöhnen müssen. Seit Ende September das Gesetz gegen Verdächtige eingeführt worden war, wurden Tag und Nacht Menschen aus den Häusern gezerrt, weil sie im Verdacht standen, verdächtig zu sein.

Und verdächtig war jeder, der auch nur die geringste Kritik am Konvent und insbesondere an Robespierre, dem Führer der Jakobiner, äußerte. Er wohnte schräg gegenüber der Gaststätte. Nicolas sah ihn oft auf der Straße, ein kleiner Mann mit Zopfperücke, immer makellos mit einer olivgrünen Jacke mit Ärmelbesatz aus Mechelener Spitze bekleidet.

Verdächtig waren auch alle Familienangehörigen von Emigranten, Freunde von Aristokraten und Leute, die mit Opfern der Guillotine sympathisierten. Sehr verdächtig waren die Girondisten, da sie gezögert hatten, den König zu enthaupten. Auf Veranlassung der Jakobiner wurden sie nun selbst im Luxembourg, einem vormaligen Palast, eingesperrt.

Nicolas räumte die Tische ab und schaute zur Tür, die gerade aufging. Ein klatschnasser Mann kam schnell herein. Es war Philippe.

»Philippe! Setz dich. Was kann ich dir bringen?«, begrüßte Nicolas ihn.

»Nichts. Ich muss dich sprechen«, antwortete Philippe.

»Jetzt? Hier ist ziemlich viel Betrieb«, wandte Nicolas ein.

»Jetzt!« Philippe drängte Nicolas nach hinten.

Luc sah ihn fragend an, aber Nicolas zuckte nur die Schultern.

Im Hinterzimmer standen sich Nicolas und Philippe gegenüber.

»Was ist?«, wollte Nicolas wissen.

»Du musst raus aus Paris«, erwiderte Philippe.

»Warum?«

»Du stehst auf der Liste«, erklärte Philippe.

Nicolas wurde blass. »Warum? Was hab ich denn gemacht?«

»Nichts«, antwortete Philippe. »Darum bin ich hier, um dich zu warnen. Jemand muss dich angezeigt haben.«

Nicolas ließ sich auf ein leeres Fass fallen. Er hatte weiche Knie.

»Um Himmels willen, wer kann mich denn angezeigt haben?«, fragte er verstört.

»Das kann jeder sein. Vielleicht ein Gast. Die Stadt ist voller Denunzianten.«

Nicolas rieb sich die Augen und versuchte, klar zu denken. »Was jetzt?«

»Ich kann dir helfen, Paris zu verlassen. Pack deine Sachen und sieh zu, dass du irgendwo anders unterkommst. Ich besorg dir einen falschen Pass.«

»Moment«, sagte Nicolas. »Wo soll ich heute Nacht schlafen?«

»Da musst du dir was einfallen lassen. Zu mir kannst du nicht. Die Gardisten behalten einander scharf im Auge«, sagte Philippe. »Vor kurzem ist am Nordtor ein Offizier erschossen worden, weil er zwei Aristokraten hat entkommen lassen.«

»Und weshalb sollten sie mich durchlassen? Ein Pass alleine reicht doch nicht. Heutzutage muss man genau erklären, warum man aus der Stadt rauswill und wann man wieder zurückkommt«, gab Nicolas zu bedenken.

»Ja. Mit Ausnahme der Bauern. Die kommen jeden Tag rein und raus. Und du bist doch Bauer«, sagte Philippe.

Nicolas nickte begreifend.

»Also! Du kennst dich aus in der Landwirtschaft, dich kann man also nicht mit Fangfragen aufs Kreuz legen. Ich besorg dir einen Bauernkarren, mit dem du aus der Stadt kommst«, sagte Philippe.

Nicolas fuhr sich verzweifelt mit der Hand durch die Haare.

»Einverstanden«, sagte er dann.

»Komm morgen Nachmittag gegen sechs zur Gaststätte La Bastille am Tor St. Antoine«, sagte Philippe. »Ich sorg dafür, dass auf dem Hof ein Karren für dich steht.«

»Kannst du denn so schnell einen Pass besorgen?«, fragte Nicolas.

»Das müsste klappen. Ach ja, die Kleidung. Mein Vater hat ein Paar Holzschuhe für dich. Was hast du selbst?«, fuhr Philippe fort.

»Ich hab noch mein altes Hemd«, antwortete Nicolas.

»Prima. Das reicht«, meinte Philippe.

Philippe ging zum Hinterausgang der Gaststätte.

»Philippe!«, sagte Nicolas.

Philippe drehte sich um.

»Ich danke dir«, sagte Nicolas.

Philippe tippte sich an die rote Jakobinermütze und öffnete die Tür. Nicolas schaute ihm nach. Dann stürmte er, zwei Stufen auf einmal nehmend, die Treppe hinauf, um seine Sachen zu holen.

»Hast du schon gehört? Die Witwe Capet wird vorgeladen. Das wird ja auch Zeit. Sie haben sie viel zu lange verschont. Schade um das wertvolle Brot, das sie ihr geben«, sagte Jeanne.

Sandrine schaute von der Hose auf, an der sie gerade einen Saum steckte. Die meisten Frauen nickten. Ein Leben voller Sorgen und Entbehrungen hatte ihre Gesichter hart und verbissen werden lassen.

Sandrine dachte an Königin Marie Antoinette. Zweifellos hätte all das Geld, das sie für Kleider und Feste ausgegeben hatte, nützlicher verwendet werden können, aber für ihr Luxusleben musste sie nun schwer büßen. Schon seit Monaten saß sie isoliert von anderen Gefangenen in der Conciergerie. Ihr Ehemann war enthauptet worden, ihre Kinder durfte sie nur einmal am Tag durch ein hohes Fenster sehen, wenn sie auf dem Innenhof frische Luft schnappten. Sie durfte nicht mit ihnen sprechen, sie nicht berühren, trotz der Gewissheit, dass sie nicht mehr lange zu leben hatte.

Sandrine schauderte. Und sie hatte geglaubt, einsam zu sein!

Als es fünf Uhr war, beeilte sie sich hinauszukommen. Sie schaute sich um, konnte Nicolas aber nirgends entdecken. Enttäuscht ging sie weiter. Auf Nicolas konnte sie sich doch sonst verlassen. Wenn nur nichts passiert war. Sie bog um eine Ecke und da stand er vor ihr. Sie unterdrückte einen Aufschrei.

»Du hast mich erschreckt!«, sagte sie. »Was ist denn? Warum wartest du hier auf mich?«

Beunruhigt musterte sie Nicolas. Er sah schrecklich aus. Blass und gehetzt.

»Ich werde gesucht«, sagte Nicolas. »Philippe sagt, ich steh auf der Liste. Er hat mich heute Nachmittag gewarnt.«

»Was!« Das Blut wich aus Sandrines Wangen.

»Morgen um diese Zeit hilft er mir, aus Paris zu fliehen. Mit einem Bauernkarren.« Nicolas fuhr sich nervös mit der Hand durch die Haare. »Ich werde dich nicht den ganzen Weg begleiten. Vielleicht haben sie auch ein Auge auf dich geworfen. Ich weiß nicht, wer mich angezeigt hat. Und ich weiß auch nicht, warum.«

Sandrine sah die Straße vor sich wie durch einen Nebelschleier.

»Und jetzt? Wo willst du denn hin?«, fragte sie flüsternd.

»Zurück nach Poissy. Sehen, wie es meinen Brüdern und meiner Schwester geht. Vielleicht kann ich ja wieder auf dem alten Pachthof meiner Eltern wohnen. Sonst finde ich was anderes.«

Seine Worte drangen kaum zu Sandrine durch. Wie betäubt starrte sie in die Ferne. Nicolas ging fort!

»Nimm mich mit«, bat sie.

Nicolas sah sie überrascht an.

»Es ist mein Ernst! Nimm mich mit!«, bat Sandrine wieder. »Ich kann dir doch auf dem Hof helfen.«

»Ist das tatsächlich dein Ernst?« Nicolas sah sie mit hochgezogenen Augenbrauen an.

»Ja, natürlich«, beteuerte Sandrine.

Nicolas schüttelte den Kopf. »Sandrine, das ist zu gefährlich. Die Tore werden scharf bewacht.«

»Bin ich hier denn weniger in Gefahr? Hast du die Hausdurchsuchung vergessen? Es hätte nicht viel gefehlt und wir hätten alle in La Force, im Abbaye oder im Luxembourg gesessen. Meinetwegen!«, entgegnete Sandrine.

»Philippe wird dich beschützen«, meinte Nicolas.

»Ja, aber wie lange noch? Wie lange wird es dauern, bis sie ihn verdächtigen?« Sandrine umklammerte Nicolas' Arm. »Weißt du, wie das ist, jede Nacht wach zu liegen? Nicht zu schlafen vor Angst, die Nationalgarde könnte plötzlich kommen? Weißt du, wie das ist, auf der Straße plötzlich Schritte zu hören, sodass du nicht zu atmen wagst, bis sie an der Haustür vorbei sind? Ich habe das Gefühl, mir steht das Wort Adel auf die Stirn geschrieben!«

Nicolas schwieg eine ganze Weile.

»Komm morgen um diese Zeit in die Gaststätte La Bastille«, sagte er schließlich. »Sorg dafür, dass du was Warmes anhast.«

Am nächsten Tag musste Sandrine nur nachmittags zur Arbeit. Am Vormittag half sie im Haushalt und wusste nicht so recht, ob sie Margot ins Vertrauen ziehen sollte. Sie war so tief in Gedanken versunken, dass sie kaum merkte, dass Margot mit ihr redete.

»Was ist denn mit dir?«, wollte Margot wissen.

Sandrine erschrak.

»Du bist so geistesabwesend. Du bist wohl in Gedanken ganz woanders?«

»Nicolas steht auf der Liste«, sagte Sandrine leise.

Margots Lächeln erlosch. »Ist das dein Ernst?«, fragte sie.

»Philippe hat ihn gewarnt. Er hilft ihm zu fliehen«, erklärte Sandrine.

»Darum siehst du so mitgenommen aus. Du hast den Jungen sehr gern, stimmt's?«

Sandrine nickte.

»Dann kannst du froh sein, dass er die Möglichkeit zur Flucht bekommt«, meinte Margot ernst.

»Das bin ich auch«, erwiderte Sandrine.

Sollte sie sagen, dass sie mit Nicolas fortging? Nein, lieber nicht. Womöglich hielt Margot sie zurück.

Nach dem Mittagessen musste Sandrine sich beeilen, um rechtzeitig zur Arbeit in der Kirche zu sein. Trotzdem ging sie erst noch in die Schuhmacherwerkstatt. Sie sah Maurice zu, der mit ein paar Lederstreifen vor sich am Arbeitstisch saß. Er schaute auf und lächelte.

»Frohes Schaffen, Mädchen«, sagte Maurice.

»Guten Tag, Maurice«, sagte Sandrine.

Sandrine drehte sich um, denn Margot sprach sie an: »Beeil dich, Sandrine! Was trödelst du denn noch rum? Du kommst zu spät zur Arbeit!«

Sandrine nahm Pierre in die Arme und drückte ihn an sich.

»He, lass mich los!«, protestierte Pierre.

»Wiedersehen, Margot«, sagte Sandrine.

»Wiedersehen, mein Kind«, antwortete Margot und sah sie aufmerksam an. »Alles in Ordnung?«

»Ja, alles in Ordnung.« Nach kurzem Zögern umarmte Sandrine auch Margot. »Weißt du, ich habe mich nie bedankt für alles, was du für mich getan hast«, sagte sie.

»Das ist auch überhaupt nicht nötig. Hier ist dein Zuhause«, sagte Margot.

»Ja«, antwortete Sandrine leise.

Sie lächelten sich an. Sandrine nahm ihren Mantel und ging auf den Hinterhof. Im letzten Moment schaute sie noch einmal über die Schulter. Margot stand in der Küchentür und machte ein nachdenkliches Gesicht.

16

Der Nachmittag verging quälend langsam. Draußen peitschte der Wind den Regen an die Fensterscheiben. Um fünf Uhr hastete Sandrine nach draußen. Es regnete immer noch, aber nicht mehr so stark. Sandrine zog sich die Kapuze über den Kopf. Vorsichtig den Schlammrinnsalen ausweichend, schlug sie erst den Weg nach Hause ein. Sie bog in die Rue du Faubourg St. Antoine, lief aber weiter, wo sie sonst abgebogen war. Sie behielt die Kapuze auf, auch als es nicht mehr regnete.

Erst als sie in die Nähe der Gaststätte La Bastille kam, schaute sie auf. Gegenüber der Gaststätte wartete sie, dass Nicolas sie abholte. Es dauerte lange. Die vorbeigehenden Leute musterten sie, also ging sie ein wenig auf und ab. Nach einer Weile sah sie Philippe aus der Gasse neben der Gaststätte kommen. Er ging davon, ohne sich umzuschauen.

Wo blieb Nicolas? Ungeduldig blickte Sandrine die Gasse entlang. Dann endlich sah sie ihn!

Nicolas ließ sich nur kurz blicken und winkte ihr zu.

Sandrine überquerte eilig die schlammige Straße und ging durch die Gasse zur Rückseite der Gaststätte.

Wie Philippe versprochen hatte, stand dort ein Bauernkarren. Eine Leinenplane schützte die Ladung aus Gemüseabfällen gegen Wind und Regen. Nicolas stand an den Karren gelehnt. Er hatte einen Bauernkittel an und auf dem Kopf eine rote Mütze. Sein Gesicht war blass und angespannt.

»Bist du bereit?«, fragte er mit seltsamer Stimme.

Sandrine nickte.

»Hat Philippe dir einen Pass mitgebracht?«, fragte sie.

»Ja, schau nur. Sieht gut aus, nicht?« Nicolas zeigte ihr den Pass.

»Dann können wir ja gehen«, sagte Sandrine.

Nicolas nickte. »Hast du einen warmen Mantel an? Gut. Leg dich auf den Boden des Karrens unter den Abfall. Am Tor werden sie die Plane zwar runterholen und die Ladung durchsuchen, aber ich glaube nicht, dass sie das ganze Zeug abladen. Mach dich so klein wie möglich und beweg dich erst, wenn ich sage, dass wir in Sicherheit sind. Verstanden?«

Sandrine nickte mit blassem Gesicht.

Nicolas nahm ihre Schultern. »Es wird schon gut gehen«, sagte er.

Er küsste sie kurz, aber nachdrücklich auf den Mund und ließ sie wieder los.

Sandrine kroch so weit wie möglich unter die Gemüseabfälle. Sie hörte, wie Nicolas noch mehr Zeug auf sie warf, bevor er alles mit der Plane zudeckte.

Es war dunkel unter dem Abfall. Sandrine hielt sich die Hand vor den Mund. Der Abfall stank entsetzlich, aber schlimmer war, dass sie fast keine Luft bekam. Um nicht in Panik zu geraten, dachte sie an Nicolas' Kuss. Vorsichtig legte sie einen Finger an die Lippen.

Der Karren setzte sich in Bewegung. Sandrine merkte, dass er gedreht wurde und langsam durch die Gasse fuhr. Dann machte der Karren wieder eine Kehre. Jetzt waren sie auf der Straße, unterwegs zum Stadttor.

Mit einem Arm schützte Sandrine das Gesicht gegen die modernden Schalen. Das bisschen Luft unter dem Abfall war bald verbraucht. Sie merkte, dass ihr schwindelig wurde.

Durchhalten, befahl sie sich selbst. Bald sind wir frei.

Der Karren hielt an. Jetzt standen sie in der Reihe. Sie erinnerte sich an die lange Reihe von Karren am Stadttor. Sie hatte hier oft genug gestanden, wenn sie von den Bauern etwas zu essen kaufte, und immer hatte sie das Verlangen gespürt, mit ihnen aus der Stadt zu fahren.

»Halt!«, wurde gerufen.

Der Offizier der Wache war ein hoch aufgeschossener

Mann mit fettigem, glattem Haar. Er trug einen langen Mantel und schwarze Stiefel.

Nicolas versuchte, dem misstrauischen Blick des Mannes möglichst ruhig standzuhalten.

»Was hast du da auf dem Karren?«, blaffte der Offizier.

»Abfall, Bürger Offizier«, antwortete Nicolas höflich, aber nicht zu untertänig. »Schalen, Gemüse, das ich nicht verkaufen konnte. Nichts Besonderes.«

»Das entscheiden wir.« Der Offizier ging um den Karren herum und sah Nicolas scharf an. »Wie kommt es, dass ich dich überhaupt nicht kenne?«, fragte er.

»Du kennst wahrscheinlich meine Mutter. Sie kommt hier jeden Tag vorbei. Aber sie ist krank, darum sitze ich heute auf dem Karren.«

»Deine Mutter? Soso! Wie sieht sie denn aus?«, fragte der Offizier.

»Nun ja … sie hat graues Haar und trägt eine weiße Mütze. Und … ach ja, ihr fehlt ein Schneidezahn!«, antwortete Nicolas, als wäre das eine gute Beschreibung. Aber den meisten Frauen in dem Alter fehlten ein paar Zähne.

»Graues Haar, weiße Mütze! Solche kenne ich viele! Papiere!« Fordernd streckte der Offizier die Hand aus.

Nicolas reichte ihm seinen Pass. Er nahm eine lockere Haltung an, tat so, als erwiderte er einen Gruß, und winkte jemandem weiter hinten zu, der ihn verwundert anstarrte. Doch dabei beobachtete er aus den Augenwinkeln den Offizier.

»Hmm!«, machte dieser.

Nicolas streckte die Hand aus, bekam den Pass aber noch nicht wieder.

»Absteigen!«, befahl der Offizier. »Ich will genau wissen, was du geladen hast. Hol die Plane runter.«

»…'türlich. Von mir aus«, sagte Nicolas, sprang vom Karren, nahm die Plane weg und warf ein paar Hand voll Gemüseabfälle von der einen Ecke in die andere. »Abfall, nichts als

Abfall. Das kriegen zu Hause die Schweine, verstehst du? Das will kein Mensch mehr haben.«

Der Offizier gab seinen Gardisten ein Zeichen. Einer mit ausgefranster Hose und schmutzigem Hemd kam zum Karren und stach mit dem Bajonett links und rechts in den Abfall. Nicolas lehnte scheinbar gleichgültig am Karren, pulte etwas Schmutz unter seinen Fingernägeln hervor und wartete mit ängstlich pochendem Herz auf einen Schrei von Sandrine.

Der Offizier und der Gardist entfernten sich ein Stück vom Karren. Sie unterhielten sich in gedämpftem Ton und nickten Nicolas dann zu. Nicolas stieg wieder auf den Bock und nahm die Zügel in die Hand.

Der Offizier kam zu ihm und gab ihm den Pass. Nach einem langen, forschenden Blick sagte er: »Weiterfahren!«

Nicolas tippte sich an die rote Mütze, gab dem Pferd mit den Zügeln einen Klaps und rollte durchs Tor.

Es hat geklappt! Es hat geklappt!, hämmerte es in seinem Kopf.

Das Blut brauste ihm in den Ohren. Am liebsten hätte er das Pferd traben lassen, ließ es aber doch im Zuckelschritt dahintrotten. Gerade als er Sandrine etwas zuzischen wollte, ertönte donnernd ein Befehl. »Halt!«

Nicolas guckte über die Schulter. Das konnte doch nicht ihm gelten?

»Halt!«, ertönte es wieder. »Zurückkommen!«

Nicolas' Freude schlug in Panik um. Fliehen! In vollem Galopp! Nein, das wäre Wahsinn! Man hätte ihn im Nu eingeholt. Also zurück. Vielleicht war es ganz harmlos und sie ließen ihn gleich wieder fahren.

Mit vor Angst trockener Kehle wendete Nicolas den Karren und fuhr zurück. Fünf Gardisten, die Bajonette auf ihn gerichtet, erwarteten ihn.

»Ich war etwas vorschnell«, sagte der Offizier mit einem Grinsen. »Ich finde, für eine Stadt, in der es kaum etwas zu essen gibt, hast du recht viel Abfall übrig behalten. Männer, abladen!«

Nicolas sprang vom Bock. Von seiner zur Schau gestellten Gleichgültigkeit war nichts mehr übrig. Immer mehr Abfall landete auf den Pflastersteinen. Aus Nicolas' Gesicht wich das Blut.

Dicht am Karren drängelten sich neugierige Passanten. Nicolas sah einen Zipfel von Sandrines Mantel durch den Abfall schimmern.

»Gott im Himmel, wenn du wirklich unser bist, dann hilf uns jetzt!«, betete er lautlos.

Er wagte es nicht hinzusehen. Als er einen Triumphschrei hörte, schloss er für einen Moment die Augen. Dann guckte er zum Karren und sah im Abfall Sandrines ängstliches Gesicht. Rohe Gardistenhände zerrten sie vom Karren. Sie fiel aufs Straßenpflaster und wurde hochgerissen.

Wütend stürzte sich Nicolas auf den betreffenden Soldaten, aber die anderen hielten ihn zurück. Als er den Kopf hob, zielte ein Bajonett genau auf seine Kehle.

»Im Namen der Republik nehme ich euch wegen eines Verdachtes fest. Führt sie ab!«, sagte der Offizier laut.

Sandrine und Nicolas wurden gefesselt und auf ihren Karren gesetzt. Begleitet von vier Soldaten, fuhren sie zurück in die Stadt. Eine höhnende, johlende Menge verfolgte sie, bewarf sie mit Gemüseabfällen und überschüttete sie mit Schimpfwörtern.

Sandrine starrte auf die Bretter, auf denen sie gerade noch gelegen hatte. Das Kreischen des Pöbels, der dem Karren folgte, drang kaum zu ihr durch. Sie konnte gar nicht begreifen, was eigentlich passiert war. Es war alles so schnell gegangen. Einen Moment lang hatte sie sich in Freiheit geglaubt, gleich darauf war alles wie eine Seifenblase zerplatzt. Sie wagte es kaum, Nicolas anzusehen. Es war ihre Schuld. Alleine wäre er bestimmt durchgekommen.

Die Fahrt zum Gefängnis schien Stunden zu dauern. Erst

als sie in die Rue de Tournon einbogen, hob Sandrine den Kopf. Vor sich sah sie die mächtigen Mauern des Palais du Luxembourg. Sie war schon einmal drinnen gewesen, mit ihren Eltern und Michelle, als Gäste des Grafen der Provence. Aber der Graf war geflohen, den Palast hatte die Revolutionsregierung beschlagnahmt und nutzte ihn nun als Gefängnis.

Aus dem Wachhäuschen neben dem Tor kamen zwei Wachen mit großen Hunden. Sie hielten Laternen hoch und musterten die Gefangenen. Die Hunde knurrten drohend. »Weiterfahren!«, sagten sie dann.

Sie rumpelten auf den holprigen Innenhof des Palastes. Sandrine und Nicolas wurden vom Karren gezerrt und durch eine breite Tür ins Gebäude gestoßen. In einer Ecke saß ein Mann an einem Schreibtisch. Er hob nicht einmal den Kopf, als Sandrine und Nicolas hereinkamen. Große Hände tasteten sie ab, dann wurden sie zum Gefängnisschreiber geführt.

»Name?«, fragte der Mann am Schreibtisch barsch.

»Nicolas Bailly.«

Der Schreiber trug den Namen ins Gefängnisbuch ein.

»Name?«

»Sandrine … Bonnet.«

Der Schreiber trug den Namen ein. Ein Wärter mit rasselndem Schlüsselbund kam hinzu. Genau wie der Schreiber trug er eine schwarze Hose und eine rote Weste. Auf dem Kopf mit dem langen Haar hatte er eine schmutzige rote Mütze mit einer Kokarde.

»Mitkommen«, sagte der Wärter.

Die Hände noch auf den Rücken gebunden, folgten Sandrine und Nicolas dem Mann durch einen Gang, eine Treppe hinauf, durch weitere Gänge, wobei etliche Gittertüren geöffnet und wieder geschlossen wurden.

Unverkennbar diente der Palast schon einige Zeit als Gefängnis. In den Mauern hatte sich ein ungesunder, muffiger Geruch festgesetzt. Die Gänge, einst heiter und hell, wirkten nun mit verdunkelten Fenstern schummrig.

»Hier rein!« Der Wärter riss eine Tür auf und ließ erst Sandrine eintreten. Nicolas folgte ihr und der Wärter schloss die Tür. Bewegungslos stand Sandrine in einem ziemlich großen und hellen Raum, der vor der Revolution einer der Prunksäle gewesen war. Dutzende Augen starrten sie neugierig und mitfühlend an. An einem langen Tisch saßen Frauen und lasen oder strickten. Die Ecken und die Fensterplätze hatten Männer in Beschlag genommen.

»Vorwärts! Weitergehen!«

Der Wärter trieb Sandrine und Nicolas vor sich her durch den Saal in einen langen Gang mit vielen Türen, die alle offen standen.

»Hier ist noch ein Plätzchen für dich«, sagte der Wärter.

Er befreite Nicolas von der Fessel und schubste ihn in eine leere Zelle. Sandrine gab er ein Zeichen weiterzugehen, um die Ecke in den nächsten Gang. Vor einer kleinen Zelle blieben sie stehen. Mit dem Rücken zu ihnen, lag da jemand auf einem Strohsack.

Der Wärter nahm Sandrine die Fessel ab und deutete auf den Strohsack an der anderen Wand.

»Der ist für dich!«

Er drehte sich um und ging, mit dem Schlüsselbund rasselnd, davon. Stocksteif blieb Sandrine in der Tür stehen. Jeder Muskel ihres Körpers wehrte sich dagegen, die schmutzige, feuchte Zelle zu betreten. Das war wohl auch nicht nötig. Scheinbar konnte man hier frei herumlaufen. Und wie es schien, waren Männer und Frauen auch nicht getrennt. Das hieß, dass sie mit Nicolas in Kontakt bleiben konnte. Der Gedanke munterte sie ein wenig auf, sodass sie die versteiften Muskeln wieder unter Kontrolle bekam und langsam in die Zelle ging. Außer den beiden Strohsäcken auf dem Fußboden standen in der Zelle noch ein Tisch, zwei Stühle und ein Nachttopf. Damit war die Zelle voll.

Die Frau auf dem Strohsack drehte sich um. Sandrine sah ein kaum beruhigendes Gesicht. Sekundenlang starrten sich die beiden an. Dann drehte die Frau Sandrine wieder den Rücken zu. Sandrine verließ fluchtartig die Zelle. Sie eilte durch den Gang. Nicolas kam ihr entgegen und schweigend umarmten sie sich.

Sandrine war noch zu geschockt, um weinen zu können, und sie brachte auch kein Wort hervor. Sie hatte das Gefühl, als wäre ihr die Kehle zugeschnürt. Sie brachte es auch nicht fertig, sich unter die anderen Gefangenen zu mischen. Nicolas ging es ebenso. Dicht aneinander geschmiegt, blieben sie im düsteren Gang stehen, bis die Abendglocke die Gefangenen aufforderte, in ihre Zellen zu gehen. Mit einem dicken Knüppel trieb der Wärter die Gefangenen durch die Gänge. Sandrine sah Nicolas in seiner Zelle verschwinden. Sie hielt sich gut, bis hinter ihr die Tür ihrer Zelle ins Schloss fiel. Ihre Zellengenossin saß mit angewinkelten Knien auf ihrem Strohsack. Sandrine beachtete sie nicht. Sie ließ sich auf ihren Strohsack fallen, drehte das Gesicht zur Wand, und starr vor Kummer blieb sie so liegen.

17

Fast die ganze Nacht konnte Sandrine nicht schlafen. Der dünne, schmutzige Strohsack verursachte Rückenschmerzen und war verlaust. Wie hatte sie jemals ihr Bett bei den Lambertins hart und unbequem finden können?

In den stillen, dunklen Stunden überfiel sie die Panik, die sie unmittelbar nach ihrer Festnahme hatte unterdrücken können. Sie war im Gefängnis. Sie würde vor das Tribunal gestellt werden. Sie würde dem Ankläger Fouquier-Tinville Auge in Auge gegenüberstehen. Sie würde das Todesurteil gegen sich hören.

Mit einem unterdrückten Schrei fuhr sie auf und starrte in die Dunkelheit. Sie war nass geschwitzt. Sie wartete, bis sich ihr Herz beruhigt hatte, und legte sich wieder hin. War Nicolas auch wach? Wahrscheinlich ja.

Sandrine schloss die Augen und versuchte, das Bild der Guillotine loszuwerden. Schließlich schlief sie doch ein, und als sie die Augen wieder öffnete, war es etwas heller.

Für einen Moment wusste Sandrine nicht, wo sie war, aber dann erkannte sie ihre Zelle. Auf dem Rücken liegend, kämpfte sie gegen die Verzweiflung, die sie überfiel. Die Frau auf dem anderen Strohsack schnarchte. Sandrine blieb mucksmäuschenstill liegen, bis sie im Gang Schritte und laute Stimmen hörte. Es waren die Wärter, die die Zellen aufschlossen.

»Aufstehen!«, schrien sie.

Sandrine stand auf. Sie strich die Falten aus dem Rock und fuhr sich mit den Fingern durchs Haar. Als dürfte sie gleich gehen, wohin sie wollte, setzte sie sich die Mütze auf. Hinter ihr richtete sich ihre Zellengenossin auf. Sie sah nicht mehr so grau und abgerackert aus. Erst jetzt fiel Sandrine auf, dass sie längst nicht so alt war, wie sie zunächst gedacht hatte.

Knapp dreißig, schätzte sie. Die Frau nickte ihr zu.

»Guten Morgen«, sagte Sandrine.

Die Frau lachte, aber es klang nicht fröhlich. »Ja«, sagte sie. »Guten Morgen. Ich bin Cécile Pontier.«

»Sandrine … Bonnet.«

Cécile bemerkte das kurze Zögern.

»Bonnet? Prima, Mädchen. Mir ist es egal.« Sie richtete sich ganz auf und strich sich ebenfalls den Rock glatt. »Wie sehe ich aus?«

»Ziemlich gut … glaube ich«, antwortete Sandrine.

»Fein. Das ist wichtig in meinem Beruf«, sagte Cécile.

»Welchen Beruf hast du denn?«, wollte Sandrine wissen.

»Lass es mich so sagen: Ich gebe viel Liebe. Allen«, antwortete Cécile.

»Oh«, machte Sandrine.

»Manchmal auch den dreckigen Schweinen, die uns hier das Leben schwer machen«, erklärte Cécile. »Das ist die einzige Möglichkeit, ab und zu eine Vergünstigung zu bekommen.«

Sandrine nickte langsam.

»Hab ich dich schockiert?«, fragte Cécile. »Du bist doch wohl keine Blaublütige?«

»Nein. Nein!«, antwortete Sandrine hastig.

»Ruhig, ganz ruhig. Mir ist das egal. Hier sitzen genug davon, auch wenn sie es nicht zugeben. Sonst sind sie gleich an der Reihe. Kommst du mit?«

Cécile ging vor Sandrine auf den Gang und grüßte links und rechts die Frauen, die aus ihren Zellen kamen und denen sie Sandrine vorstellte.

»Dies ist Sandrine Bonnet. Seid nett zu ihr, sie ist gerade erst eingeliefert worden«, sagte Cécile.

Sie gingen auf einen kleinen Innenhof mit einer Pumpe, an der die Frauen sich waschen konnten. Beaufsichtigt von den

Wärtern mit ihren großen Hunden, halfen die Frauen in Ermangelung eines Spiegels einander, Haar und Kleidung in Ordnung zu bringen. Danach ging jede ihres Weges. Manche gingen zurück in die Zelle, andere spazierten durch die Gänge. Sandrine folgte Cécile in den vormaligen Prunksaal, in dem gestern Abend alle beieinander gesessen hatten. Sie schaute nach Nicolas aus, konnte ihn aber nirgends entdecken.

»Hast du denn ein bisschen schlafen können, Kind?« Eine blonde, schon etwas ältere Frau sah Sandrine freundlich an.

»Kaum«, antwortete Sandrine.

Die Frau legte ihr die Hand auf die Schulter. »Ich bin Amélie Dupont. Komm, setz dich zu uns.« Sie führte Sandrine zu einer kleinen Gruppe am Fenster. Im bleichen Morgenlicht, das durch die schmutzigen Fensterscheiben fiel, saß ein ungefähr zehn Jahre altes Mädchen und blätterte in einem Buch.

»Das ist meine Tochter Juliette«, sagte Amélie Dupont. »Und das hier sind Herr und Frau de Châtelard.«

Eine junge Frau mit brünetten Locken nickte Sandrine freundlich zu. »Ich bin Josette. Dies ist mein Mann Geoffrey«, sagte sie.

Daran, dass Geoffrey sich höflich vor Sandrine erhob, erkannte sie, dass dies keine Leute aus dem einfachen Volk waren.

»Spielst du ein Instrument, Sandrine?«, fragte Josette interessiert.

Sandrine dachte an das Cembalo, an dem sie viele Stunden verbracht hatte. »Nein«, antwortete sie. Ihre Augen suchten Nicolas.

»Du musst wissen, dass wir am Nachmittag oft musizieren«, sagte Geoffrey.

Es war zum Verrücktwerden! Sie saßen hier und warteten auf ihre Hinrichtung und redeten über Musikinstrumente!

Sandrine guckte zur Tür und sah jemanden mit dunklem Haar hereinkommen. Schnell entschuldigte sie sich und ging auf Nicolas zu.

»Sandrine …« Nicolas lächelte nicht. In seinem Gesicht waren deutlich die Spuren einer schlaflosen Nacht zu sehen.

Dicht aneinander geschmiegt, stellten sie sich ans Fenster.

»Weißt du, wer auch hier ist?«, fragte Nicolas leise. »Vergniaud, Hébert, Chaumette und die anderen Girondisten. Die sitzen hier schon vier Monate.«

»Vier Monate!«, flüsterte Sandrine.

»Die Gefängnisse sind überfüllt. Das Gericht schafft so viele Angeklagte gar nicht. Für uns kann es auch noch Monate dauern, bis wir vorgeladen werden. Wir dürfen den Mut nicht verlieren, Sandrine. Ich hab ein gutes Gespräch mit meinem Zellengenossen gehabt, dem Mann dort. Er sagt, mit der Revolution wird es sehr bald vorbei sein. Es muss bald vorbei sein, wenn die Führer sich schon gegenseitig unter die Guillotine bringen.«

Seine Worte drangen kaum zu Sandrine durch. Sie starrte den Mann an, auf den Nicolas mit einer Kopfbewegung gedeutet hatte.

»Ist das dein Zellengenosse, der ältere Mann mit dem weißen Haar?«, fragte sie.

»Ja«, antwortete Nicolas.

»Den kenne ich! Das ist der Marquis d'Harcourt«, antwortete Sandrine und wurde blass.

Nicolas guckte zu dem Marquis hin, der jedoch nicht zu ihnen herüberschaute.

»Kennst du ihn gut?«, wollte Nicolas wissen.

»Er kam zu den Diners und Bällen, die meine Eltern gaben. Ich habe mich nie richtig mit ihm unterhalten, aber er erkennt mich bestimmt.«

»Das ist nicht gesagt. Du weißt selber nicht, wie sehr du dich verändert hast. Und du bist hier als Sandrine Bonnet. Du musst nur dabei bleiben, dass du so heißt«, beruhigte Nicolas sie.

Aber Sandrine war keineswegs beruhigt und drehte dem Marquis den Rücken zu.

Der Vormittag verging mit allen möglichen Beschäftigungen. Wer das Glück hatte, mehr als ein Kleidungsstück zu haben, wusch den Rock oder die Hose vom Vortag. Aus eigenem Interesse wurde ein bisschen sauber gemacht, damit das Ganze halbwegs erträglich blieb. Ob man von höherer oder niederer Herkunft war, spielte dabei keine Rolle. Sandrine sah zu ihrer Überraschung den stolzen, hochmütigen Marquis d'Harcourt auf dem Innenhof Wasser holen und mit einem einfachen Schneider eine Partie Tricktrack spielen.

Zur Mittagszeit wurden sie alle aus dem großen Saal durch die Gänge in einen anderen Raum getrieben.

»Was ist denn jetzt los?«, fragte Sandrine erschrocken.

»Wir gehen essen«, beruhigte sie Cécile.

Von überall her strömten Gefangene herbei, streng bewacht von Wärtern, bis der Esssaal voll war. Der Saal sah unordentlich aus. Die Tische waren nicht sauber gemacht und hier und da lagen Essensreste auf dem Fußboden.

»Von der Gruppe vor uns«, erklärte Cécile. »Wir sind hier ungefähr tausend Leute. Also essen wir in drei Gruppen. Lass mich raten: Suppe, Gemüse in Wasser und Schweinefleisch mit Kohl.«

Sie behielt Recht.

»Es ist immer dasselbe«, sagte eine dunkelhaarige Frau, die Sandrine gegenübersaß. »Nur dass manchmal mehr Haare in der Suppe sind als sonst.«

Seelenruhig fischte sie alles, was nicht in die Suppe gehörte, heraus.

Sandrine beobachtete Nicolas, der dem Beispiel der Frau folgte und einfach zu essen begann. Sie musste an die ersten Mahlzeiten bei den Lambertins denken. Als sie das kärgliche, geschmacklose Essen kaum herunterbekam. Sie nahm ihren Löffel und aß, ohne hinzusehen.

Später hatte Sandrine Bauchschmerzen und musste dauernd auf den stinkenden Nachttopf in ihrer Zelle. Die dunkelhaarige Frau, die Marie-Rose hieß, sah sie mitleidig an.

»In den ersten Tagen kommt alles wieder raus«, sagte sie. »Dann gewöhnt man sich daran. Ach, würdest du mir einen Gefallen tun? Würdest du die Wolle für mich halten?«

Sie reichte Sandrine einen großen Strang roter Wolle. Sandrine nickte und legte sich die Wolle um beide Hände. Rasend schnell wickelte Marie-Rose die Wolle zu einem Knäuel auf.

»Meine Tante schickt hin und wieder ein wenig. Dann habe ich etwas zu tun«, erklärte sie. »Ich stricke Socken, denn nachts habe ich immer so kalte Füße.« Sie guckte Sandrine forschend an. »Warum bist du hier?«

»Ich wollte nur aus Paris raus«, antwortete Sandrine.

»Ohne gültigen Pass, nehme ich an. Und der gut aussehende Bursche da, ist das dein Freund? Cécile, die Hure, mit der du die Zelle teilst, die hatte hier auch einen Freund. Festgenommen, weil er ohne Kokarde auf der Straße angetroffen wurde. Er ist gestern Abend abgeholt worden, kurz bevor ihr reinkamt.«

Marie-Rose schwieg einen Moment. »Mein Bruder ist ins Ausland geflohen. Er war aus der Armee desertiert. Wir haben uns geschrieben, aber meine Briefe sind an der Grenze abgefangen worden. Ich bin festgenommen worden, weil ich beschuldigt werde, Verbindung mit einem Landesverräter zu unterhalten.«

»Wie lange bist du denn schon hier?«, wollte Sandrine wissen.

»Den ganzen Sommer schon. Es wird wohl nicht mehr lange dauern, bis ich an der Reihe bin.«

»Manchmal werden Leute freigesprochen«, sagte Sandrine.

»Ja, manchmal.« Marie-Rose lächelte flüchtig.

Der Tag kroch dahin. Es waren genug Leute da, mit denen sie reden konnten; alle wollten von Nicolas und Sandrine wissen, wie es draußen aussah. Als sie hörten, dass sich Königin

Marie Antoinette vor dem Revolutionstribunal verantworten musste, äußerten die Mitgefangenen laut ihre Abscheu. Und als Nicolas und Sandrine sie nicht mit der Aussicht auf ein schnelles Ende der Revolution beruhigen konnten, zogen sie sich enttäuscht zurück.

In der Enge des Gefängnisses lernte Sandrine die anderen schnell kennen. Sie schloss Freundschaft mit Marie-Rose. Auf Grund ihrer gepflegten Ausdrucksweise, ihres graziösen Ganges und dutzender anderer Kleinigkeiten vermutete Sandrine, dass Marie-Rose adlig war. Sie freundete sich auch mit Cécile an, doch all diese Freundschaften gingen nur bis zu einer gewissen Grenze. Niemand war die Person, für die sie oder er sich ausgab. Man wusste nie, ob das, was einem erzählt wurde, der Wahrheit entsprach. Marie-Rose stritt ab, adlig zu sein, und Sandrine bohrte nicht weiter, wie auch Marie-Rose ihr keine lästigen Fragen stellte. Nur Cécile schien ehrlich zu sein. Ab und zu sah Sandrine sie mit einem der Wärter verschwinden. Wer hätte je gedacht, dass sie eines Tages Umgang mit einer Hure haben würde?

Gegen Abend saßen sie beim letzten Tageslicht beieinander, als das große, schwere Tor aufging.

Es wurde totenstill.

Eine monotone Klingel schepperte durch die Gänge. Wie auf Kommando standen alle auf und gingen die Treppe hinunter nach draußen.

Vernet, der Chef der Wärter, stand mit einer Liste in der Hand auf dem Innenhof. Hinter ihm, umringt von Soldaten der Nationalgarde, war ein offener Karren zu sehen.

Sandrine spürte die Angst um sich herum. Sie sah, dass Josette die Hand ihres Mannes ergriff. Amélie Dupont zog ihre Tochter an sich. Ihr angstvoller Blick eilte von links nach rechts.

Alle sahen unbeweglich Vernet an, der mit lauter Stimme Namen von der Liste verlas. Wer aufgerufen wurde, trat vor und wurde sofort von den anderen abgesondert. In immer länger werdender Reihe warteten sie, während weiter Namen aufgerufen wurden.

»Jean-Pierre Fleury, fünfunddreißig Jahre, Rechtsanwalt, beschuldigt der Beleidigung von Robespierre!«

»Josette de Châtelard, dreißig Jahre, beschuldigt der Verschwörung gegen die Revolution!«

»Geoffrey de Châtelard, dreiunddreißig Jahre, vormalig Barbier des Herzogs von Coigny, beschuldigt der Verschwörung gegen die Revolution!«

»Amélie Dupont, neununddreißig Jahre, Näherin, beschuldigt des Versteckens von Anhängern des Königs!«

Die Liste schien kein Ende zu nehmen. Die Namen schallten über den Innenhof. Endlich schwieg Vernet.

Die Unglücklichen bekamen eine Viertelstunde, um sich zu verabschieden und ihre Sachen aus der Zelle zu holen. Josette und Geoffrey de Châtelard blieben stehen. Sie brauchten nur einander.

Amélie Dupont löste sich nur schwer aus der festen Umarmung Juliettes. Sie küsste ihre Tochter und schob sie Marie-Rose in die Arme.

»Sorge bitte für sie«, sagte sie leise.

»Nein!«, schrie Juliette. »Maman!«

»Mitkommen!«, befahl der Wärter.

Amélie Dupont ging mit. Ihre Tochter verbarg das Gesicht im Rock von Marie-Rose.

Regunglos sah Sandrine zu, wie den aufgerufenen Gefangenen auf den Karren geholfen wurde. Noch ein Gruß, ein letzter Blick, eine erhobene Hand. Das große Tor öffnete sich quietschend und der Karren rumpelte polternd über das Pflaster nach draußen.

Minutenlang blieb Sandrine stehen. Ihr war eiskalt, aber die Stirn glühte. Undeutlich drang Juliettes Schluchzen zu ihr durch. Jemand kam zu ihr. Sandrine schaute zur Seite und sah Nicolas' leichenblasses Gesicht. Die Arme fest umeinander geschlungen, gingen sie ins Gebäude.

18

Die Nächte waren am schlimmsten. Sandrine lag wach und um sie herum war nichts als Dunkelheit. Sie lauschte dem Atem von Cécile, den dumpfen Schritten der Wärter, die ihre Runde durch die Gänge machten, einem Klageruf, der plötzlich irgendwo ertönte, und dann musste sie sich zusammennehmen, um nicht selbst laut zu schreien.

Genau wie die anderen Gefangenen stürzte sie sich tagsüber auf jede Beschäftigung, die den Gedanken an die Guillotine vertreiben konnte. Sie schrieben Gedichte, führten Theaterstücke auf, machten Musik und tratschten, als säßen sie zu Hause im Wohnzimmer.

Neuankömmlinge wurden gründlich ausgefragt. Von ihnen und von den Straßenhändlern vor dem Luxembourg erfuhren sie von der Hinrichtung der Königin Marie Antoinette. Ihr Tod löste unter den Gefangenen große Betroffenheit aus. Doch gegen sechs Uhr, wenn der Karren auf den Innenhof rumpelte, machte sich jeder nur noch Sorgen um sein eigenes Schicksal.

Je mehr Zeit verging, desto mehr fürchtete Sandrine, dass eines Tages ihr Name aufgerufen würde. Jeden Tag, wenn sie sich auf dem Innenhof versammeln mussten, hielten sie und Nicolas sich fest an den Händen, bis Vernet seine Liste sinken ließ.

Sandrine freundete sich mit Valérie Malesherbes an. Sie war in ihrem Alter und mit ihren Eltern und einer Schwester hier, weil man sie verdächtigte, mit dem Feind zusammengearbeitet zu haben. Mit welchem Feind, war nicht klar.

Um der Langeweile zu entgehen, lieh sich Sandrine Nadel und Garn von Valérie und stickte damit die kompliziertesten Muster auf ihren Rock.

»Wie schön«, sagte Valérie bewundernd. »Wo hast du das gelernt?«

Erschrocken hörte Sandrine auf zu sticken. »Ach, von meiner Mutter«, sagte sie dann. »Sie war Näherin.«

Der Oktober ging mit viel Regen vorbei, der November begann mit Kälte. Außerdem wurde es immer früher dunkel. Der große Saal, der als Aufenthaltsraum diente, wurde nur spärlich durch die Kronleuchter und die Öllampen in den Fensternischen erleuchtet. Darüber hinaus waren der Aufenthaltsraum und die Zellen schlecht zu heizen. Als der erste Frost kam, litten alle unter der Kälte. Jeden Tag fanden sich Angehörige vor dem großen Tor ein und hofften, wenigstens kurz den Ehemann, den Sohn oder die Tochter sehen zu können. Wer außerhalb des Gefängnisses noch Schmuck oder Geld hatte, ließ seine Angehörigen damit die Wärter bestechen. Für einen wertvollen Ring oder einen Beutel voller Münzen waren die Wärter bereit, dem Gefangenen ein paar zusätzliche Decken in die Zelle zu werfen.

Nachts hielten sich Sandrine und Cécile warm, indem sie sich eng aneinander schmiegten.

»Es ist nicht angebracht, dass nur wir von zusätzlicher Kleidung profitieren«, sagte der Marquis d'Harcourt. »Ich schlage vor, dass diejenigen, die noch Geld haben, den anderen helfen.«

Sein Vorschlag fand Zustimmung.

Sandrine musterte den Marquis. Der vornehme Herr von früher war kaum wiederzuerkennen. Seine Haut war durchscheinend weiß und von Falten und Runzeln durchzogen. Aber am meisten hatte sich sein Auftreten verändert. Sie erinnerte sich an seine geringschätzigen Bemerkungen über das einfache Volk, wie gleichgültig ihm dessen Armut gewesen war. Genau wie ihrem eigenen Vater …

Inzwischen wurden die frei gewordenen Plätze immer wieder von neu eingelieferten Gefangenen eingenommen.

Eine neue Gefangene ließ Sandrine fast zu Tode erschrecken.

»Claire!«, flüsterte sie. »Claire de Vincennes!«

»Kennst du sie?«, fragte Nicolas.

»Ja. Sie wohnte ganz bei uns in der Nähe, in der Rue de Grenelle. Ich habe nicht viel mit ihr zu tun gehabt, denn sie ist ein paar Jahre älter als ich. Aber Michelle kannte sie gut.« Sandrine nagte nervös an den Fingernägeln.

Der Marquis d'Harcourt hatte sie offenbar nicht erkannt, aber diese Hoffnung konnte sie bei Claire aufgeben. Als ihre Blicke sich trafen, musterte Claire Sandrine eine ganze Weile, bevor sie sich suchend weiter umschaute. Es vergingen ein paar Tage, dann sprach Claire Sandrine an. Sandrine saß auf der Bank am Fenster und las in einem Buch, das sie vom Marquis d'Harcourt bekommen hatte.

»Du bist es wirklich!« Claire setzte sich ungefragt neben sie auf die Holzbank.

Sandrine guckte sie fragend an.

»Du bist es doch, Sandrine?«, fragte Claire, plötzlich unsicher geworden.

»Ja, ich heiße Sandrine, Sandrine Bonnet. Aber ich kenne dich nicht«, entgegnete Sandrine.

»Sandrine Bonnet? Nein, du bist doch Sandrine de Billancourt«, sagte Claire.

»Nein, bin ich nicht«, erwiderte Sandrine.

Claire guckte sie ungläubig an. Sandrine lächelte freundlich.

»Also«, sagte Claire überzeugt, »ich bin ganz sicher. Ich verstehe ja, dass du nicht erkannt werden willst, und ich werde auch nicht nachhaken. Aber wir wissen beide, dass du nicht Bonnet heißt.«

Sandrine zuckte die Schultern und las weiter. Aber Claire war noch nicht fertig.

»Wir waren rechtzeitig geflohen«, erzählte sie. »Aber wir waren so dumm und kamen zurück. Mein Vater machte sich Sorgen um unser Haus. Er hatte gehört, dass der Besitz der Geflohenen an den Staat fällt, darum wollte er zurück. Er dachte, es wäre ungefährlich, wenn er sich revolutionär gäbe. Und so war es auch. Wir haben die ganze Zeit unbehelligt in der Rue de Grenelle gewohnt. Bis sie eine Hausuchung machten. Sie haben nicht einmal einen Grund genannt.«

Sandrine ließ das Buch sinken.

»Wo sind deine Eltern?«, fragte sie.

»Die sind nach La Force gebracht worden«, antwortete Claire.

»Und warum du nicht?«, wollte Sandrine wissen.

»Da war kein Platz mehr«, erklärte Claire.

»Oh«, sagte Sandrine.

Sandrine machte nicht den Fehler, nach Claires Bruder François zu fragen. Claire schwieg. Vielleicht hoffte sie, dass sich Sandrine doch noch durch eine Frage oder unbedachte Bemerkung verriet. Zu Sandrines Erleichterung ging Claire endlich weiter.

»Und?« Nicolas kam herangeschlendert.

»Ich habe sie nicht überzeugen können«, sagte Sandrine besorgt.

»Das ist auch nicht nötig. Wenn sie dich nur in Ruhe lässt«, meinte Nicolas und setzte sich neben Sandrine, die sich an ihn lehnte.

»Was würden wir jetzt gerade machen, wenn uns die Flucht gelungen wäre?«, fragte sie verträumt.

»Daran darfst du nicht denken«, erwiderte Nicolas.

»Ich kann an nichts anderes denken! Denkst du denn nie an Poissy?«, fragte Sandrine.

»Doch, dauernd«, sagte Nicolas.

»Wir können doch so tun, als wären wir dort? Dann ist es gerade so, als wären wir doch geflohen, als wären wir wieder zu Hause«, meinte Sandrine.

Nicolas seufzte. Wenn er an etwas nicht denken wollte,

dann war es an zu Hause. Aber Sandrine sah wirklich schlecht aus. Ihr Gesicht war viel magerer geworden und ihre Augen waren glanzlos.

»Ich sehe ständig das Dorf und die Felder vor mir. Erinnerst du dich an das Sonnenblumenfeld hinter eurem Hof?«, fragte Sandrine seufzend.

»Ja«, antwortete Nicolas.

Sandrine bemerkte einen schmerzlichen Zug in Nicolas' Gesicht. Sie legte ihm die Arme um den Hals und lehnte ihre Stirn gegen seine.

Als sie aufschaute, sah sie durchs Fenster eine Möwe fliegen. Die weißen Flügel bewegten sich langsam durch die graue Luft über dem Innenhof, dann war die Möwe hinter den Mauern des Luxembourg verschwunden.

»Was meinst du, wohin geht man, wenn man tot ist?«, fragte Sandrine, ohne Nicolas loszulassen.

»Ich weiß es nicht«, antwortete Nicolas.

»Früher glaubte ich an den Himmel«, sagte Sandrine betrübt. »Jetzt weiß ich nicht einmal mehr, ob ich an Gott glaube.«

»Ich glaube, der Geist geht zurück an den Ort, an dem man in seinem Leben glücklich gewesen ist«, sagte Nicolas.

»Ich war in Poissy glücklich«, bekannte Sandrine.

Nicolas lächelte. »Dann sehen wir uns dort wieder.«

In einer kalten Dezembernacht schrak Sandrine aus dem Schlaf.

Sie hörte Schritte im Gang, Namen wurden gerufen, Zellentüren aufgerissen.

Ein nächtlicher Transport!

Mit angehaltenem Atem wartete Sandrine, ob die Wärter an ihrer Zelle vorbeigehen würden. Die Tür wurde aufgerissen. Sandrine und Cécile schirmten die Augen gegen das plötzliche Licht der Laternen ab.

In der Tür stand die schwarze Gestalt eines Wärters.

»Cécile Pontier?«

»Ja«, antwortete Cécile.

»Aufstehen und fertig machen. Du wirst zur Conciergerie überführt.«

»Ich bin fertig«, sagte Cécile.

Sie umarmte Sandrine. Ohne ein Wort zu sagen, verließ sie die Zelle und folgte dem Wärter. Sandrine hörte ihre Schritte im Gang verhallen. Hier und da wurden noch weitere Türen aufgerissen.

Am nächsten Tag wirkten alle sehr mitgenommen. Dutzende waren in der letzten Nacht abgeholt worden. Im Laufe des Tages wurden ihre Plätze von einer Flut neuer Gefangener eingenommen. Sie wussten zu erzählen, dass sich Fouquier-Tinville vorgenommen hatte, die vierzig überfüllten Gefängnisse von Paris so schnell wie möglich zu leeren. Sowohl in La Force, dem Temple wie auch im Luxembourg wurden die Gefangenen beschuldigt, einen Aufstand zu planen. Der Einfachheit halber wurden sie in Gruppen beschuldigt und verurteilt. Die Gefängnisse leerten sich.

Von nun an lebten alle in noch größerer Unsicherheit.

»Früher wussten wir wenigstens, dass sie uns bis sechs Uhr abends in Ruhe lassen würden«, sagte Valérie entrüstet. »Jetzt haben wir nicht einmal mehr diesen Trost.«

Zu jeder Tageszeit kamen die Karren nun auf den Innenhof gefahren. Das Knarren, mit dem das schwere Tor aufging, verursachte jedes Mal enorme Panik. Sandrine erwartete ständig, dass ihr Name oder der von Nicolas aufgerufen würde, doch immer wieder erhielten sie einen Tag Aufschub.

Sie hörte Marie-Roses Namen. Sie verabschiedeten sich kurz und herzlich. Ein Kuss, ein paar geflüsterte Abschiedsworte, und schon brachte der Karren sie fort.

An einem kalten Wintertag ging Sandrine mit Valérie durch die Gänge. Am Ende des Ganges tauchte ein Wärter auf.

»Ruf deine Eltern und deine Schwester!«, schrie er Valérie zu.

»Warum?«, fragte Valérie überrascht.

»Sie werden zur Conciergerie gebracht!«, antwortete der Wärter.

Wie weggewischt wich alle Farbe aus Valéries Gesicht. Sandrine legte den Arm um ihre Freundin und stützte sie.

»Und ich?«, fragte Valérie flüsternd. »Muss ich nicht mit?«

Sie flog durch den Gang, suchte ihre Familie.

Sandrine ging in Richtung Innenhof, wo Karrenräder über die Pflastersteine ratterten. Sie hörte Vernet laut die Namen aufrufen.

Sandrine kam an Nicolas' Zelle vorbei, die an den Innenhof grenzte. Der Marquis d'Harcourt stand am Tisch und breitete darauf seinen Besitz aus.

»Es geht noch ein Transport ab«, sagte Sandrine.

»Ich weiß, Sandrine. Ich bin auch aufgerufen worden«, antwortete er.

»Sie ...«, Sandrine stockte der Atem.

»Eines Tages werden wir alle aufgerufen.« Der Marquis sah sie freundlich und vollkommen ruhig an. »Ich bin dazu bereit. Meine Frau ist mir schon genommen worden und ich habe keine Kinder. Darum möchte ich dir dies zur Erinnerung geben.« Er gab ihr einen goldenen Siegelring. »Den hat mir einst dein Vater zum Geburtstag geschenkt. Ich gebe ihn nun gerne dir, damit du ab und zu an mich denkst.«

Verblüfft starrte Sandrine den Marquis an.

»Nimm dich in Acht vor Claire«, sagte der Marquis ernst. »Ich habe sie einen Brief an den öffentlichen Ankläger Fouquier-Tinville schreiben sehen. Es würde mich nicht wundern, wenn sie dich verrät, um selbst freigesprochen zu werden. Leb wohl, Sandrine.«

Er beugte sich über ihre Hand, sodass seine Lippen sie fast berührten, aber eben nur fast, ganz wie es die Etikette vorschrieb. Dann strich er sich die Weste glatt, als wolle er dinieren gehen, und verließ seine Zelle.

Sandrine bekam weiche Knie. Ihr wurde schwindelig, sie

suchte Halt am Türrahmen. Auf dem Innenhof wurden immer noch Namen aufgerufen.

Nicolas!

Zutiefst beunruhigt eilte sie durch den Gang, die Treppe hinab und zu den anderen, die betroffen schweigend auf dem Innenhof beieinander standen. Die Unglücklichen, die schon aufgerufen worden waren, wurden auf den Karren geschubst. Sandrines Blick huschte über die Gesichter.

Nicolas stand unter den Zuschauern.

Die Angst wich der Erleichterung. Schnell ging sie zu ihm und nahm seine Hand.

Valéries Eltern und Schwester stiegen mit Hilfe anderer auf den Karren.

»Nein! Nein!«, schrie Valérie. »Nehmt mich auch mit! Nehmt mich auch mit!« Sie lief zum Karren und wollte hinaufsteigen.

»Jetzt reicht's aber!«, fuhr der Wärter sie an und riss sie zurück.

Vernet kam hinzu. »Lass sie mitfahren«, sagte er. »Sie ist ja doch bald an der Reihe.«

Mit einem Schrei lief Valérie zum Karren, stieg auf und warf sich ihren Eltern in die Arme. Sandrine stiegen die Tränen in die Augen. Sie sah Nicolas an, der mit geröteten Augen zuschaute.

»Sandrine Bonnet, vormals de Billancourt, sechzehn Jahre alt, beschuldigt des Verrates an der Republik!«

Wie gelähmt starrten sich Sandrine und Nicolas an.

»Sandrine Bonnet, vormals de Billancourt!«, ertönte wieder die Stimme.

Es war so weit.

Sandrine trat vor. Sie konnte es fast nicht glauben. Sie wandte den Kopf und sah Claire an. Die schaute zwar in Sandrines Richtung, wich ihrem Blick aber aus.

»Alle haben fünfzehn Minuten zur Vorbereitung!«, brüllte Vernet.

Sandrine bewegte sich nicht. Sie sah Nicolas auf sich zukommen. Sie streckte ihm die Arme entgegen und er drückte sie fest an sich. Sie sagten kein Wort.

Endlos lange blieben sie so stehen.

»Die Zeit ist um, mitkommen!«, befahl der Wärter.

Ganz kurz noch hielten sie einander umschlungen. Nicolas küsste sie, dann noch einmal. Seine dunklen Augen waren dicht vor Sandrines Gesicht.

»Poissy«, flüsterte er.

»Poissy«, wiederholte Sandrine leise.

»Wird's bald!«, sagte der Wärter verärgert.

Ohne Hilfe stieg Sandrine ganz hinten auf den Karren. Sie setzte sich neben den Marquis d'Harcourt, der sofort ihre Hand nahm. Umringt von Gardisten, fuhr der Karren vom Innenhof. Sandrine sah Nicolas an. Sein früher so gerader Rücken war nun leicht gebeugt. Solange er konnte, erwiderte er Sandrines Blick.

Knarrend und mit lautem Knall fiel das Tor ins Schloss. Der Karren verschwand in der Menschenmenge auf der Straße.

19

Der Karren rumpelte durch die Rue de Tournon. Nach dem Winternachmittag breitete sich die frühe Dämmerung aus. Die Schneeschauer trieben die Leute auf der Straße zur Eile an. Verbittert fiel Sandrine auf, dass sie nicht einmal aufschauten, als der Karren an ihnen vorüberfuhr. Aber hatte sie selbst nicht auch oft den Kopf abgewandt oder den Blick gesenkt? Und nun saß sie selbst auf solch einem Karren! Morgen erwartete sie der Prozess, übermorgen die Guillotine.

Eiskalte Schauer liefen ihr über Rücken, Arme und Beine. Sie spürte, wie sie eine Gänsehaut bekam.

Der Marquis d'Harcourt drückte ihr kräftig die Hand.

In der Ferne erklang der Lärm einer großen, schreienden Menschenmenge. Sandrine achtete nicht darauf. Sie bogen in eine enge Straße und der Lärm kam immer näher. Auf halbem Wege durch die Straße versperrten ihnen schreiende Frauen die Weiterfahrt.

»Brot! Gebt uns Brot!«

»Wir wollen Brot! Wo ist unser Brot!«

Der Offizier der Eskorte versuchte noch, den Karren mit den Gefangenen wenden zu lassen, aber dafür war es zu spät. Die Straße war zu schmal und sie waren bereits von wütenden Frauen umzingelt.

Ängstlich irrten die Blicke der Gefangenen umher, aber die Wut richtete sich nicht gegen sie. Die Menge nahm nicht einmal Notiz von ihnen, so sehr hatten sie sich an die ständig vorbeiratternden Karren mit Gefangenen gewöhnt.

»Wir sind in einen Aufstand geraten«, sagte der Marquis d'Harcourt zu Sandrine. »Sieh dir das an! Wir können nicht vor und nicht zurück!«

In seinen Augen glomm ein Funken Hoffnung. Aber die Menge dachte gar nicht daran, die Gefangenen zu befreien. Die Leute waren nur an einem interessiert, etwas zu essen zu bekommen. Einem Plakat an einer Mauer entnahm Sandrine die Ankündigung, es werde gratis Brot ausgeteilt. Der Offizier der Begleitmannschaft ritt wütend um den Karren herum und versuchte, die Menschen auseinander zu treiben. Es gelang ihm nicht, es waren zu viele. Die Pferde wieherten unruhig und schüttelten die Köpfe, als sie angetrieben wurden.

»Fesselt die Gefangenen und holt sie vom Karren!«, schrie der Offizier über den Lärm hinweg seinen Soldaten zu. Hatte er Angst, die Menge könnte ihre Wut an den Gefangenen auf dem Karren auslassen?

Sandrine saß ganz hinten und wurde als Erste gefesselt. Große Soldatenhände schlangen nicht zu fest einen Strick um ihre Handgelenke. Ein Ruck an ihrem Arm und schon stand sie im Schnee. Sie spürte einen kräftigen Griff am Oberarm, als sie aus der Menge heraus in eine dunkle Gasse geführt wurde.

Warum hier entlang, ohne Laterne? Und wo blieben die anderen? Vorsichtig schaute Sandrine zu ihrem Begleiter auf. Es war der Offizier. Er hatte eine schwarze Hose an und trug eine blau-weiß-rote Schärpe über der Uniformjacke.

»Schnell!«, keuchte er.

Die Stimme kam ihr irgendwie bekannt vor.

Sandrine schaute wieder zu ihm auf, aber es war zu dunkel, um sein Gesicht zu erkennen.

Die Gasse mündete in eine spärlich beleuchtete Straße, aber sofort bog der Offizier wieder in eine dunkle Gasse ein. Als er triumphierend lachte, begann es bei Sandrine zu dämmern. Kaum waren sie wieder im Hellen, musterte sie den Offizier genauer.

»Philippe!«, sagte Sandrine, nach Luft ringend.

»Hast du das nicht gleich gemerkt? Es hat geklappt, Sandrine! Du bist frei!«

Wieder lachte Philippe triumphierend.

Frei! Sandrine wurde schwindlig. Sie hielt sich an Philippes Arm fest, der sie sofort stützte.

»Geht's?« Besorgt sah er sie an.

»Ja, lass uns schnell weitergehen.« Ängstlich schaute sich Sandrine um, aber niemand verfolgte sie. Das Geschrei der Menge hatten sie weit hinter sich gelassen.

Sie liefen über den Pont Neuf zur Ile de la Cité. Sandrine folgte Philippe durch ein Gewirr alter Gassen, bis sie in eine schmale Straße mit heruntergekommenen Häusern einbogen. Sie sah nur ein paar ordentliche Häuser und vor einem davon blieb Philippe stehen. Es war eine Sattlerei, die dunkel und verlassen aussah.

»Dieses Haus steht leer«, sagte Philippe. »Hier findet uns kein Mensch.«

Er holte einen Schlüssel aus der Hosentasche, öffnete die Tür und ließ Sandrine vorgehen. Zögernd stieg sie die dunkle Treppe hinauf.

»Einfach weitergehen und vor der ersten Tür stehen bleiben«, sagte Philippe hinter ihr.

Aber Sandrine konnte im Stockdunkeln keine Tür sehen. Philippe zwängte sich an ihr vorbei und ertastete eine Tür, die er öffnete. Er ging hinein und steckte ein paar Öllampen an.

Sandrine schaute sich in dem fast leeren Zimmer um. Sie sah nur ein paar Stühle und einen wackligen Schrank.

Philippe schloss die Tür, kam auf Sandrine zu und drückte sie an sich. Sandrine erwiderte die Umarmung.

»Gott sei Dank!«, sagte Philippe nur.

»Ich kann es noch nicht richtig glauben«, sagte Sandrine. »Ich habe mich innerlich schon auf die Guillotine vorbereitet.«

Philippe schaute sie aufmerksam an. »Du siehst ausgehungert aus«, meinte er.

»Das stimmt wohl, aber ich glaube nicht, dass ich jetzt

auch nur einen Bissen herunterkriege.« Sandrine lachte nervös und brach dann in Tränen aus.

Philippe ließ sie weinen und tätschelte ihr tröstend den Rücken. »Es ist vorbei! Es ist vorbei!«, wiederholte er mehrmals.

Nach einer Weile hatte sich Sandrine etwas beruhigt und löste sich aus Philippes Armen.

»Vielleicht fühlst du dich etwas besser, wenn du dich gewaschen hast«, sagte Philippe. »Du musst den schrecklichen Gefängnismief loswerden. Siehst du, da liegen saubere Sachen.«

Sandrine sah, dass über einer Stuhllehne ein brauner Rock, eine graue Bluse und ein weißes Halstuch hingen, außerdem ein Mantel.

Saubere Sachen!

Philippe ging auf den Flur, der zu einem kleinen Raum führte. »Da ist die Küche«, sagte er mit einer Handbewegung.

Sandrine nahm die saubere Kleidung und Philippe ging ins Nebenzimmer.

Sandrine streifte das schmutzige Kleid ab, das sie wochenlang getragen hatte. Es war eine Wohltat, sich waschen und frische Kleider anziehen zu können.

»Das ist schon besser«, meinte Philippe, als sie fertig war. »Weißt du, dass ich dich da auf dem Karren kaum erkannt habe?«

Bei dem Gedanken an den Karren lief es Sandrine kalt den Rücken hinunter.

»War der Aufstand nach Brot Zufall?«, fragte sie.

»Was denkst du denn!«

»Aber wie hast du das nur fertig gebracht?«, wollte Sandrine wissen.

»Ganz einfach, indem ich überall verkündet habe, es sei ein Transport in die Stadt gekommen und es werde Brot ausgeteilt.«

Sandrine dachte an die ausgehungerten Gesichter und konnte sich ihre wütende Enttäuschung vorstellen.

»Und jetzt?«, fragte sie.

»Wir müssen raus aus Paris. Meine Eltern und Pierre sind schon vor ein paar Tagen fort. Wir müssen uns beeilen, das Stadttor wird in einer Stunde geschlossen.«

Sandrine bewegte sich nicht. »Und Nicolas?«, fragte sie.

»Sandrine, es tut mir Leid, aber ich kann nichts für ihn tun.«

Verblüfft starrte Sandrine ihn an. »Warum nicht? Mich hast du doch auch gerettet!«

»Ja, und es wird nicht lange dauern und der Konvent kommt dahinter. Vielleicht wissen sie es schon. Du verstehst doch hoffentlich, dass ich mich nicht mehr in der Nähe vom Luxembourg sehen lassen kann?«, argumentierte Philippe.

»Es ist doch kaum eine Stunde her!«, erwiderte Sandrine. »Wir haben noch Zeit!«

»Sandrine, es ist zu gefährlich. Wer da rein- oder rausgeht, wird streng kontrolliert.«

»Aber du bist doch Offizier!«

»Trotzdem. Nur Fouquier-Tinville kann ohne Kontrolle rein- und rausgehen. Und nehmen wir mal an, ich komme ohne Probleme rein, wie hast du es dir dann weiter vorgestellt? Dass ich einfach mit Nicolas rausgehe?«

Sandrine konnte nur mit Mühe die Tränen unterdrücken. Sie ließ sich auf einen wackligen Stuhl fallen. Für einen kurzen Moment hatte sie die Schwindel erregende Hoffnung, Philippe hätte auch einen Plan, um Nicolas zu retten.

»Es tut mir Leid«, sagte Philippe leise. »Nicolas ist auch mein Freund.«

»Das weiß ich«, antwortete Sandrine tonlos. »Du hast schon einmal versucht, ihn zu retten. Und es wäre gelungen, wenn ich nicht mitgegangen wäre. Vielleicht darf ich dich gar nicht darum bitten, aber du hast dein Leben auch für mich riskiert.«

»Das ist was ganz anderes. Für dich würde ich mein Leben immer wieder riskieren.« Philippe kniete sich neben sie. »Als ich erfuhr, dass du verhaftet warst, war das der Schock meines Lebens. Du kamst und kamst nicht nach Hause, und als wir von einer erneuten Verhaftung am Stadttor hörten, hatte meine Mutter sofort ein ungutes Gefühl. Ich bin sofort losgegangen, um zu erfahren, wen man denn festgenommen hatte. Von dem Moment an hab ich immer wieder versucht zu verhindern, dass eure Namen auf die Liste kommen. Ich hab eure Akten verschwinden lassen, aber dein Name erschien trotzdem auf der Liste. Dein richtiger Name, de Billancourt. Jemand hat dich verraten.«

»Claire. Claire de Vincennes. Um freigesprochen zu werden«, erklärte Sandrine.

»Das hat ihr nicht viel geholfen. Sie sitzt immer noch«, sagte Philippe.

Und Nicolas auch. Sandrine schüttelte den Kopf und verbarg ihr Gesicht in den Händen. Philippe sah sie betroffen an.

»Du denkst an Nicolas«, sagte er.

»Ja. Gibt es wirklich keine Möglichkeit, ihn zu befreien?«, wollte Sandrine wissen.

»Es tut mir Leid …«

Es entstand eine lange, drückende Stille. Draußen ertönten sieben hallende Schläge von Notre Dame.

»Wir müssen gehen«, sagte Philippe.

Sandrine wischte sich die Tränen aus den Augen.

»Wohin gehen wir?«, fragte sie.

»In die Provence. Da hab ich Verwandte«, antwortete Philippe.

Sandrine schaute zum Fenster, wo sich wirbelnde Schneeflocken von der Dunkelheit abhoben. Aber vor sich sah sie das Schloss ihrer Vorfahren, mit den Porträts ihres Vaters und ihrer Mutter in der Halle, die hohen Türme mit Blick über die Weinberge.

»Ich will nach Hause. Ich will nach Poissy«, flüsterte sie.

Philippe schaute sie schweigend an. »Gut«, sagte er. »Dann gehen wir eben nach Poissy.«

Langsam verließ Nicolas den Innenhof des Luxembourg, ging die Treppe hinauf und durch den langen Gang. In seiner Zelle ließ er sich auf den Strohsack fallen und starrte mit großen Augen und blutleeren Lippen vor sich hin. Er presste die Hände an die Ohren, aber immer wieder hörte er den Knall, mit dem das Tor hinter dem Karren ins Schloss gefallen war.

Tiefe Niedergeschlagenheit lähmte seinen Körper.

Sandrine war fort. Vor ihm lagen nun endlose Tage ohne Hoffnung, jemals wieder ihre Stimme zu hören, ihr Gesicht zu sehen. Wäre er doch auch aufgerufen worden!

Langsam wurde es dunkel in der Zelle. Die Gänge waren verlassen, alle saßen im Aufenthaltsraum. Hin und wieder kam ein Wärter vorbei, der einen forschenden Blick in die Zelle warf. Auf dem Innenhof zerriss eine laute, wütende Stimme die Abendstille. Vernet antwortete drucksend und untertänig. Das war ungewöhnlich. Da musste etwas vorgefallen sein. Aber das konnte ihn nicht interessieren.

Todmüde streckte Nicolas sich auf seinem Strohsack aus. Er fühlte etwas in seinem Rücken. Er zog an der Decke, doch das nützte nichts. Er richtete sich auf und schlug die Decke zurück. Maßlos verblüfft sah er auf seinem Strohsack eine schwarze Hose liegen. Darunter waren eine rote Mütze und ein graues Hemd, wie es die Wärter trugen.

Nichts begreifend starrte Nicolas auf die Kleidungsstücke. Wie kamen die hierher?

Und dann begann er am ganzen Körper zu zittern. Alle möglichen Vermutungen schossen ihm durch den Kopf. Er wusste nicht genau, was dies zu bedeuten hatte, aber ihm war klar, dass es vielleicht das Wunder war, das er nicht mehr erwartet hatte.

Schnell! Schnell!

Mit zitternden Händen und weichen Knien zog Nicolas sich aus und schlüpfte dann in die Wärterkleidung.

Schnell! Schnell!

Jeden Moment konnte wieder ein Wärter vorbeikommen.

Vor der Sperrstunde und dem Verschließen der Zellen musste er weg sein.

Er zog sich die rote Mütze über die Ohren, schlich zur Tür und spähte um die Ecke.

Niemand zu sehen.

Die meisten Gefangenen waren noch im Aufenthaltsraum, denn dort brannten Licht und auch ein Feuer. Die Wärter saßen wahrscheinlich in ihrem Trakt und würfelten.

Nicolas huschte aus der Zelle. Seine Schritte klangen hohl im verlassenen Gang. Dicht an der Wand entlang eilte er weiter.

Schritte.

Vom Ende des Ganges kam jemand auf ihn zu. Nicolas' Herz begann zu rasen. Am liebsten wäre er umgekehrt, aber er zwang sich, ruhig weiterzugehen. Er erkannte den Mann, der ihm entgegenkam, sofort. Es war der öffentliche Ankläger Fouquier-Tinville.

Nicolas nickte ihm untertänig zu und wollte weitergehen, aber Fouquier-Tinville blieb stehen.

»Wohin willst du?«, fragte er.

Er hielt die Laterne hoch und musterte Nicolas forschend.

»Meine Dienstzeit ist zu Ende, Bürger«, stammelte Nicolas. Ihm lief kalter Schweiß über den Rücken.

»Weißt du, wer ich bin?«, erkundigte sich Fouquier-Tinville.

»Ja sicher, Bürger Fouquier-Tinville«, antwortete Nicolas.

»Und für heute hast du Dienstschluss? Das trifft sich gut. Du weißt, wo Robespierre wohnt? In Ordnung, du sollst ihm einen Brief überbringen. Komm mit.«

Der öffentliche Ankläger drehte sich um und ging den Gang zurück. Im Raum der Wärter saßen zwei von ihnen am Tisch, über dem ein helles Licht brannte. Die Wärter machten dem Ankläger höflich Platz. Nicolas blieb in der Tür stehen. Fouquier-Tinville schrieb hastig eine Nachricht. Er versiegelte den Brief und stand auf.

»Unterwegs zur Conciergerie sind ein paar Gefangene entkommen, es eilt also«, sagte er und gab Nicolas den Brief.

»Ich glaube nicht, dass man mich durchlassen wird«, sagte Nicolas mit unsicherer Stimme.

»Das regle ich!« Fouquier-Tinville ging vor Nicolas her durch die Gänge und die Treppe hinunter. Türen wurden entriegelt, Schlösser geöffnet. Wie im Traum gingen knarrend die Tore auf. Die Hunde der Wärter wurden grob zur Raison ermahnt. Nicolas' Herz schlug so heftig, dass er kaum atmen konnte. Hinter Fouquier-Tinville überquerte er den Innenhof. Da standen etliche Wärter beieinander. Vernet ging mit langen, zornigen Schritten auf und ab.

Nicolas wandte das Gesicht nicht den Wärtern zu und folgte Fouquier-Tinville mit langen, lässigen Schritten. Seine Holzschuhe knirschten im Schnee.

Fouquier-Tinville blieb vor dem Wärterhäuschen stehen.

»Durchlassen! Dienstliche Angelegenheit!«, befahl er.

Die Wärter sahen überrascht Nicolas an. Sie kannten ihn nicht, aber dem öffentlichen Ankläger stellte man keine Fragen.

Die kleine Tür im Haupttor wurde geöffnet und Nicolas ging hindurch und auf die dunkle, verschneite Straße.

20 In großer Eile packte Philippe seine Sachen. »Lass uns gehen«, sagte er. »Es ist halb acht, das Tor wird bald zugemacht.«

Sandrine hatte nichts zum Mitnehmen. Ihr altes Kleid, in dem noch der Gefängnismief steckte, ließ sie in der Küche liegen, wo sie es hingeworfen hatte.

»Komm!« Philippe setzte Sandrine eine rote Mütze auf. Er nahm ihre Hand und führte sie die dunkle Treppe hinunter. Unten öffnete er die Tür und Arm in Arm gingen sie auf die Straße. Ein Offizier und sein Mädchen, zwei gute Patrioten. Der Schnee fiel in dicken Flocken. Der weiße Teppich auf der Straße leuchtete in der Dunkelheit. Sandrine atmete die kalte Luft tief ein. Nach dem atemberaubenden Gestank im Gefängnis hatten die Straßen von Paris einen beinahe frischen Geruch.

Unterwegs hielt Philippe eine Kutsche an, in der sie gerade noch Platz fanden. Tief in den Mantel geduckt, hockte Sandrine in einer Ecke. Sie hatte sich voll und ganz Philippe anvertraut.

Die Kutsche fuhr durch die Rue de Tournon. Mit brennenden Augen starrte Sandrine auf die Mauern des Luxembourg. Freude über ihre Freiheit und Kummer um Nicolas rangen um die Oberhand. Sie starrte auf das Gemäuer, bis ein dichter Schneeschauer es ihrem Blick entzog.

Philippe legte seine Hand auf ihre. »Es tut mir Leid«, sagte er leise. »Ich hab getan, was ich konnte.«

»Das weiß ich«, antwortete Sandrine matt.

Am Südtor bereitete man sich schon auf das Schließen des Tores vor. Die unnachsichtige Wache hielt die Kutsche auf. Bajonette richteten sich auf den Kutscher.

»Halt! Papiere!«

Der Kutscher reichte dem Gardisten seine Papiere. Der Gardist las sie, sah sich den Mann genau an und gab ihm die Papiere wieder. Dann öffnete er den Wagenschlag.

»Papiere!«, sagte er barsch.

Ihm wurden Pässe und Passierscheine gereicht.

»Valentin Rosier? Wer ist das? Zweck und Ziel der Reise?«, wollte er wissen.

Der ältere Herr, der Sandrine gegenübersaß, antwortete ausführlich.

»In Ordnung!«, befand der Gardist.

Der Mann bekam seine Papiere wieder.

»Philippe Lambertin? Zweck und Ziel der Reise?«

»Ich fahre nach Orléans, besuche dort mit meiner Verlobten meine Familie«, antwortete Philippe ruhig.

Der Gardist ließ den Blick über Philippes Offiziersuniform gleiten. Er sah sich seinen Pass an, dann den von Sandrine.

»Mireille Lavoisier? Ist sie das?«, fragte er.

»So ist es«, antwortete Philippe.

Der Gardist reichte ihm die Pässe, warf den Wagenschlag zu und machte eine Handbewegung zum Kutscher.

»Weiterfahren! Es lebe die Republik!«, rief er.

»Es lebe die Republik!«, antwortete der Kutscher gehorsam.

Er schnalzte mit der Zunge und die beiden Pferde setzten sich in Bewegung. Die Kutsche rollte durchs Tor und folgte dem hart gefrorenen Weg nach Orléans.

Ruhig und darauf gefasst, jeden Moment zurückgerufen zu werden, überquerte Nicolas die Rue de Vaugirard. Ruhig, nur die Ruhe, nicht anfangen zu laufen! Du darfst keinen Verdacht erregen!

Er schaute sich kein einziges Mal um. Im dichten Schneetreiben ging er durch die Rue de Tournon. Der eiskalte Nordostwind biss ihm ins Gesicht und brachte ihn so weit, klare Gedanken fassen zu können.

Er war frei!

Aber was nun? Wo sollte er hin? Egal, wenn es nur weit weg war vom Luxembourg. Er ging weiter und weiter, bis er an der Seine stand. Eisschollen trieben vorüber und ließen die Pfeiler der Holzbrücken knarren. Weiter vor ihm hoben sich die düsteren Türme der Conciergerie vom nächtlichen Himmel ab.

Sandrine!

Nicolas blieb stehen und blickte hinüber zu den Türmen auf den dicken Mauern. Er schauderte und steckte die Hände in die Taschen.

Da steckte etwas drin.

Nicolas holte es heraus und schaute verdutzt auf den Schlüssel in seiner Hand. Wahrscheinlich der Haustürschlüssel des Besitzers dieser Kleidungsstücke. Aber was hatte der Zettel daran zu bedeuten?

Im Licht der Straßenlaterne warf Nicolas einen flüchtigen Blick darauf. Er sah die Zeichnung einer Insel, die er an der skizzierten Notre Dame als Ile de la Cité erkannte. Darunter war eine Straße mit einer Laterne eingezeichnet. Ein Pfeil wies auf ein Haus mit der Zeichnung eines Sattels.

Nicolas starrte auf den Zettel in seiner Hand. Er verstand noch nicht recht, was das zu bedeuten hatte, aber ihm war klar, dass die Botschaft nicht für den Wärter bestimmt war. Und ihm war auch klar, dass die Kleidungsstücke nicht zufällig unter seiner Decke gelegen hatten.

Es gab nur einen, der dahinter stecken konnte: Philippe! Ihn erfasste unbändige Freude. Wenn Philippe für ihn Kopf und Kragen riskiert hatte, dann hatte er es für Sandrine bestimmt auch getan!

Plötzlich erinnerte er sich an die Worte von Fouquier-Tinville: »Unterwegs zur Conciergerie sind ein paar Gefangene entkommen, es eilt also.«

Ob wohl Sandrine zu den entkommenen Gefangenen gehörte? Hoffnung stieg in ihm auf.

Er sah sich den Zettel noch einmal genau an und kam zu dem Schluss, dass Philippe die Rue de Lanterne meinen musste. Die war schließlich ganz in der Nähe von Notre Dame.

Im Schatten hoher Häuser ging Nicolas zum Pont Neuf, überquerte die Brücke und ließ sich von den dunklen Straßen der Ile de la Cité verschlucken. Ohne Mühe fand er die Rue de Lanterne.

Das Aushängeschild einer Sattlerei sagte ihm, in welches Haus er gehen musste. Mit eiskalten Fingern probierte Nicolas den Schlüssel in der Tür neben dem Laden. Die Tür ließ sich öffnen. Vor ihm war eine dunkle Treppe. Nicolas schloss die Tür hinter sich und ging die Treppe hinauf.

Sandrine!

Er musste sich beherrschen, um nicht laut ihren Namen zu rufen.

Die Treppe mündete in eine stockdunkle Diele. Tastend fand er eine Tür. Dahinter war alles ruhig. Es waren keine Schritte zu hören, keine Stimme, die fragte, wer da sei.

Nicolas öffnete die Tür und trat ins Zimmer. Hier und da standen ein paar Öllampen, die Nicolas mit dem Zunder, der danebenlag, ansteckte. Verwundert schaute er sich um.

Der Raum war leer, bis auf ein paar wacklige Möbel. Nicolas ging durch den schmalen Flur zur Küche. Auf dem Boden lag ein Kleid, das er unter tausenden erkannt hätte. Er hob es auf und roch den vertrauten Gefängnismief.

Sandrine! Aber wo war sie? Und wo war Philippe?

Er untersuchte die Küchenschränke und fand einen Kanten Brot und etwas welken Salat. In dem kleinen Schlafzimmer neben der Küche lagen auf dem Bett eine gestreifte Hose und eine schwarze Weste. Und darauf ein Lederbeutel. Nicolas nahm ihn und schüttete ihn aus. Er hatte Münzen in der Hand.

Geld, Kleidung … Es war für alles gesorgt.

Die Turmglocke von Notre Dame schlug. Acht Schläge hallten über die Ile de la Cité. Nicolas ging zurück in die Wohnstube. Er stellte sich ans Fenster und schaute auf die verlassene Straße hinunter.

Acht Uhr, die Stadttore schlossen.

Plötzlich begriff er: Sie waren fort!

In diesem Moment waren sie am Stadttor oder vielleicht schon raus aus Paris. Er war sich sicher, dass Philippe Sandrine nichts von seiner Flucht aus dem Gefängnis erzählt hatte, und er wusste auch, warum.

Niedergeschlagen ließ sich Nicolas auf einen wackligen Stuhl fallen. Plötzlich zweifelte er daran, dass er auf der Liste gestanden hatte. Ob Philippe sich das vielleicht nur ausgedacht hatte, um ihn aus der Stadt zu bekommen, weg von Sandrine? Ihre Freundschaft hatte sich merklich abgekühlt, seit sie bei den Lambertins wohnte. Ja, so musste es gewesen sein. Philippe hatte ihn loswerden wollen und er war darauf hereingefallen. Dass Sandrine mit ihm hatte fliehen wollen, musste für Philippe ein schockierender Strich durch die Rechnung gewesen sein.

Nicolas drehte sich abrupt vom Fenster weg und ging ins Schlafzimmer. Er zog die Wärterkleidung aus und die gestreifte Hose an. Erst dann sah er, dass etwas darunter lag. Überrascht hielt er den Atem an.

Ein Pass!

Nicolas sank auf die Bettkante und betrachtete das wertvolle Dokument von allen Seiten. Er konnte aus der Stadt!

Aber nicht mehr heute Abend. Er würde bis morgen früh warten müssen, wenn die Tore wieder geöffnet wurden.

Nicolas streckte sich auf dem Bett aus. Es lag nur eine dünne Decke darauf. Mit den sauberen Kleidern am Leib, die Decke bis über das Kinn gezogen, versuchte er zu schlafen. Doch fast die ganze Nacht blieb er wach.

Am frühen Morgen stand er auf und verließ das Haus. Auf der Straße war es noch dunkel. Neuschnee überdeckte den

Schlamm und den Schmutz und verlieh den Straßen einen sauberen Anblick.

Nicolas atmete tief durch. Die prickelnde Kälte ließ das Blut schneller fließen. Er fand wieder zu seiner Entschlusskraft. Philippe hatte noch nicht gewonnen!

Mit schnellen Schritten ging er weiter. Nicht zum Tor St. Antoine, sondern zum südlichen Stadttor. Die Gefahr, von den Gardisten am Tor St. Antoine erkannt zu werden, war zwar nicht groß, aber er wollte kein Risiko eingehen.

Das Südtor war bereits offen. Die ersten Bauernkarren fuhren durch die Straßen. Nicolas verlangsamte den Schritt. Erst jetzt fiel ihm ein, dass er gar nicht wusste, welcher Name in seinem Pass stand.

Er sah die Gardisten, die am Tor auf und ab gingen und sich die Füße warm stampften. Sein Herz schlug schneller.

Mit gleichgültigem Gesichtsausdruck ging Nicolas auf die Wache zu. Die Gardisten hörten auf hin- und herzugehen. Ihre Gesichter drückten Wachsamkeit aus, ihre Bajonette streckten sich ihm entgegen.

»Name?«

Nicolas holte den Pass hervor. Der Gardist studierte ihn sorgfältig. Sein Blick glitt über Nicolas' Sansculottenkleidung.

»Du bist schon früh unterwegs«, sagte der Gardist.

»Ich habe gestern Verwandte besucht, bin aber zu lange geblieben, das Tor war schon zu«, antwortete Nicolas und zuckte die Schultern. »Na ja, schlimm war es nicht. Es war ja schon dunkel und nach Chartres ist es ein ziemlich weiter Weg.«

»Stimmt! An deiner Stelle würd ich mich beeilen«, sagte der Gardist und gab ihm den Pass wieder.

»Danke.« Nicolas tippte sich an die rote Mütze. »Es lebe die Revolution!«

Die Gardisten wiederholten die Losung, traten zur Seite und senkten die Bajonette. Nicht zu schnell und nicht zu langsam ging Nicolas durchs Tor. Er schaute sich auch nicht um. Sein Herz raste, aber diesmal wurde er nicht zurückgerufen.

Nicht weit vor ihm begann der Wald. Nicolas hielt den Blick auf den dunklen Saum gerichtet.

Weit hinter sich hörte er das Rumpeln eines Bauernkarrens. Eines Karrens, wie man ihn in Paris zum Gefangenentransport benutzte.

Nicolas ging schneller. Er atmete keuchend.

Durch die gefrorenen Karrenspuren im Schlamm war der Weg schlecht begehbar. Nicolas ging am Wegrand. Der Karren kam näher.

Nicolas erreichte die ersten Bäume und dann verschluckte ihn der Wald. Erleichtert atmete er auf. Aber der Karren war jetzt dicht hinter ihm. Vorsichtig schaute er über die Schulter. Ein einfacher Bauernkarren, wie es aussah. Kein Grund, in den Wald zu laufen.

Nicolas blieb am Wegrand stehen. Jeder Muskel seines Körpers war angespannt. Der Karren rumpelte durch die Wegbiegung. Der Bauer auf dem Bock nickte ihm zu und tippte sich an die Mütze. Bedächtig erwiderte Nicolas das Kopfnicken. Er blieb wachsam.

Der Karren fuhr an ihm vorbei und er atmete erleichtert auf. Aber in der nächsten Biegung blieb der Karren stehen. Nicolas ging langsam weiter. Es würde Verdacht erregen, wenn er jetzt kehrtmachte. Als er dicht herangekommen war, drehte sich der Bauer um. Er warf einen Blick auf Nicolas' mit Stroh ausgestopfte Holzschuhe.

»Willst du mitfahren?«, fragte er.

Nicolas spürte, wie sich die angespannten Muskeln lockerten.

»Gern«, sagte er und zog sich am Bock auf den Karren.

»Wohin willst du denn?«, fragte der Bauer.

»Nach Poissy, bei Tours«, antwortete Nicolas.

»So weit fahre ich nicht. Aber du kannst ein ganzes Stück mitfahren«, sagte der Bauer.

Er gab dem grobknochigen Pferd einen Klaps mit der Peitsche und der Karren setzte sich in Bewegung.

Nachwort

Auch wenn sich in den zweihundert Jahren seit der Französischen Revolution vieles geändert hat, kann man das Paris des achtzehnten Jahrhunderts noch wiederfinden, und zwar vor allem im Marais, einem Viertel mit schmalen Gassen und hohen, grauen Häusern. Im Musée Carnavelet, einem ehemaligen Herrenhaus im Marais, befindet sich ein Museum, das der allgemeinen Geschichte von Paris und insbesondere der Französischen Revolution gewidmet ist.

So seltsam sich das auch anhören mag, die Guillotine war ursprünglich aus einer humanitären Überlegung entwickelt worden. Dr. Guillotine war immer wieder mit Verbrechern konfrontiert, die mit stumpfen Beilen enthauptet wurden; darum erfand er ein Gerät, das einen Menschen mit einem Schlag schnell und schmerzlos enthaupten konnte. Ob es tatsächlich schmerzlos war, werden wir niemals wissen, aber schnell ging es ganz sicher. In der Zeit vom 21. Dezember 1793 bis zum 27. Juli 1794 – etwas mehr als einem halben Jahr – fielen 2400 Köpfe, und zwar allein in Paris. Dabei hatten alle großen Städte in Frankreich auf dem Richtplatz eine Guillotine stehen.

In Paris hat die Guillotine auf verschiedenen Plätzen gestanden. Die Pariser Bevölkerung sah sie erstmals im April 1792 auf der Place de Grève, dem Richtplatz von Paris. Dann stand sie auf der Place du Carrousel und während der heißen Phase der Revolution auf der Place de la Révolution, dem Platz, der heute Place de la Concorde heißt. Dort steht die Guillotine auch im Winter 1793, als dieses Buch endet. Aber die Revolution war natürlich nicht beendet. Während der letzten Zuckungen der Revolution im Juni 1794 stand die Guillotine auf der Place du Trône Renversé (dem Platz des gestürzten Thrones), der heutigen Place de la Nation.

Ab Juli 1793 waren die vierzig Gefängnisse in Paris keinen Tag leer. Betroffen machen die erhalten gebliebenen Briefe der Gefangenen jener Tage. Es sind Berichte von Zeugen, die vom kleinen Fenster ihrer Zelle aus ihre Mitgefangenen zur Guillotine gehen sahen. Es sind die Abschiedsworte eines Mannes an seine Frau, einer Mutter an ihre Kinder und oft auch Versuche, den öffentlichen Ankläger Fouquier-Tinville zu bestechen. Ersichtlich ist, dass Fouquier-Tinville seiner Aufgabe ehrlich nachging. Nach der Französischen Revolution wurden einige dieser Bettelbriefe gefunden: Die Geldscheine waren noch drin.

Schließlich verschlang die Revolution ihre eigenen Kinder. Die großen politischen Führer begannen, einander zu misstrauen, und der mit dem größten Mund schickte die anderen aufs Schafott. Nachdem Maximilien Robespierre, der Führer der Jakobiner, auf diese Art alle seine politischen Gegner aus dem Weg geräumt hatte, war er allmächtig. Er war so fanatisch, dass man meinen konnte, er wollte ganz Frankreich guillotinieren.

Aber er hatte in seiner politischen Partei nicht nur Freunde. Die meisten Jakobiner spürten, wie lose ihnen der Kopf auf den Schultern saß, und sie wagten kein Wort der Kritik an ihrem Führer. Bis Cambon, Hüter der Finanzen, endlich aufstand und Robespierre anklagte. Als dieser das Wort ergreifen wollte, wurde ihm aus allen Richtungen »Fort mit dem Tyrannen!« entgegengerufen. Der Führer der Revolution wurde festgenommen und ins Gefängnis gebracht, wo er einen Selbstmordversuch unternahm. Dabei brach er sich jedoch lediglich den Kiefer. Am 28. Juli 1794 verlor er seinen Kopf auf dem Schafott. Damit war das Blutvergießen beendet, und auch die Revolution, die mit so vielen schönen Idealen und hoffnungsvollen Vorstellungen von einer besseren Zukunft begonnen hatte.

Auf eine bessere Zukunft musste das arme Volk noch lange

warten. Zwar hatten sich die Reihen der Aristokratie stark gelichtet, aber die geflohenen Edelleute kehrten nach Frankreich zurück. Dann griff ein unbekannter Soldat aus der revolutionären Armee nach der Macht. Er wurde groß unter dem Namen Napoleon Bonaparte.

Auch wenn die Französische Revolution dem Volk auf den ersten Blick nicht viel gebracht hat, gab sie doch den Anstoß zu unserem heutigen Rechtssystem. Unter Napoleon wurde die Gesetzgebung einschneidend geändert. Der Adel verlor weiter an Macht und allmählich entwickelte sich so etwas wie eine Demokratie. Und damit hat die Französische Revolution trotz der Tatsache, dass sie in Unrecht und Blutvergießen ausartete, schließlich doch ihr Ziel erreicht.